你有權保持暗戀

葉斐然 著

·中冊·

高寶書版集團

目錄
CONTENTS

第八章　人生三大錯覺之一　005
第九章　並肩作戰　062
第十章　她插翅難飛　109
第十一章　從來都只有妳　162
第十二章　獨一無二的貝殼　208
第十三章　人情與正義　258
第十四章　邪惡律師　301

第八章　人生三大錯覺之一

因為胡思亂想了一晚，齊溪最終還是沒能睡好。

第二天一早，齊溪掛著兩個黑眼圈出門時，顧衍已經精神奕奕地等在了門口，他像是已經出去過一趟，剛跑過步的樣子，因此還帶了點微微的喘氣，齊溪剛要開口，他就遞了一樣東西過來。

這男人一如既往的惜字如金：「早餐。」

齊溪摸著手裡熱乎乎的鰻魚飯團，心裡也覺得湧動著溫暖熾熱的感覺。

顧衍好像從沒有買過早餐給別的女同學。

齊溪看著手裡的飯團，還是她最喜歡的鰻魚飯團。

她的心裡交雜著忐忑、悸動以及一些像是酸酸甜甜碳酸泡沫一樣的情緒，咕嚕咕嚕往外冒。

雖然顧衍有個白月光不假，但是白月光又不喜歡顧衍，那顧衍早晚也得死心，而自己成天在顧衍面前晃，會不會不知不覺中，顧衍對自己逐漸日久生情了？

齊溪被自己這個突然冒出來的大膽想法嚇了一跳，繼而情緒便如潮汐沖刷海灘般細密的反覆和糾結起來。

顧衍會不會真的對自己……

此刻齊溪回想相處中的蛛絲馬跡，越想越覺得有點讓人疑惑，讓人胡思亂想。

齊溪看著顧衍近在咫尺的臉，也不知道是不是巧合，顧衍的目光正掃過齊溪，兩人的目光在空中短暫觸碰，這個剎那，齊溪突然覺得有種腦子一熱的感覺，彷彿顧衍的目光帶了實際的觸感，猶如捉摸不透的風一樣拂過齊溪。

顧衍已經移開了目光，齊溪也垂下頭看向地面，但那種目光相交所殘留的感覺卻沒有消失。

風本身可能沒有任何意圖，然而被風吹過的人卻為它賦予了不同的解讀——它是想要停留？還是想讓人永遠抓不住？

齊溪覺得自己的心也變得像被風吹亂的麥田，風沒有聲響，然而被吹過的麥穗，每一根都發出了自己的聲音，這些細小的聲音交雜在一起，然後變成了連麥田主人也無法理清每一個音符的自然交響樂。

從齊溪的角度，能看到顧衍垂在身側白皙的手腕，以及手腕上的黑色小痣，他筆直的褲腿，視線再往上，是顧衍不苟言笑但依然讓人前赴後繼的臉。

齊溪拿著飯團，不知道顧衍心裡怎麼想的，她有些緊張，覺得自己應該說些什麼，然而還沒開口說出最安全的感謝，齊溪就聽顧衍隨意道——

「早晨去晨跑順手湊滿額活動買的。」

「……」

顧衍又掃了齊溪一眼，然後移開了視線，咳了咳，不自然道：「是個贈品，給妳了，不要浪費。」

「……」

雖然不知道顧衍什麼時候有晨跑習慣的，但齊溪覺得他下次還是別有了。

齊溪一邊洩憤般咬了口飯團，覺得自己是不是想多了，一邊在複雜忐忑但悸動的情緒裡跟著顧衍進了電梯。

電梯裡並不是空的，齊溪走進去，看見已經站了一個身材高挑的女孩。

這女孩見了顧衍，立刻露出了驚喜的神色：「顧衍？這麼巧啊。」

所以是認識的鄰居？

相比女孩的熱情，顧衍倒沒多熱絡，看起來有些拘謹，他只朝對方點了點頭，「嗯」了一聲。

齊溪沒出聲，只偷偷打量起對方，是個穿著非常宜室宜家的女生，年紀看起來和齊溪顧衍差不多大，皮膚白皙眼睛很大，微捲的長髮上戴著一頂貝雷帽，穿搭挺低調洋氣，但這套裝扮肉眼可見並不便宜，聯想起顧衍這房子所在地段的房價，也能得知這個女孩家境良好。

對方神色溫柔，並沒有介意顧衍的冷淡，只笑道：「上次多謝你送我回家了，今天我會烤餅乾，現烤的很好吃，晚上我拿一點給你。」

顧衍送對方回家了？！

整句話裡顧衍可能是最微不足道的部分，然而齊溪覺得自己沒聽進去別的字，只提煉出了和顧衍相關的部分。

她心裡糅雜著微微的失落和難以名狀的緊張——顧衍送女生回家了。

齊溪的心雜亂地跳動起來，她安慰自己，這也沒什麼，他們是鄰居，或許送回家只是順路同行罷了，並且懷疑顧衍很大機率還是不會理睬對方，至少不會多熱情的接話，因為他一貫是這樣對待他的追求者或者別的女生的。

只是這次似乎不太一樣。

出乎齊溪意料，顧衍並沒有無視對方，只是微微皺了皺眉：「不用給我餅乾，妳下次自己回家當心一點。」

電梯「叮」的一聲，已經達到了樓底，對面的女孩揮了揮手和顧衍再見，然後和齊溪顧衍走了一條方向相反的路。

齊溪望著對方的背影，還有點恍惚。

顧衍剛才是……是像關心自己一樣關心對方了嗎？

這其實很正常，然而齊溪不明白自己為什麼那麼介意那麼不舒服。

齊溪想……或許是因為她覺得自己得到顧衍的關心在意，是經過了她艱苦卓絕的努力——她研究顧衍的愛好，努力和顧衍有共同話題，在工作上力所能及地配合顧衍，最大限度釋放自己的善意，這樣才換來了顧衍轉變態度，變成了或許可以稱得上親近的關係，但這個女鄰居……

這個女鄰居和顧衍很熟嗎？和顧衍接觸很多嗎？很了解顧衍嗎？

齊溪知道自己帶了攀比的心態有點幼稚，顧衍又不是幼稚園女生的小裙子小皮鞋，恨不得只有自己穿，只有自己變成獨一無二的那一個，他又不是什麼戰利品還可以獨占。

但道理齊溪都明白，卻還是做不到毫不介意。

齊溪咬了咬嘴唇，一邊跟著顧衍往地鐵口走，一邊狀若不經意道：「她是我們學校畢業的嗎？」

顧衍有點意外：「妳在學校也見過她？」

那就確實是容大畢業的了，會不會……

面對顧衍的問題，齊溪搖了搖頭，此刻兩人等的地鐵正好到了，齊溪沒再繼續這個話題，她覺得自己最近真的是有點想多了，怎麼什麼事都會和顧衍喜歡的人掛鉤。

好在進了事務所，熟悉的工作氣氛裡，齊溪的心便踏實了下來，不過令人意外的是，顧雪涵昨晚才出差在外，但今早卻在顧衍齊溪準時到之前，就精神奕奕在辦公室裡處理工作了。

齊溪坐在顧雪涵的對面，看著對方凌厲幹練但貌美的臉，只覺得由衷佩服，昨晚都沒回家住，今早卻已經出現在辦公室，可見顧雪涵是早晨的機票或車票回來的，這都能繼續趕來幹活，眼睛下面連一點黑眼圈的影子也沒有，著實讓齊溪佩服又羨慕。

不久前，齊溪接到顧雪涵的內線電話，要求她和顧衍去一下顧雪涵的辦公室。

此刻，齊溪便正襟危坐地在顧衍身邊，等著顧雪涵處理完她手頭的工作後安排任務。

等顧雪涵專注地寫完了郵件，她的視線才從電腦上移開，看向了一早被她叫進辦公室裡的齊溪和顧衍：「你們兩個準備一下，今天下午我要回容大一趟，法學院那邊邀請我作為嘉賓，在學院職業規劃課程裡分享一下自己的職業路線和經歷。」

顧雪涵撩了一下長髮：「這種講座不收費，但也不能真的讓我的時間變得沒有實際產出價值，所以你們準備一下我們所的推廣PPT，還有實習生項目的介紹，一節課四十五分鐘，我大概只能講半小時，之後我客戶那邊我還有個會議要趕過去，剩下的十五分鐘就由你們兩個來宣講，一來介紹一下我們所裡的情況，二來作為剛畢業剛工作的學長學姐，自然和這些在校生更貼近，也能補充從你們視角來看的律師職業生涯解讀，剩下的時間，就是學生答疑。」

顧雪涵笑了下：「你們好好表現，爭取等明年畢業季我們能多收到幾份容大法學院的優秀求職履歷。」

競合所的介紹PPT是行政那邊早就準備好的對外宣傳通稿，都是現成的，因此實際上並不需要做什麼準備工作。

顧雪涵中午還有一個客戶的宴請活動，因此她會在用完餐後獨自開車前往容大，而齊溪和顧衍則可以晚點從所裡直接出發，再和顧雪涵在容大碰頭。

容大坐落在容市郊區的大學城，近年來通了地鐵後方便不少，但由於地鐵路線規劃的問題，最近的地鐵站距離容大還有一小段距離，反而是坐直達公車更方便實惠。

齊溪聽趙依然講過，說她大學四年的美好回憶，大部分都在公車上。

對此，齊溪並沒有發言權，因為原先齊溪在上學時，週末幾乎不會離開大學城去市中心遊玩，她把大學裡大部分時間都奉獻給圖書館和自習教室了，偶爾回家，也是她爸爸齊瑞明開車來接送或是直接搭計程車，對趙依然口中充斥著她四年美好回憶的公車路線一直很憧憬。

今天時間充裕，競合所樓下不遠處的路上又正好有直達公車的月臺，齊溪索性向顧衍提議：「不如我們坐公車去？」

顧衍微微皺了下眉：「為什麼？我們可以搭計程車，這算工作差旅，所裡負責報銷的。」

「不是報銷不報銷的問題。」齊溪看向了顧衍，她不好意思道：「你在學校時，坐過這班公車嗎？」

顧衍抿了抿唇：「沒有。」

也是，顧衍家境看來很優渥，會坐公車出行的，還是普通學生居多，他這半個有錢大少爺肯定也沒經歷過。

這麼一說，齊溪就生出了點心理平衡，她跟顧衍解釋道：「你知道嗎？這條公車路線上有非常好看的風景。」

生怕顧衍不同意坐公車，於是齊溪進行了些藝術性的誇張加工：「據說沿途可以算是容市最美風景了，你想一下，這樣陽光明媚的中午，我們坐在公車上，乾淨的車窗微微打開，窗外的微風把窗簾輕輕吹捲起來，而窗外則是田野、花還有自然，風裡裹挾著充滿生機的味道，抬頭是白雲藍天，然後我們正坐在去往容大的車上，是不是覺得很青春？很有懷舊的氣息？好像沿途的風景永遠不會結束？」

「……」

最終，靠著優秀的論證能力，齊溪成功說服了顧衍一起坐公車。

顧衍對此很平靜，但齊溪卻有點期待和激動，有些大學裡錯過的東西，直到徹底錯過了，才會生出一點後悔和懊喪。

她和顧衍上車的這一站，車廂內並沒有太多的人，齊溪憧憬著等等路途裡的陽光草地，飛快找了個靠窗的位子，顧衍沒說話，但他跟著齊溪上車後，自然而然地坐到了齊溪的身邊。

一開始，公車還行進在城區，外面是沒什麼吸引力的城區建築。

這班公車是相當老舊的路線了，公車也不是新的，顛簸之餘像個生鏽的老機器，發出磨人的引擎發動聲，外面傳來其餘汽車混雜著公車的尾氣。

但這絲毫不影響齊溪的心情。

她興奮地趴在窗戶，轉身對顧衍熱情介紹道：「等等就有好風景了，你再等等！」

十分鐘後，車子行至了郊區和城區的交界處，外面是一片爛尾樓。

齊溪被公車顛得有點萎靡，但還是重振精神自我安慰道：「再等等，到郊區就全是風景了。」

再十分鐘後，公車終於行至了郊區……

只不過……

齊溪期待的藍天白雲田野的風景並沒有出現，出現的是……

一臺一臺的拖拉機，緩緩地從齊溪他們的公車旁開過。遠處的農舍邊，是燃燒秸稈的煙，隨著風飄進來的味道，是混合著焚燒物和牛糞的奇妙味道，而隨著風而來的，還有空氣裡的沙塵。

齊溪忍不住咳嗽起來，然後她轉頭，對上了顧衍的臉。

這男人面無表情地平靜道：「這就是妳說的容市最美風景？」

齊溪也有點尷尬，她訕笑了兩聲關上了窗戶：「這是原始純生態純自然，一種野性盛放，無拘束的野生原始狀態，是一種非主流的美。」

不過很快，她就連訕笑也笑不出來了。

在距離容大不遠處的郊區小商圈站停靠時，呼啦啦就上來了一堆容大的學生，一下子把公車擠得像是沙丁魚罐頭。

這些大部分是在容大附近就近逛街看電影的情侶們，此時車廂內便充滿了各種曖昧壓低的聊天聲。

同時還有幾個老阿姨在這裡上車，齊溪和顧衍不約而同起身把自己的座位讓給了她們。讓座後的兩人也只能一起站著，因為車廂內擁擠，不得不和別的小情侶靠在一起。

齊溪和顧衍的身邊就靠著一對這樣的小情侶。對方一看就是熱戀中的年輕人，即便在不透氣的車廂裡，兩個人都像連體親吻魚一樣貼著，男生低頭湊在女生耳邊說著什麼，女生則赧然地笑一下，然後也不知道怎麼的，兩人就親起來了。

曖昧的親吻聲就在齊溪的耳畔。

齊溪並不是多保守的人，但此刻站在顧衍身邊，聽著這親來吻去的聲音，齊溪簡直尷尬得恨不得找個地洞鑽進去——她就像是和父母一起看電影時看到成人鏡頭的小學生一樣，總有一種被家長抓包的丟臉和不好意思。

明明自己一個人的話就算面前有人激吻，齊溪也不會覺得怎樣，但和顧衍在一起，她好像……好像瞬間理解了什麼叫做尷尬得腳趾摳地都能摳出一棟別墅。

這種時候如果能躲開顧衍就好了。

然而要命的是，因為擁擠的空間，齊溪不僅沒辦法和顧衍保持距離，甚至在幾個急煞裡和顧衍越靠越近了，兩個人之間的安全距離也因為下一站上車的乘客而變得越來越近，近到齊溪認為相當危險的距離了。

她一開始試圖把視線轉移到左邊，左邊的情侶正在互相啄吻面頰。

她又嘗試把視線轉向右邊，右邊的情侶正在咬著耳朵說悄悄話，男生時不時親一下自己女友的脖頸。

齊溪已經臉紅氣短尷尬到要升天了，她只能最大程度面無表情地移回視線，然後放空地看向前方。

然而此時此刻，齊溪的身高就顯出了巨大的劣勢，她比身高腿長的顧衍矮一小截，一旦她平視前方，她的視線便正巧落在顧衍的嘴唇上。平時還好，如今在這種氣氛下，她盯著顧衍的嘴唇看，未免讓人有些過分旖旎的遐想了……

果不其然，被盯著嘴唇的顧衍有意見了，他低頭面無表情地看了齊溪一眼：「我臉上有什麼東西值得妳這麼看嗎？妳老盯著我的臉看幹什麼？」

齊溪心裡把信誓旦旦號稱有最美回憶的趙依然罵了個底朝天，但一切都似乎無益於轉移注意力，她和顧衍此刻離得太近了，車裡隨著顛簸晃晃蕩蕩，周圍人的碰擦推搡下，她也不得不和顧衍有身體接觸，齊溪甚至都能感受到顧衍說話時的每一個吐息。

但顧衍的臉看起來是不能看了，齊溪從善如流地移開了視線，看向了不遠處一個少見的獨行男生，對方正塞著耳機聽歌。

結果自己盯著對方放空沒多久，顧衍似乎又有意見了。這男人難以取悅道：「妳老盯著別人的臉幹什麼？」

看他不行，看別人也不行！顧衍怎麼管得這麼寬！

這段趙依然口中最美風景的路途，此刻對齊溪而言簡直是喪命般的不歸路。

齊溪不知道該看向哪裡，顧衍看起來也一樣——盯著卿卿我我的情侶看，顯然不禮貌，車廂內又擠滿了人，因此盯著窗外看也成了奢侈，雖然顧衍可以憑藉優越的身高抬頭看向車頂，但隨著公車的顛簸，他的目光多少會重新移到齊溪身上。有時候只是晃過，但齊溪不知道為什麼，冥冥之中總能感知到顧衍的目光。

也不是沒有別人看向齊溪，但好像只有顧衍的目光是不同的，他的目光像是被實體化了，彷彿一把小刷子，輕輕地刷過齊溪的心間，讓她的心臟毫無抵抗的悸動起來。

齊溪只覺得自己緊張到手和腳都不曉得應該往哪裡放，好像整個身體都是多餘，想在顧衍面前縮小，縮小到消失不見。

她開始祈禱快點到站，然而也不知道是不是命運總和她對著幹，公車不僅沒有變快的跡象，反而因為前方修路塞車而越來越慢，越來越顛了。

一個急煞，齊溪被身後的情侶一推擠，直接摔進了顧衍的懷裡。

顧衍身上有好聞的衣物柔軟劑的味道，還有陽光熨晒過後那種乾淨的氣息。

這原本是非常平凡普通的氣味，然而不知道是不是密閉車廂裡空氣稀薄，齊溪只覺得有些臉紅心跳，身體也有些發軟，思緒變得很慢，頭腦也變得不那麼靈活。

幾乎是下意識的，齊溪像是觸了電以後的應激反應般，飛快地遠離了顧衍，只是她還沒徹底站穩，車輛又是一個急轉彎，齊溪再一次摔回了顧衍懷裡。

這種顛簸讓齊溪懊惱尷尬，然而對於車上其餘的小情侶，倒像是一種情調了——男生緊緊地摟著他們的女朋友，像是允諾某種守護。

反倒是齊溪和顧衍，成了異類。

在晃蕩的車廂內沒有去摟緊齊溪的顧衍，怎麼看都像不會照顧女朋友的愚蠢高傲男生。

要說本來到這一步也還好，只是齊溪沒想到……

「寶寶，都和妳說了長得帥的男生未必靠得住，妳找個長得帥不能照顧妳的男生，妳看有什麼好的？妳希望像他女朋友一樣嗎？」

「所以現在薛辰那種人明知道妳和我在一起了還來追妳，就仗著自己的臉，他能給妳什麼？兩個人在一起，未來風雨可多了，女生還是要幫自己找個能依靠的肩膀！」

大概是為了彰顯自己的好，旁邊一對情侶中的男生，用自以為很輕不會被人聽見的聲音，開始標榜自己的體貼了。只是……這男生的嗓門真的有點大。

別說齊溪和顧衍聽到了，就是周圍幾對情侶也聽見了。

而這男生嘴裡指的長得帥但不會照顧人的男生是誰，但凡有長眼睛都知道是在說顧衍。

霎時間，齊溪一下子從四周收穫了一堆同情探究的目光，不過這些目光在接觸到顧衍的臉後，又帶了一種淡淡的理解。

齊溪有點尷尬，雖然顧衍看起來還算鎮定，但齊溪覺得，他也是有點尷尬的，因為他瞪了齊溪一眼。

雖然沒開口，但齊溪已經完全從他的眼神裡讀懂了他的潛臺詞——誰叫妳要坐公車。

也是此時，公車又一個顛簸，齊溪因為想拂一下頭髮，正好沒抓牢扶手，按照這次慣性摔倒的方向，恐怕要朝身邊這對小情侶身上撞去。

只是預想中的碰撞並沒有發生，一隻手伸過來攬住了齊溪的腰，阻止了她繼續往前衝的糟糕局面發生。

齊溪的視線順著手臂往上，然後看到了顧衍一本正經的臉。

這男人攬著齊溪的腰，臉色鎮定自若，沒有什麼溫柔的表情，眼神裡並無過多情緒，彷彿自己攬著的是一個花瓶或者一截樹枝。

但看起來不太走心的動作，等公車顛簸起來，齊溪才知道，顧衍的手臂發揮著相當有力的作用，她不再隨著顛簸而東倒西歪，顧衍穩穩當當地把她半環抱在了懷裡，給予了齊溪安全的空間。

也因為他這樣的動作，一旦公車出現顛簸，齊溪就只能往顧衍懷裡栽去，宛若投懷送抱。

和顧衍之間好像更加沒有任何安全距離可言了。

齊溪覺得有些緊張到呼吸不暢，她手心有些沁出汗，思緒和反應都變得有些遲鈍，顧衍明明沒有任何多餘的動作，但腰上顧衍的手的存在感變得異常強烈。

等公車行至一段平穩路段，有個別乘客下車，車廂內稍微空了一點，齊溪掙脫了下，從顧衍的庇護裡挪了出來。

齊溪覺得顧衍真的是上天派來干擾她的，他彷彿干擾她正常運作的宇宙磁場，讓齊溪像是船艙外作業的宇航員，失去了回到船艙裡的方向感，好像只要靠近顧衍，齊溪的一切就都失靈了。

只是當齊溪稍微遠離顧衍一點，還沒鬆口氣，她腰上突然一緊，還沒反應過來，就又被顧衍拉了回去。

齊溪的第一反應就是迷茫。然而始作俑者臉上卻非常平靜和鎮定。

齊溪看向顧衍，喃喃道：「幹嘛還扶著我啊。」

面對齊溪不解的目光，顧衍連聲音都是四平八穩的，這男人原本像是不想解釋，但大約齊溪的目光多少讓他有點在意，過了片刻，他才微微皺眉看向了齊溪，勉為其難般惜字如金地解釋道：「別人在看。」

齊溪還沒來得及反應過來，就見顧衍抿了下唇角，平淡道：「我不希望別人誤會。」

他看了齊溪一眼，補充道：「誤會我是渣男。」

「……」

齊溪試圖說服顧衍，然而這男人是鐵了心不理睬齊溪的反抗，好像比起被誤會成男女朋友，被旁人誤會成渣男更讓顧衍在意。

齊溪以往從沒覺得，但如今才發覺原來顧衍這麼在意外界的目光。只是他既然這麼在乎，因為畢業典禮齊溪的一番激情發言被人誤解後，竟然沒找齊溪尋仇，可見真的對齊溪非常寬宏大量了。

顧衍的初衷大概是不希望別人再打量自己，可惜他攬住齊溪後，看向他們的目光更多了。

齊溪反倒被看得越發尷尬，只是顧衍還是嵬然不動的，齊溪也不好反應多激烈，她只能憋著臉紅，眼神游離起來——因為離顧衍太近了，她已經不知道自己應該看哪裡、能看哪裡了。

好在心猿意馬的旅途最終會結束。

在顛簸悶熱和緊張裡，齊溪終於抵達了容大的終點站，跟隨著其餘學生情侶們一起從密閉的公車裡逃出生天。

「這條公車路線上不是有最美風景嗎？」

從車上下來，離容大還需要再走一小段路，當走在兩旁都是梧桐的大道上時，顧衍終於還是向齊溪發出了質問。

同樣的質問齊溪在一下車就已經傳給了趙依然，趙依然的回覆差點沒把齊溪氣死——『美好的回憶和風景當然是當時和我前男友一起甜蜜坐車的青春歲月和初戀情懷啊，誰坐車會真的看窗外啊！當然是看自己的男人啊！』

顧衍的聲音冷颼颼的：「怎麼了？回答不出，所以不回答了？妳告訴我剛才一路上最美的風景在哪裡？」

齊溪當然回答不出來，可自然不能拿趙依然的回答來搪塞顧衍，她想來想去，只能腆著臉道：「最美的風景不就在我眼前站著嗎？」

齊溪清了清嗓子，看向了顧衍，硬著頭皮道：「顧衍，你不就是全車最美的風景嗎？不是哪裡有最美的風景，而是你在哪裡，哪裡就是最美的風景！你看，你剛回到容大門口，路上就有好多學妹都在偷偷看你，你一走，就把容大的風景帶走了，現在你回來，容大的感覺立刻都不一樣了，好像重新被注入了靈氣和生命力，容市大學四個字在我看來好像都變得更氣派了點！」

這本來是齊溪無奈之下插科打諢的拍馬屁之舉，她並沒有指望顧衍會買帳，只想著繞開話題好讓顧衍不要再追究她誆他坐公車的罪行，然而出乎她的意料，顧衍聽完明顯愣住了，這男人瞪著齊溪，然後臉慢慢地紅了。

這是……

「你害羞了？」

面對齊溪的問題，顧衍幾乎是立刻否認：「沒有。」

「那你的臉……」

「上火，剛才車裡太熱了。」

齊溪生怕自己再問下去顧衍惱羞成怒，誆騙顧衍坐了一路折騰的公車她已經有些不好意思，生怕再刺激顧衍，只能「哦」了一聲，乖巧地認可顧衍的說辭。

兩個人沉默地在梧桐樹大道上走了片刻，沒多久，齊溪就看到了站在容大門口等著的顧雪涵，她看來比齊溪顧衍稍早一點就到了，就在齊溪剛要鬆一口氣和顧雪涵打招呼的時候，她再次聽到了顧衍的聲音——

「那種話妳也說得出口。」

「？」

顧衍扔下這句話，一本正經地走向了顧雪涵，他回頭瞪了齊溪一眼，臉已經不紅了，看起來恢復了平時冷若冰霜難以接近的模樣，但是耳朵還是紅的。

不是吧！

齊溪快步追上顧衍：「你真的害羞了啊？難道平時沒有人這樣誇你吹捧你嗎？追你的人不是很多嗎？趙依然說以前大學裡追你的從容大門口排隊的話可以排到市中心欸！」

顧衍一臉不想理睬齊溪的模樣，他飛了一個眼刀給齊溪，可惜微紅的耳朵讓他氣勢不足，帶了點色厲內荏的感覺：「沒人會當著我的面說這種話。」

這男人抿了抿唇：「妳這種浮誇的讚美實在是很假。」

齊溪不以為意：「假是假了點，但就是有人吃這套啊！這就和有些上司嘴上說著不喜歡拍馬屁的下屬一樣，但真的遇到個天天吹捧他的下屬，就算吹捧得特別浮誇，心裡明知道是假的，但聽了還是擋不住高興啊！所以你知道吧？有句話叫舔狗舔狗，舔到最後，應有盡有！」

齊溪朝顧衍眨了眨眼睛：「你不也挺吃這一套嗎？」

「無聊。」顧衍微微皺眉看向齊溪，「而且什麼『舔狗』，這種網路稱呼就不要用了，聽起來就很色情的樣子，齊溪妳每天都在看什麼東西？不能專心工作嗎？」

這男人咳了咳，再次鄭重聲明道：「還有，我不吃這一套，妳不要這麼無聊。」

齊溪挺無辜，她心裡存了點惡劣的小心思，盯著顧衍的臉，決定再接再厲：「我又沒有說謊，你確實是全車最美風景啊，也是全校最美風景。」

顧衍的耳朵果然又紅了。

這男人都有些氣急敗壞了，他有些受不了般地制止齊溪道：「妳快別說了。」他瞪著齊溪：「妳聲音那麼大，別人都聽到了。」

甩下這句話，顧衍就快步遠離了齊溪，向顧雪涵走去。

齊溪也趕緊快步追了上去，除了顧雪涵對律師職業規劃一塊的講解外，等等齊溪他們對學弟學妹們還需要講一段競合所的宣講。

齊溪這次吸取了剛才的經驗，輕聲道：「顧衍，等等宣講部分不然就你來吧？我可以在旁邊配合。」她有些不好意思地道：「其實我有點緊張。你能不能幫幫我啊？」

顧衍停下了腳步，回頭看向了齊溪，他的唇角很平，並沒有回答齊溪。

齊溪不得不雙手合十，「求求你了。顧衍，你是我心目中最好的人。」

顧衍像是不想看到齊溪一般飛快轉開了視線，「聲音這麼小，誰聽得到？」

這男人怎麼這麼麻煩！一下嫌棄自己聲音大，一下又嫌棄自己聲音小！世界上怎麼會有這麼難以取悅的人啊！

齊溪卯足了勁，決定無論如何滿足顧衍的需求，她中氣十足大聲道：「顧衍，你是我心目中最好的人！所以這次宣講部分就你來吧！」

顧衍耳朵果然又有點紅了，四面八方也傳來各色的目光，顧衍像逃一般走離了齊溪，面上表情鎮定淡然得彷彿不認識齊溪一般。

「知道了知道了。」顧衍皺著眉低著頭，「齊溪，只要妳別再開口了，我就幫妳宣講。」

目的達成！

齊溪神清氣爽，立刻從善如流閉上了嘴巴，然後跟著顧衍一起走向顧雪涵。

害羞和尷尬的顧衍果然並非常態，一到法學院的課堂裡，他就恢復了一如既往的鎮定淡然和穩重。

顧雪涵的時間卡得非常準，她關於律師職業道路和相關規劃的講解非常有層次，從個人發展和社會需求方面，以及訴訟和非訴兩種不同領域著手，很好很詳盡地講解了她對律師這一職業的理解。

幹練、美貌又充滿了職業的穩重成熟感，顧雪涵幾乎成了所有學弟學妹憧憬的對象。她的講解就在意猶未盡的半小時內結束了，為自己後續的行程衝突向學弟學妹們道了歉後，顧雪涵才風度翩翩地告辭離開。

接著便輪到了顧衍和齊溪的部分。

這次是整個大四法學院的學生集中起來聽課的，因此此刻坐滿了一整個階梯教室。齊溪在這個階梯教室裡度過了很多時光，上過很多課，這還是她第一次站在講臺上往下看——烏壓壓的一片。

顧雪涵在時氣氛還很肅靜，如今顧雪涵一走，輪到顧衍上臺，現場已經產生了微微的騷動。

不少女生互相推搡著笑著，有些盯著顧衍在交頭接耳，還有些偷偷舉起手機自以為很隱祕地在偷拍顧衍。

齊溪轉頭看了正在認真講解介紹競合所的顧衍一眼，窗外的陽光透過窗戶打在他一側的臉頰上，照出一些偶爾變動的光影。

顧衍很高大，穿的沒有上庭那麼正式，但也沒有非常休閒，介於一種恰到好處的程度，既帶了點菁英般的距離感，又顯得讓人尚且可以靠近，彷彿吸引著人躍躍欲試地去挖掘他骨子裡深藏著的溫和，雖然並不能確信他有沒有，但顧衍這樣的長相已經足夠有說服力，讓人想要為了他去冒險，去孤注一擲。

此刻，他的表情很淡，明明是沒怎麼準備的宣講，但顧衍講得非常流暢，帶了種讓人不知不覺信服的模樣。

顧衍的聲音很好聽，好聽到齊溪覺得自己好像能一直一直這樣聽下去。

她看著階梯教室裡那些帶著愛慕崇拜看向顧衍的年輕臉龐，覺得完全能理解，但理解歸理解，理解不等於高興或者樂於見到這樣的場面。

齊溪心裡有點悶。

此時已經進入了問答時間，顧衍的表情很平淡，但也帶了平靜的溫和。

陸續有學妹問起從學生轉變身分成為職場人應當注意的細節，顧衍也都耐心地解答。

「在法學院的時候相對可以更單純地掌握理論知識就好，但進入事務所除了法律實操上和理論有一定距離外，還需要注意人際交往，怎麼和客戶溝通。」

「同樣的話，用不同的方式說，效果是不一樣的；每個客戶的脾氣和性格也不一樣，怎麼去觀察理解客戶，感知客戶真正的需求，並且站在客戶的角度更貼近他知識結構去解釋我們能為他們做的，是非常重要的技能。」

不論是什麼提問者，不論提問的問題有多瑣碎和細小，顧衍都沒有露出不耐煩的表情，他只是語氣平靜地解答著。

因為問答環節比較受歡迎，舉手的人也比較多，顧衍和齊溪是輪流回答的，這樣能留出時間給另一個人休息。因此顧衍回答時，齊溪便在一邊等候。

她知道這時候不應該走神，但是齊溪有點克制不住自己，階梯教室有點大，聲音也有些雜，她的思緒也變得很亂。

顧衍對她好像是特別的，又好像不是。

因為他現在對所有不特定甚至陌生的學弟學妹們，也都是一視同仁的溫和耐心。

所以顧衍對她到底是什麼樣的態度？

他心裡是不是還有那個喜歡了很久的女生呢？

齊溪正在胡思亂想間，有學弟站了起來，這個問題原本應該輪到顧衍回答，但對方拿著麥克風，指定了齊溪來回答——

「齊溪學姐，這個問題妳可以回答我嗎？」

齊溪愣了愣，然後笑了下，點了點頭，「可以，你問吧。」

「我想問問學姐妳還是不是單身？我可以加一下妳的通訊軟體好友嗎？」

男生的話音剛落，現場就響起了起鬨聲，然而這個男生比齊溪想得更大膽一點，他盯著齊溪的眼睛，像是還想說什麼話。

就在齊溪不知道要如何應對平息突然脫軌的問答環節時，顧衍沉著臉拿過了她的麥克風，代她回答了學弟的問題——

「這節課的主題是職業規劃，問答環節時間有限，只回答專業相關問題，舉手的同學有很多，請不要占用公用的資源和時間提出私人問題。」

這節課是顧雪涵從百忙的行程裡抽空出來安排的，也是無償的，作為弟弟和團隊的一員，顧衍顯然對中途打斷並且提出不相關問題的行為非常不滿，他看起來很討厭自己原本的規劃被打斷。

剛才還遮掩著鋒芒，看起來像一個普通溫和英俊男人的顧衍，此刻的氣質一下子嚴肅了起來，他身上的溫和被取代，變得有些咄咄逼人，齊溪看到他沉著臉看向了剛才提問的學弟，然後看向了階梯教室裡坐著的所有人——

「我希望立志於從事律師行業的各位能學會的第一點，就是尊重他人的時間，也尊重自己的時間，客戶的時間非常寶貴，你的時間同樣也是，首先應該學會什麼場合幹什麼事。」

不得不說，顧衍屬於不鳴則已一鳴驚人的類型，原本看起來像是沒有攻擊性的人，真的觸碰到他的原則，才發現他根本不是好說話好糊弄的類型。

果不其然，他說完，現場那些嘰嘰喳喳的聲音都沒有了，取而代之的是肅穆，秩序開始重新回歸。

顧衍沒有再看那個當眾跟齊溪要聯絡方式的男生，只是繼續問答。大階梯教室裡的學弟學妹們再也不敢亂來，所有的問題都變得正經而嚴肅起來。

最終，問答環節在熱烈又不失秩序的氣氛裡結束了。

但學弟學妹們的熱情顯然還很旺盛，結束後，顧衍剛開始收拾電腦，就被衝上來想繼續問問題的後輩們包圍了。

齊溪周圍也圍了不少學弟學妹，她和顧衍都像是被分開包圍各個擊破一樣，不得不被人群隔開來。

齊溪並不清楚顧衍那邊發生的事，她這邊解答了不少學弟學妹們的問題，這時候遇到有學弟學妹想要加好友的，也都沒有拒絕。

等她和顧衍最終離開的時候，已經超過了預期時間快半小時。

此時午後的陽光正好，既不過分熱烈，又還沒有帶上夜晚的涼意，重新走在梧桐大道上，任由細碎陽光順著梧桐樹葉的枝椏照射到自己臉上，齊溪突然覺得有些恍惚——彷彿回到了學生時期。

她看向了身邊的顧衍，他的存在加重了齊溪的錯覺。

很多人畢業後完全走向了不同的發展軌跡，別說是同學，甚至很多情侶，也因為發展路徑不同而選擇分手，然而也不知道是什麼樣的緣分，顧衍還一直好好地待在齊溪的生活裡。

趙依然在哭訴出了學校的象牙塔壓力和責任驟變的時候，齊溪卻沒有這樣的實感，顧衍不會為了搶走在上司面前的表現機會而拚命做表面功夫，也不會提防齊溪做出比他更好的業績，更不會藏著自己的經驗而冷眼旁觀齊溪走彎路。

他還是他。

顧衍進入社會並沒有改變，如果硬要說改變的話，那可能是他的氣質——齊溪平時天天看還不覺得，如今和學校裡那些並不比顧衍小幾歲的學弟們一比，就覺察出雲泥之別。

以前不覺得，但如今一對比，大學裡那些男生，還像是小孩，並不能讓人產生任何想要或者可以依靠的感覺，然而顧衍不同，他總是十分可靠，十分穩重，有一點冷淡，又有一點溫和。

不過此刻走在齊溪身邊的顧衍，既談不上冷淡，也談不上溫和，反倒是有點陰陽怪氣。

「回答問題就回答問題，加那麼多好友幹什麼？」顧衍沒有停下腳步，甚至沒有看齊溪，他的語氣也很平靜，聽起來甚至都不像是指責，他咳了咳，像是很珍惜時間的樣子：「本來可以早點走，妳加好友就多花了十分鐘零九秒。」

明明剛才坐公車過來都沒有反駁，怎麼現在多花十分鐘就這麼生氣了。

大概是知道齊溪在想什麼，顧衍瞟了她一眼：「剛才我姊臨時安排了任務，有點趕，所以我的時間很緊張。」

齊溪快步跟上：「那要我回去幫你一起做嗎？」

顧衍的唇角有些平，他毫不猶豫拒絕了齊溪的好意：「不用，妳剛加了那麼多好友，肯定有不少學弟會跟妳打招呼，然後開始諮詢問題，諮詢完問題總要聊一下別的，反正是同個學校同個學院畢業的，能聊的話題很多，沒多久就可以熟悉起來聊最近看的電影好吃的餐廳了，這樣光是聊天，一個人最起碼妳也要聊半小時，剛才十分鐘最起碼加了二十幾個人，大概能聊到今天晚上不重複吧。」

這男人冷颼颼道：「妳這麼忙，我還是不打擾妳了。」

「……」

像是為了符合顧衍所說的一樣，他的話音剛落，齊溪的通訊軟體提示音就接連不斷響了起來。

她有點不好意思：「但都是學弟學妹，我也不好拒絕吧……」

「有什麼不好拒絕的？有原則的人就不會加。」顧衍掃了齊溪一眼，然後看向了道路上掉落下來的梧桐葉，「我就一個也沒加。」

「學姐！齊溪學姐！」

一陣喊聲打斷了顧衍和齊溪的對話，齊溪回頭，才發現身後小跑著追來的，正是剛才問答環節在萬眾矚目下跟自己要好友的，這個男生或許是被顧衍的話說得有些尷尬了，因此在問答結束後，齊溪反而沒見到他。

如今這男生氣喘吁吁地站在她面前，跑得太急，連說話都有些斷續：「齊溪、齊溪學姐，妳還沒有回答我的問題……」

顧衍的表情變得有些難看，他抬起手腕，指了指手錶，「齊溪，我趕時間。」這男人聲音平淡道：「有一個標紅是緊急的郵件，我姊讓我立刻研究好後回覆客戶……」

只是顧衍的話沒說完，那位氣喘吁吁的學弟就打斷了他：「齊溪學姐，妳是單身嗎？」

這男生的眼神殷切，「這對我非常重要，請一定要告訴我真話！」

齊溪沒有機會開口回答這個問題，因為等不耐煩的顧衍已經替她做出了回答，他把齊溪拽到了自己的身邊，有些冷冷地看向了學弟，「我們很忙。」

但這一次學弟沒有退縮，他勇敢地看向了顧衍，「可現在是私人時間了，我沒有占用別人的時間，而且學長，我問的是學姐，不是你。」

這學弟不怕死地再接再厲道：「顧衍學長，你現在只是齊溪學姐的同事啊，我問她什麼也不需要和你彙報吧！你要是忙的話你可以先走，外面攔車很容易。」他說到這裡，看向了齊溪，「學姐，妳有空的話我們可以聊聊嗎？我請妳去喝咖啡。」

「齊溪，我看了下，我姊安排給我的工作難度有點大，如果妳不幫忙，我應該沒辦法在deadline之前完成。」

顧衍的聲音很平，但齊溪還沒來得及反應，學弟的聲音已經響了起來——

「學長，你這樣三番五次阻礙我和齊溪學姐談事情，是不是反而是你自己有什麼不可告人的私心？」現在的年輕人果然都很彪悍，這學弟不甘示弱地看向了顧衍：「之前都聽說學長你畢業典禮上被齊溪學姐當眾拒絕了，是不是因為表白失敗所以懷恨在心，見不得齊溪學姐好啊？」

「……」這就有點哪壺不開提哪壺了！齊溪當下腦門上的汗就要出來了。

顧衍的表情果然變得很可怕，怎麼可能不在意這件事？

好不容易漸漸開始淡忘的白月光和舊事，又這樣猝不及防被學弟掀開來了，簡直像是揭傷疤一樣。

齊溪也變得有點悶悶的不開心，她很想當這件事從頭到尾都沒存在過，最好顧衍的白月光自始至終都沒存在過。

只是齊溪也不知道怎麼回事，越是慌亂忐忑和不安委屈的夾擊下，越想要裝成淡定和遊刃有餘，她看向了學弟，冷靜道：「這件事我澄清過了，是我誤會，顧衍並不是要向我表白，他有喜歡的女生，那封帶了性騷擾的表白信並不是他給我的，只是陰差陽錯弄錯了，請你不要過分解讀。事情發生後我也在各個管道澄清道歉了，只是你可能沒注意到。現在我和顧衍是同一個團隊的，我們彼此信任合作，做好專案服務好客戶是我們共同的目標，團隊之間互相幫助很正常，顧衍之前也常常會在我的工作上幫助我，所以他剛才的要求絕對不是為了有什麼私心阻礙我，請你不要對他進行過分的解讀，他根本不是這種人。」

齊溪義正辭嚴說這些話的時候，顧衍看向了齊溪。

齊溪不去看顧衍，她忍著心裡的緊張和忐忑，說得非常冠冕堂皇：「至於單身，我覺得單身挺好，現在這個階段我想發展事業……」

顧衍又看了齊溪一眼，然後垂下了視線。

學弟聽完這個答案明顯有些低落。

雖然學弟初生牛犢不怕虎，但好在是知進退的，齊溪溫和但有力地表達完自己的態度後，雖然他一臉惋惜和不死心，但還是和齊溪揮手再見——

「學姐，等競合所接收實習生的時候，我一定會第一時間投履歷的，畢業後我的第一目標也是進入競合所，希望未來能成為妳的同事，能和妳進入同一個團隊！我會和妳一起發展事業等妳的！」

小學弟走了，但不知道顧衍是不是想起了畢業典禮上的一幕，想起了他求而不得的白月光，齊溪總覺得顧衍有點生氣，雖然他沒有明顯的情緒表達。

一時之間，兩人之間的氣氛有點凝滯了。

齊溪覺得尷尬又有些焦躁，她急需說點什麼打破這種沉默：「顧衍……」

只是她剛開口，顧衍也開了口。

這男人看著她，用非常平靜的聲音問道：「妳覺得我有私心嗎？」

「沒有！絕對沒有！」齊溪連連擺手：「顧衍，你放心，你的人品有目共睹，我不會因為不認識的學弟的幾句話就和你產生隔閡，人家誤會了畢業典禮的事，戴著有色眼鏡看你對你有敵意，但平時相處裡我知道你是怎樣的人，我知道你不會真的因為有私心就阻礙我什麼或者見不得我好。」

只是自己這樣一番表態，顧衍看起來也沒高興到哪裡去，目光反而有點複雜，他看了齊溪一眼，「妳這樣子怎麼做律師？」

這和做不做律師有什麼關係？

顧衍抿了下唇：「我又不是道德楷模，也未必有妳想的那麼好。」他看了齊溪一眼，「做律師還是不要太相信真善美了。」

「我當然知道律師不要太天真，也不要太美化現實或者客戶，這些我當然分得清。」齊溪有些不開心，「但你是你。」

不知道為什麼，齊溪對此就是很篤定，她看了顧衍一眼，但很快移開了視線，踢了一腳路上的梧桐葉，「顧衍你不會那樣的。」

齊溪抬頭朝顧衍笑了下：「是吧？」

顧衍像是不太想回答，但被齊溪盯著，到底還是有點不自在，他像是思考了很久，最後才「嗯」了一下。

因為顧衍趕時間，回去的交通方式自然選擇了搭計程車，只不過這個時間段，郊區大學城附近用車量非常大，齊溪網路叫車後，發現還需要等待二十幾分鐘。

兩個人站在容大門口等車，齊溪看著校門口的烘山芋攤，突然有點饞，趁著還在等待，她便丟下顧衍，跑去排隊打算買個烘山芋。

只可惜烘山芋攤的大叔至今還沒有更新收款方式，還在用最古老的現金收款，齊溪自工作後，很少帶現金了，又不甘心買不到山芋，只好跑回去，打算跟顧衍借。

其實齊溪走離開顧衍的時間非常短，等她轉身朝顧衍走去，就發現此刻顧衍身邊已經站了一個女生，那女生打扮時髦，妝容精緻，穿著也比一般大學生更奢侈華麗些，正笑意盈盈地和顧衍說著什麼。

齊溪不是沒聽趙依然說過顧衍在校外校內被人搭訕的盛況，但第一次見到還是有點不一樣，這真的讓人不太開心。

但齊溪一想，自己又沒有什麼不開心的立場，結果竟然變得更不開心了。

「這位同學，能不能麻煩你借我一百塊錢？」

齊溪稍微走近了點，終於聽清了那搭訕女孩說的話，她的聲音嬌滴滴的，很溫柔如水的樣子，正在嬌軟地向顧衍借錢：「不好意思我的包包剛被路口騎摩托車的人搶走了，錢包和手機都在裡面，能不能麻煩借我點錢好讓我攔車回家？」

這女生塗著果凍唇，用有點可愛又有點可憐的情態看向顧衍，雙手合十道：「拜託你了。我可以把我的通訊軟體ＩＤ留給你，還有我的手機號碼，之後你可以聯絡我，我會還錢的，你可以放心的。」

齊溪簡直想翻個白眼，這另類搭訕也挺無語的，先找顧衍借錢，一來二去再以此為藉口加個好友，然後號稱為了還錢把人理所當然約出來吃飯，先吃第一次，再吃第二次，三次四次就差不多能好上了……

這算是很老土的手段，但……

但這個女生確實有點漂亮，顧衍未必會拒絕。

齊溪有點忐忑顧衍的反應，但很快，她就知道自己想多了。

顧衍連站立的姿勢都沒變，連友善都懶得裝，非常沒有誠意地拒絕了對方——

他淡然道：「我沒現金。」

女生咬了咬唇，竟然再接再厲了起來：「那你願意幫我叫個車嗎？你可以叫車幫我線上支付一下的。」

「我不願意。」顧衍冷漠道：「妳找願意的人吧，我看那邊有個男的挺想借給妳的，說不定還能直接全程送妳回家。」

「……」

對面的女生完全愣住了，她長得漂亮，用這麼老土的方式搭訕，恐怕也是出於自信，想必此前但凡她主動搭訕，都沒失手過，因此如今被顧衍拒絕，這女孩都有點不知道這話題怎麼再接下去。

顧衍看了她一眼：「容大門口早就和警局連線了，現在治安非常好，摩托車搶錢搶包都是十幾年前的事了，那時候容大周圍還很荒涼，方便騎車逃竄。現在這段路上都是壓馬路的情侶，沒有人會選擇騎摩托車搶包了。」

「……」

顧衍毫不留情地說完，絲毫不顧忌對方的尷尬，他轉了身，然後看到了齊溪：「妳買好了嗎？」

齊溪不知道自己此刻是什麼心情，但剛才那種悶悶不樂的情緒已經完全沒有了，此時混合著難以掩飾的歡樂和舒坦，像是被從籠子中釋放出的小鳥，每一片羽毛都寫滿了情緒，要非常克制才能忍住不立刻放聲高歌。

顧衍很快看到了她空著的手，他微微皺了下眉：「不是去買烘山芋了嗎？」

齊溪吸了吸鼻子，走到了顧衍身邊：「那邊還是只收現金，沒帶現金。」

不知道為什麼，齊溪覺得自己好像已經不餓了，也不再饞甜的東西了，沒有吃到烘山芋，但是她已經覺得緩和了起來。

她朝顧衍笑了下：「算了，我不吃啦。」

然而她話音剛落，顧衍就從褲子口袋裡拿出了錢包，然後當著剛才那個借錢失敗的女生的面，抽了一百的紙鈔給齊溪，「去買。」

齊溪有點愣，剛才借錢的那個女生更愣了。

顧衍有點不高興地皺了皺眉，一點也沒意識到不妥，他瞪了齊溪一眼，「趕緊點，車馬上就要到了。」

齊溪在顧衍的催促下覺得昏頭轉向，借錢失敗的女生就盯著她，她被盯得臉上一熱，手腳都有些不協調，根本來不及思考別的，就拿著錢去了烘山芋攤上。

齊溪的心跳得很快，直到她買了山芋，在借錢女生無語的瞪視裡和顧衍一起坐上計程車，都還有些無法平復。

她攪著手指，咬了下嘴唇，「剛才那個女生挺漂亮的吧。」

「誰？」

「剛才跟你借錢的。」

顧衍看了齊溪一眼：「沒注意看。」他隨即有些意外：「妳都在注意什麼東西？別成天盯著男人女人的臉看。」

「……」

不知道為什麼，齊溪心裡變得很緊張，像是六合彩快要開獎前，她既期待，又害怕期待落空，明知道中獎的機率並不高，但還是控制不住想要開獎，「剛才，為什麼她跟你借錢的時候你不給，但我跟你借你就給了啊？」

齊溪忐忑得要命，但顧衍卻很淡然。

他理所當然地看了齊溪一眼：「那不然呢？難道借給一個完全不認識的人？借給妳，妳不還給我，我還能找我姊直接扣妳薪水還款，借給她，不就是肉包子打狗？」

「……」

顧衍咳了咳，移開了視線，「妳不知道今年國家重點打擊電信詐騙？主動留號碼和ＩＤ給人，能有什麼好事？說不定以後知道我是律師了，還天天想要免費諮詢。」

「……」

顧衍冷冷地看著齊溪：「所以叫妳不要亂加別人好友了。」

「……」

齊溪覺得，顧衍追白月光失敗，單身這麼多年，可能確實還是憑本事辦到的。

很快，回到事務所，齊溪和顧衍就各自投入到工作中了，對於在容大發生的小插曲，齊溪也沒有再在意，只是她萬萬沒想到，這個小插曲引起了相當大的連鎖反應——齊溪和顧衍莫名其妙的紅了。

晚飯後，齊溪接到了趙依然八卦語氣十足的電話：『齊溪，妳知不知道妳紅了啊？』

「什麼啊？」

『今天一個平臺的大主播直播教學如何和男人撒嬌，做了一檔課程節目，打出的噱頭是，沒有她靠撒嬌搞不定的男人，偽裝成需要幫助去借錢的女生，透過話術讓陌生男人也乖乖掏錢。直播大概持續一小時，之前她遇到的男人沒有拒絕她的，甚至還真的有不知情的想和她後續發展戀愛關係的……』

齊溪突然意識到了什麼，她微微皺了下眉：「妳是說……」

『直到這個大主播攻略到顧衍身上，然後她就翻車了，翻車得好徹底，顧衍死也不借錢給她，上一句說沒現金，下一句就掏錢給妳。因為太打臉，這檔直播出圈了。』趙依然八卦意味十足道：『網友就去挖你們的資訊，結果挖到了你們前些時候幫律協拍的普及法律宣傳小影片，現在你們那些小影片一下子紅了。』

說到這裡，趙依然也忍不住哈哈哈起來：『你們拍的都是什麼鬼啊？妳演流氓妳別說，還挺入戲的呢，但顧衍有點太敷衍了吧，都不反抗，一臉「妳強姦就強姦吧」的生無可戀……』

趙依然還在感慨齊溪和顧衍修復感情成功，齊溪倒是坐立不安了起來。

等掛了電話上網一搜，齊溪整個人都麻了。

沒多久前，她和顧衍把普及法律小影片好歹彩排了一遍，然後就抽空在律協的安排下進行了拍攝，拍攝現場也挺簡陋，一看律協就沒有太多預算，這粗製濫造的小影片拍攝完，齊溪甚至不知道是在什麼平臺投放的，只知道完全沒引起什麼水花。

只是等她掛了趙依然的電話上網一搜，才發現，她和顧衍還真是喜提爆紅。

此前拍攝的小影片被翻了出來，流量一下子爆炸了。

齊溪盯著原本只有幾千，如今已經變成幾千萬的點擊量，感覺腦袋有點大。

豬太顯眼了就會被宰掉，人太顯眼了也會……

果不其然，第二天，齊溪和顧衍就被叫到了顧雪涵的辦公室——

「律協老師說你們上次拍攝的普及法律小影片效果特別好，讓你們再去拍個系列，你們現在算是律協裡的流量擔當，所以這個任務要好好完成，這次還是律協主任親手寫的劇本。」

一聽是律協主任親手寫的，齊溪就有不好的預感。

這種預感在拿到劇本後成了真。

又是一個婚姻糾紛的本子。

這一次糅雜的元素就更包羅萬象了——

「小強和爸爸的富豪朋友王叔叔家的女兒小萌是青梅竹馬，感情甚篤，長大後兩人順其自然結了婚，可惜婚後連續生育了三個孩子都有先天性疾病而夭折，兩人抱頭痛哭，透過基因檢測最終發現了事實真相，原來有情人真的會終成兄妹，小強竟是富豪王叔叔的親兒子！和小萌原來是同父異母的兄妹！一直重男輕女的王叔叔聽聞這個消息，因驚喜過度突發心臟病去世，來不及留下遺囑，作為私生子的小強和婚生子的小萌，因近親結婚婚姻宣告無效，並因遺產繼承問題大打出手……最終，透過法律手段和調解，兩人冰釋前嫌，決定做不成夫妻就做兄妹，以另一種身分永遠陪伴彼此，一起共用巨額遺產……」

因為要素過多，齊溪已經不知道從哪裡開始吐槽了。

律協顯然對這次拍攝很上心：「上次都讓你們自己倒騰去拍攝了，這次因為你們上一個影片引流宣傳效果好，司法局特批了經費給我們，這次我們還請了導演和製片，你們的拍攝工作會輕鬆很多。我們一起幹一票大的！」

要不是說這話的是律協的工作人員，齊溪恍惚間還以為他們是什麼違法亂紀的犯罪集團在做作案前的動員大會。

只是雖然經費是多了，還請了配套的人員，但拍攝不僅沒有變得更輕鬆，反而更複雜了——

「來來，你們兩個湊近點，你們現在是一對青梅竹馬！臉貼著臉！」

以前齊溪和顧衍自己拍的時候，兩個人根本不會在意這麼多細節，但是這導演卻非常完美主義：「你們兩個人是情侶，貼近點！最好再抱著借位擁吻一下！」

兩人此刻根據導演的要求一上一下地站在臺階上，齊溪在下面，顧衍在上面。

齊溪其實已經和顧衍貼得非常近了，但導演似乎還不滿意，還要求加上很多肢體細節，比如顧衍摟著齊溪，齊溪踮起腳尖，揚起臉，手輕輕觸碰著顧衍的腰，然後送上自己的嘴唇。

並不需要真的親，但……

即便是這樣的姿勢，齊溪已經覺得羞恥到渾身發麻了。

顧衍腰部分的外套上有點涼，因此齊溪手上的溫度變得更加突兀，她感覺自己渾身都快燒起來，手腳變得都有些綿軟無力，像是發了一場燒。

而太近的距離下，她的鼻尖幾乎快要觸碰到顧衍的鼻尖。

導演還在指點顧衍：「你側一下頭！你們配合一下，很快就能拍好了！」

大概拍攝得實在太細節了，顧衍雖然抑制得很好，但好像也有一些煩躁，他像是深吸了一口氣，做了很強的心理建設，才聽從導演的指揮，側了下頭。

如此便形成了一個側著頭和齊溪接吻般的姿勢。

為了拍出真實效果，兩個人湊得很近很近。

「很好！很好！維持這個姿勢！我們要多拍幾張當海報宣傳！再堅持一下！」

齊溪非常非常緊張。

顧衍的目光猶如風輕撫過齊溪，因為太近了，近到齊溪稍微動一下，很可能就真的能碰到顧衍的嘴唇，那種腦子一熱所有理智都被燒空的感覺又來了。

就在齊溪感覺呼吸都變得小心翼翼之時，顧衍做出了火上澆油的舉動。

「妳不要亂動。」

他的聲音有點壓抑，大概離得太近了，也努力控制著音量，變得比平時更輕，以至於反而帶了點若有似無的曖昧和轉瞬即逝的難以捉摸。

只是人總是忍不住驀地顫抖，越說不要亂動，齊溪好像越難控制不去亂動。

「好了！再擁抱一下！」

因為變得非常緊張，齊溪失去了一貫的冷靜，在急於去配合導演的新指令改變此刻過分接近的姿勢時，她因為動作太大，比顧衍快了一拍，在轉頭的時候，她的嘴唇輕輕地觸碰到了顧衍的。

顧衍愣了愣，他像是還沒回過神，也沒意識到剛才發生了什麼，只是有些發呆一樣地瞪著齊溪。

齊溪簡直想挖個地洞連夜逃跑消失在地球。

自己都幹了些什麼啊？！

雖然只是短暫的觸碰，但嚴格意義上來說，不就是……

齊溪不敢也不想再想下去了。

她有些過分刻意和僵硬地做出了導演下一個所需的動作，佯裝心無旁騖一切如常，大大方方地抱住了顧衍。

越是心虛的時候，就越要表現出不心虛，才能鎮住場面。

因為顧衍看起來很冷靜，齊溪覺得自己也不能輸，看起來應該要比他更冷靜才行。

只是很快，齊溪知道並不是的。

因為抱著的姿勢，她的頭正好靠在顧衍的胸口，然後她聽到了顧衍的心跳——那是不遑多讓，跳得比她更快更亂的心跳聲。

齊溪很難相信，顧衍此刻冷淡的表情下，竟然是這樣的心跳。

因為有專人協助，這次拍攝滿足了導演的細節需求後，確實完成得更快速了。

「收工了收工了，大家要一起吃個飯嗎？」

齊溪哪敢留下吃飯，她覺得自己不正常極了，像個從精神病院裡溜出來的病患，再待下去，就會被看出偽裝，扭送回醫院去。

拍攝一結束，她便趁著顧衍去洗手間的當口，幾乎是落荒而逃了。

其實可以佯裝鎮定，和顧衍打個招呼再走的，但齊溪覺得自己連這也做不到了。

而她逃回顧雪涵家的同時，顧衍的電話來了。

他的聲音很平穩，聽起來不像質問，但語氣有點奇怪：『拍攝結束不是有聚餐嗎？』

齊溪開始胡亂找理由：「我突然想起來有點事，有個案子顧 par 交代做一下案卷整理，還有一些電子資料也叫我分門別類歸檔，還有很多要理……」

電話那端顧衍的聲音低沉而好聽：『需要我幫忙嗎？』

齊溪幾乎是飛速拒絕了顧衍的提議：「不用了！」

因為被這樣乾淨俐落的拒絕，顧衍的聲音顯然和他的主人一樣愣了愣，可能是有些尷尬，但最終顧衍沒有說什麼。

兩人突然沉默了。

過了片刻，就在齊溪打算再找個藉口掛斷電話時，顧衍才再次開了口——

『如果太熱的話，我有時候會心跳加速。』

嗯？

齊溪還有些愣，就聽見顧衍冷靜地補充道：『剛才拍攝的時候，太熱了。』

這男人的聲音變得有些不自在：『今天太熱了。』

他沒頭沒尾地說完，又不說話了。

明明對方沒有說什麼，但齊溪變得很緊張，她虛張聲勢地「哦」了一下：「那你最好去看一下醫生，做一下心電圖，排除一下心臟方面的疾病，現代人有心臟問題的很多，什麼心肌炎啊之類的……」

等最終掛斷電話，齊溪甚至都不知道自己剛才都說了什麼。

她有點懊惱，扔了電話，一下子撲進床上鑽進了被子裡。

啊啊啊啊啊。

自己都在幹什麼啊！！！

齊溪直到第二天都沒想好要用什麼樣的情緒去面對顧衍。

顧衍是不是……是不是確實有點喜歡她？

齊溪還有些緊張和不安，但顧衍似乎已經回歸了平日的模樣。

工作的環境讓齊溪也逐漸安定下來，但看著在一邊盯著電腦寫資料如往常一樣鎮定的顧衍，雖然不想承認，但齊溪其實有一點失落。

好在很快，顧雪涵打了內線電話給她，然後安排了工作——

「明天輪到我們所去司法局法律援助中心值班，本來輪到呂律師去，但是他客戶那邊臨時有事走不開，顧衍明天上午有個會要跟我一起去。所以齊溪，現在所裡有空的排下來只有妳，雖然妳還是實習律師，但應對法律援助中心一些簡單的電話和現場諮詢是綽綽有餘了，明天就妳去那邊值個班。」

顧雪涵說到這裡，笑了下：「顧衍正好在妳入職前也這樣臨危受命去值班過，妳要是有什麼不會的可以問問他。」

齊溪出了辦公室，已經不再去想顧衍，對馬上要開始的法律援助工作有點忐忑也有點緊張。

第一次去司法局下屬的法律援助中心值班，還是一個人去，齊溪雖然面上一派自然淡定，但內心還有點退縮。

電話諮詢和現場諮詢的問題，會不會很難？萬一涉及到自己根本不熟悉的領域，那怎麼辦？司法局的工作人員會幫助自己嗎？遇到有需要援助的諮詢者應該怎樣引導對方？

齊溪坐回座位，腦海裡是一堆問題，她看向了旁邊正在寫郵件的顧衍，不再扭捏別的，迫切地想要問問他過來人的經驗：「顧衍！我明天要去司法局的法律援助中心值班了！」

齊溪原本以為顧衍會主動告知自己一點值班經驗，畢竟她和顧衍都這麼熟了，而且顧衍還疑似對她有那麼點意思的樣子。

只是出乎她的意料，顧衍只「嗯」了一聲，看起來並沒有聊天傳授經驗的興趣，他的眼神甚至都沒離開電腦螢幕。

齊溪知道，明天顧衍和顧雪涵要去開的會是客戶臨時召集的，因此今天顧衍幾乎是一來，就劈頭蓋臉收了一堆任務，有一堆資料要寫，原本從來遊刃有餘的人，此刻眉心都微微皺起。

他現在一定焦頭爛額忙得要死，為了明天的會議實在顧不上別的，尤其是齊溪這種無關痛癢的小事。

道理齊溪都明白，但可能因為期待過大，還是沒來由的有點悵然若失。

或許，顧衍對她是有一些好感，但也只是一些好感罷了。

而更讓齊溪覺得有些失落的是，顧衍前幾天對那個電梯裡的鄰居都能關照一下呢……

怎麼輪到自己，就剩下一個「嗯」了。

聽起來也太敷衍了。

而大概是為了打擊齊溪一樣，沒過多久，行政部的同事就告訴顧衍外面有人找。

顧衍和行政部的前臺同事在座機裡講了幾句，等他確定了門外找他的是誰，這男的幾乎是立刻放下了手頭的工作朝門口走去。

所以是誰？讓顧衍直接放下了手頭那麼忙的工作？是很重要的客戶嗎？

齊溪內心掙扎了片刻，最終決定去飲水機倒杯水，她稍微繞了點路，經過了事務所門口，然後看到了顧衍的訪客。

正是那一位女鄰居。

她今天穿了一件洋氣的羊毛裙，紅色襯得她皮膚雪白，顧衍站在她身邊，看起來就像一對賞心悅目的養眼情侶。

明明沒吃什麼奇怪的東西，但齊溪就覺得自己心裡像是吃壞了東西一樣翻江倒海起來，她開始努力自我安慰和排解情緒。

或許是工作……

女鄰居也可以找顧衍諮詢法律的事的。

但其實齊溪也知道這解釋過不去，因為就在這時，那位女鄰居拿出了手機，然後開始播放什麼，顧衍抿著唇，然後湊上去，和對方一起盯著手機開始看，像是在看什麼影片還是聽什麼音訊，完全不像是在談工作的模樣，因為齊溪想不到有什麼法律諮詢的事，不正式點進到事務所的會議室裡來談，而且她也想不到有什麼法律事務，需要靠那麼近一起看手機。

齊溪心裡氣呼呼的，糅雜了淡淡的怨恨和酸溜溜的嫉恨，這都什麼和什麼嘛，她不平地想，剛才自己問明天去法律援助中心值班注意事項的時候，顧衍表現得那麼冷淡甚至不肯分點時間跟自己簡單講幾句，結果那個女鄰居一來找，還在上班時間就殷勤地出門和人家一起看手機了！

齊溪看著兩人湊得很近的頭，突然覺得有點難受。她不想再看了，飛速地走回了座位。

晚上的時候齊溪和趙依然約了吃飯。

趙依然今天難得沒有加班，表情非常興奮：「對了齊溪，房子我找得差不多了，下次帶妳一起去實地看看，沒什麼問題我們就簽租約，快的話下週就能搬進去住了。」

這本來是大好事，但齊溪也提不起精神，她蔫蔫地「嗯」了一聲，和趙依然隨便聊了點有的沒的，本想憋著不說，但最終齊溪還是沒忍住，和趙依然控訴了顧衍對自己和鄰居完全不同的雙標行為。

顧衍甚至沒時間開口告知自己幾句法律援助值班的注意事項，卻有時間跑到門口去和女鄰居一起看影片。

結果趙依然聽完，非但沒有感同身受，還對齊溪表達了鄙夷：「妳雖然是學霸，一面對案子，也挺機靈，但情商方面，只要一涉及到自己身邊的人和事，真的有點遲鈍啊。」

齊溪自然不接受，她不服道：「那妳倒是幫我分析分析顧衍為什麼那麼對我！」

「妳之前不是和我說，和他關係現在搞得還可以嗎？那從這件事裡，就說明他現在確實挺當妳是朋友，所以內外有別啊！妳自己想想，妳在妳老闆面前，肯定是戰戰兢兢恨不得一直表現優秀，但在家裡，肯定就會更放鬆一點。」

趙依然講得頭頭是道：「顧衍現在把妳當朋友，妳也說了，他手頭事情很忙，那一忙起來，即便顧不上妳，不特別回應妳，肯定是他心裡覺得你們畢竟是朋友，都那麼熟了，妳也不會計較；而對那個鄰居呢，還是要時刻保持自己謙謙君子人設的，何況，這麼關心別人，還送別人回家，妳不覺得可疑嗎？」

齊溪微微抿了下嘴唇，內心很抗拒往趙依然說的那個方面想。

趙依然卻一臉彷彿挖到大八卦般的興奮：「妳說顧衍會不會喜歡人家啊？人對自己喜歡的人，一般都會比較特別，甚至在對方面前美化自己，意圖展現出自己最完美的一面，尤其是還沒在一起之前！」

趙依然說到這裡，撩了下頭髮：「反正我很難想像顧衍會這麼主動關心別人。」說到這裡，她雙目放光地盯住了齊溪，「所以那女鄰居怎麼樣，長得美嗎？我真好奇顧衍會喜歡什麼樣的女生欸！妳知道當初多少人追他嗎？如果他真的就此脫單了，那從此這地球，會不會又多了一群傷心的女人……」

好在趙依然實在有說不完的話題，她很快就跳過了這個話題，又開始八卦他們法院刑事法庭的風雲了，但齊溪卻有點在意。

那個女鄰居，和齊溪顧衍是同校的，而顧衍確實也說過，自己的白月光雖然拒絕了他，但時不時還會出現在他的面前，如果是鄰居，那麼一切都說得通了，畢竟即便畢業後，住在同一棟大樓裡，總是時不時能撞見，所以會不會真的……

齊溪覺得自己此時那些咕嚕咕嚕碳酸氣泡般的情緒，確實如從密封的罐裝裡冒出頭的氣泡一樣，在接觸到現實空氣的一剎那，就一個一個都破了。

她開始覺得難堪和赧然，顧衍真的對自己很特別嗎？

她是不是又一次對顧衍自作多情了。

從最初拿到情書時一下認定寫情書的人是顧衍，誤會顧衍喜歡的人是自己；到現在工作後在日常的接觸裡又開始懷疑顧衍喜歡她……

如今看來，這些好像都是齊溪一個人的一廂情願。

人生三大錯覺之一就是過分解讀他人的態度，誤會別人喜歡自己，甚至為此扭扭捏捏，最後才發現扭捏了個寂寞。

顧衍是很好的人，因此他摒棄前嫌接納了犯錯的齊溪；因為他從不嫉賢妒能，所以工作中也從不藏私，願意幫忙；因為他品行端正善良，所以在齊溪遭遇危險的時候，能挺身而出……

或許這些都不是特殊對待。只是因為顧衍是一個很好的人？

至於心跳，即便是自己，和別的異性因為一些原因不得不產生肢體接觸時，可能也會產生單純的緊張，為此也會心跳加速。

這就和吊橋效應一樣，當一個人提心吊膽地過吊橋的時候，會不由自主地心跳加快。如果這個時候，碰巧遇見另一個人，那麼他甚至有可能會錯把由這種情境引起的心跳加快理解為對方使自己心動，才產生的生理反應，最後把提心吊膽的害怕混淆成了突然萌生的愛意。

顧衍會這樣嗎？

齊溪努力甩了甩腦袋，覺得自己最近有點太閒了，所以思想也變得十分危險，還能有這麼多時間想這些亂七八糟的。為了杜絕這類事情再次發生，她決定多找點事幹，先研究一下明天即將到來的法律援助工作。

說來明天就要第一次去法律援助中心值班，但齊溪卻激動不起來，回到顧雪涵的住處時，她的情緒還有點低落。

雖然顧雪涵原本並沒有出差行程，但聽顧衍說她今晚又臨時出差了，因此顧雪涵的房子今晚又是齊溪一個人借住。

顧衍今天大概在所裡加班忙資料的事，直到齊溪熄燈睡覺，也沒見隔壁屋子裡的燈亮起來。

齊溪不知怎麼有點失眠，在床上輾轉反側了半天，都把自己翻餓了，齊溪也沒睏意，於是索性起床做宵夜。

顧衍是在齊溪剛煮完荷包蛋麵的時候回來的。

齊溪一聽到對門的動靜，便跑向了門口，她的麵意外煮得有點多，如果顧衍還有點餓的話，她可以邀請他一起來吃宵夜。

不過因為此前才經歷過驚魂未定的地痞事件，為了確保萬一，齊溪還是沒先開門，而是湊在貓眼上打算先確認下。

確實是顧衍。

但他的身後還跟著一個女生，正是此前電梯裡和顧衍打招呼，下午才去競合所找過顧衍的女鄰居。

幸好沒開門，否則豈不是很尷尬。

齊溪本來放在門把上的手漸漸鬆開來，她知道不應該看，但偏偏忍不住。

她看到顧衍讓對方等在門口，然後回家放下了文件資料，才再次從屋裡出來，低聲和那個女生說了什麼，跟著她一起走了。

雖然原本多有猜測，但到底沒有實證，如今親眼見到這一幕，齊溪突然覺得有點眩暈，這麼晚了，顧衍要跟對方去哪裡？

她不想承認的答案幾乎呼之欲出了。

齊溪慢吞吞地挪到廚房，突然覺得剛煮好的宵夜不香了，自己一點也不餓了。

她晃蕩到客廳裡，有些不知所措地下意識朝著窗外看。

顧雪涵的房子視野很好，能看到通往社區門口的路，再遠一點，還能看到街上的情景。這裡地處商業街，周邊配套設施齊全，有不少ＣＢＤ商圈和高級飯店，但又有鬧中取靜的優勢。

此時此刻，窗外是靜謐的夜，路燈閃著昏黃的燈光，路上早已稀稀落落沒幾個行人，因此當顧衍帶著鄰居女生出現時，便突兀得讓人無法忽視。

齊溪沒料到能從窗戶看到走出樓梯間的兩人，她其實有些難受，但還是有些固執地站在窗戶向下望去——

顧衍看起來有點趕，因此步子邁得有些大，跟在他身後的女鄰居不得不小跑才能跟上他，中途顧衍沒有回頭，兩個人一前一後，走出了社區的門，變得越來越小，也離齊溪越來越遠。

然後齊溪看著變小了的顧衍沿著社區外的街道，逕自走向了不遠處的一家五星級飯店。

顧衍走了進去，帶著那個女鄰居。

這大半夜的，兩個人一起去飯店，之後會發生什麼，幾乎不言而喻了。

齊溪突然不想再盯著飯店門口看了。因為她覺得自己有一點好笑。

她還在期待什麼嗎？

她好像也沒資格期待什麼。

像是任何一個虎頭蛇尾的故事一樣，當齊溪終於意識到自己有一點點喜歡顧衍的時候，故事已經迎來了尾聲，一切已經結束了。

顧衍並沒有對齊溪特別，也並不是喜歡她。

他有喜歡的女生，如今看來，蛛絲馬跡裡，那位女鄰居就是他心心念念的白月光——同校因此會出現在圖書館，才有顧衍為了她也去圖書館的事發生；又因為是鄰居，因此即便畢業後還能時時晃蕩在顧衍的面前，讓顧衍每次想要放棄的時候又不得不被吊著。

不過顧衍說她脾氣差，和齊溪那天在電梯裡對對方的第一印象完全大相徑庭。

齊溪悶悶地想，或許這就是渣女的能耐吧！表面溫柔如水，其實擅長操控人心？對男人而言，好好對他們的女人，不如狠狠打壓折磨他們的女人來得刻骨銘心？

當然，從顧衍的角度來說，他歷經萬難，終於和喜歡的女生走到了一起，都直接進展神速到去開房了，不論如何，齊溪是應該替他高興的。

可齊溪覺得自己像白雪公主裡的惡毒繼母，她本來打算努力對著鏡子微笑，但營業式假笑了一半就垮了下來。

去他的替顧衍高興。

一點也不高興好不好。

第九章　並肩作戰

齊溪最後是悶悶不樂睡著的，因此第二天沒能自然醒。法律援助中心跟所裡比離顧雪涵家更遠，她好不容易才提前了十分鐘趕到。

司法局下屬的法律援助中心是國家撥款建立的，專門幫助發生了法律糾紛，需要法律服務，但因為經濟困難沒有能力聘請律師的一些弱勢族群，每週一到週五，由每個事務所輪流派駐律師蹲點，為這些來諮詢的弱勢群眾提供無償的法律服務。

容市的法律援助中心並不是齊溪想像中和法院檢察院一樣氣派的建築，它就在司法局旁邊政務服務中心裡，有一個小小的辦公室，牆壁上掛著法制標語，還有以盾牌、一顆心和兩隻交握在一起的手組成的圖示，顯得有些肅穆和莊重。

齊溪是火急火燎一路趕過來的，因此一路都沒看手機，此刻拿起來，才發現了一堆未讀訊息提醒，其中有一些是顧雪涵長期法律顧問單位的法務提的小問題，還有些是此前接待的潛在客戶的諮詢，齊溪一一精簡地處理完，再往下移，才看到了顧衍的訊息。

他傳了個 word 文件檔案給齊溪。

是顧雪涵安排讓齊溪配合的工作嗎？

文件檔案看起來還不小，是什麼急活嗎？

齊溪好奇地點開來，才發現裡面並不是顧雪涵安排的工作，而是——

『法律援助中心值班沒有什麼特別需要緊張的，辦公桌的電腦鍵盤下面壓著開機密碼，左邊抽屜裡會有值班須知，妳用密碼進入辦公電腦後，桌面上會有法律援助案件辦理資訊錄入系統，妳點開，為妳值班當天的一切留下臺帳資訊就行。』

『法律援助的值班主要是接電話，諮詢電話幾乎會一直響，妳只要正常回答他們的諮詢，並且在系統裡記錄下諮詢的內容和妳簡短的回答內容就行。』

『除了電話諮詢外，還常常會有上門諮詢的人員，妳負責耐心接待、記錄，如果能口頭給予答覆的問題，就直接口頭告知並做好登記紀錄就行。』

那萬一人家來諮詢的是很複雜的案子，口頭根本解答不了呢？

顧衍彷彿知道齊溪會問什麼一般，隨著齊溪往下讀，就看到了他關於此點的說明——

『如果案件比較複雜，妳需要根據辦公桌上法律援助的規定，篩選確認下對方是否符合申請法律援助的資格，如果符合的，就可以讓對方填寫相應表格，提交後進入法律援助系統等待系統確認後分配法律援助律師。』

雖然說複雜案件只要記錄在冊等待分配給可以獨立執業的律師就行，但萬一那些口頭諮詢的問題齊溪一下子也回答不上來呢？

齊溪往下翻，果不其然，顧衍對此也提供了方案支援——

『遇到口頭諮詢妳不會的，只要佯裝說要記錄一下對方的資訊和問題，一邊打開電腦搜尋就好了，辦公電腦是連線的，大部分口頭諮詢可以解決的問題，網路上都有人問過。』

『妳不要嫌丟人就死要面子活受罪。實習律師的第一年執業期，並不比普通人對法律實操的問題了解到哪裡去，我也有偷偷搜尋看網路上的問答過，遇到諮詢不要逞強，實在不懂又查不到的問我。』

顧衍的解釋非常詳細，詳細到比藥物使用說明書上的不良反應羅列還要齊全，幾乎可以說是事無巨細，除了交代了法律援助中心值班工作上需要注意的事項，他還把值班中途吃飯等等的問題都詳盡做了標注——

『午餐可以去政務服務中心三樓的餐廳，值班律師的餐券在辦公抽屜右下角第二個裡，不過餐廳的午餐比較普通，口味偏重，有點鹹，但勝在方便，省事不想走路的話去餐廳是首選。』

『如果想吃點好的，可以從法律援助中心出門左轉進第二條小巷，那邊有一家叫「鹿」的小餐館，主打的是日料定食便當，口味不錯，但是一定要早點去，因為每天只限量出售，賣完就沒了。』

齊溪越往下讀，越覺得顧衍細心又縝密，他的文字很平淡，甚至能讓人聯想到他一板一眼的樣子，但齊溪讀下來，內心說不感動是假的。

但感動的同時又很難受。

顧衍對自己能做到這一步，肯定還是把齊溪當成了朋友或者至少是關係尚可的同事的，但一想到這些好是限定時間的，齊溪反而覺得有點平添煩躁和痛苦了——因為未來顧衍都會把這些散落的溫柔收拾起來，連帶著他的心，一起捧給自己愛了那麼多年的女生。

齊溪努力不去想，努力繼續去看顧衍的說明——

『如果有什麼問題可以求助司法局的工作人員，應該會有人和妳交接，非常偶爾的情況可能會有不理智的求助者鬧事，如果有這種情況，第一時間報警然後尋求幫助，第一時間告訴我。』

僅僅是一些建議和說明，顧衍就寫出了起訴書般邏輯嚴密的風格，甚至連分段、標號，都用法律文書的要求調整了格式，並且他好像根據通訊軟體閱讀時的觀感調整了文字的排版布局。

齊溪越看，越覺得顧衍確實比自己優秀，實至名歸的第一名。

這男人好像完美得挑不出錯。

顧衍哪裡都很好，唯有一點不好——他不是齊溪的。

齊溪心裡有些酸酸澀澀的鼓脹，但她很好地壓制住了這些情緒。

等齊溪關掉檔案，再往上回移，看到了顧衍傳送這個檔案的時間，簡直不知道怎麼去形容自己的心情。

兩點三十五分。

顧衍是凌晨兩點三十五分傳送這個檔案給自己的。

他和女鄰居去飯店的時間大約是十一點。

也就是……

他開完房以後還兢兢業業爬起來寫了這一篇法律援助中心注意事項和說明。

往好處想，雖然開房第一位，但齊溪至少還能排在開房後成為第二順位。

雖然就像遺產法定繼承人的第二順位一樣，但凡第一順位的法定繼承人沒死，都輪不上第二順位繼承。

但齊溪此刻已經顧不上去惆悵什麼了，只有一種強烈的感慨噴薄而出——自己確實比不過顧衍，各種意義上的。

她確實輸了，輸得心服口服。

顧衍這是什麼樣的體魄和龍馬精神？

所以自己以前得萬年老二冤嗎？

不冤。

自己配得第一名嗎？

不配。

畢竟自己的腎，絕對沒有顧衍好。

齊溪沒來得及感慨和情緒複雜多久，因為沒過多久，就有司法局對接的工作人員來告知了齊溪桌上辦公電腦的開機密碼以及使用須知，講得很簡短，但齊溪此刻已經沒有了最初露怯的情緒，顧衍那個文字檔案讓她有了充足的心理準備，面對未知的法律援助工作也變得有信心了一些。

她原本以為自己多少會因為顧衍和女鄰居昨晚去飯店的事而心煩意亂，然而事實是，人有時候生出些亂七八糟的情緒多半是閒的，一忙起來，什麼事都沒有。

法律援助中心的工作遠比齊溪想的要忙碌，一二三四八的法律援助熱線幾乎沒斷過。

有和公司發生勞動糾紛的勞動者的——

「對，用工單位必須依法和您簽訂書面勞動合約，否則您可以在保存打卡考勤紀錄、餐廳飯卡、公司內部郵件或者公司前臺快遞收寄等的證據，證明勞動關係的存在，要求對方補簽勞動合約並進行賠償。」

有結婚前來諮詢房產歸屬問題的——

「如果對方已經是全額買的房子，那麼即使婚後加您的名字，也並不意味著萬一出現離婚的情況，您可以分得一半的房產，因為現行法律更傾向保護房產出資者，一般而言，如果買房的全額來自您的配偶本人，萬一出現離婚情況時，您並非過錯方，那麼法院會綜合考量出資情況、貢獻大小、合約簽訂時間等，最終酌情在照顧女方的利益的情況下讓您分割到小部分；如果買房的全額來自於您配偶的父母，那麼……」

除了正經來諮詢法律問題的人外，還有很多莫名其妙的問題，諸如——

『律師啊，我想離婚，但我們沒登記結婚，怎麼去法院起訴離婚啊，和登記結婚過的手續是不是不一樣？』

『律師，妳一定要幫我做主！我就因為封陽臺和鄰居鬧了矛盾，結果那個死鄰居竟然扎了我的小人詛咒我！我一個月前身體還好好的，幹體力活都行，結果這個月體檢查出肺癌晚期了！我兒子衝進鄰居家裡把扎小人的全套東西都翻出來了，小人上也寫著我的名字，鄰居也承認是他的了，現在我拿著這些證據，要怎麼讓他賠償我因為被他詛咒生病的醫藥費和損失啊？』

因為法律援助熱線面對大眾，不設門檻也不收費，因此來諮詢的人並非都已經具備初步的法律知識，尤其是面對難以處理的糾紛，仍選擇免費法律服務的族群，大多文化水準有限或經濟能力較差。

齊溪接了大半天電話，才深知做法律援助的艱辛。明明很好解釋的事，她常常需要煞費口舌用簡單易懂的話講上半小時。

而這樣的諮詢者還遠不是最難處理的，更讓齊溪難辦的是那些打來電話只為了聊天的人——要不是如今真實經歷過，以往的齊溪可是打死也不相信會有人空虛寂寞無聊到打免費的服務熱線來排遣寂寞。

作為法律援助中心值班律師，齊溪對即便是沒事找事來聊天的諮詢者，也不能像平時自己對待騷擾電話那樣逕自掛斷，只能提醒對方不要占用公共資源，勸誡對方沒有法律問題就盡快掛斷。

不過很快，齊溪就意識到了什麼是沒有最差，只有更差——

她接到了辱罵電話。

『妳這個爛良心生個兒子沒屁眼的律師，賤貨，臭不要臉的賤人，騙我的錢不得好死！』

電話對面是個男人的聲音，對方用詞粗俗，很多辱罵甚至不堪入耳。

齊溪很想把電話直接一掛了事，但她不能，只能忍著不適態度溫和地規勸告誡對方。

等十分鐘後對方主動結束辱罵掛斷電話，齊溪才鬆了口氣。

然而好景不長，這男人似乎和法律援助中心槓上了，齊溪又接了幾通別的諮詢電話後，又踩雷一樣精準接到了對方新打來的騷擾辱罵電話——

『你們這群小逼崽子，油嘴滑舌的，男的下賤女的淫賤，也是，不是下三濫的垃圾根本就不會去做律師，什麼錢都騙，騙來是打算幫自己買棺材嗎？』

這次齊溪沒有再忍：「先生，如果您還不能停止辱罵，我將直接按照騷擾處理掛斷您的電話，如果您再糾纏，我會報警。」

好在法律援助中心的座機有來電顯示，齊溪記下了對方的來電號碼後，就可以規避接到這些辱罵電話了，這才終於迎來了耳根清淨。

一個上午，除了接連不斷的電話諮詢外，齊溪還接待了不少現場來訪，她非常仔細地記錄了每個人的問題，並且耐心地引導對方怎麼申請法律援助服務。

直到送走最後一個訪客，齊溪才有了饑腸轆轆的感覺。

這個時間了，政務中心的午餐大概早就沒有了，齊溪想了想，打算就近找家簡餐應付下。整個早上雖然忙碌，但很充實，這種能幫到別人的感覺讓齊溪覺得很有價值感。

只是當她剛哼著歌走出法律援助中心值班室的那一刻，齊溪還沒來得及反應，一個中年男人突然就從門背後的角落裡竄出來。

對方面目猙獰，聲音帶了恨意和咬牙切齒：「你們去死吧！」

伴隨著聲音而來的，便是對方手裡提著的水瓶裡突然潑出來的液體。

齊溪下意識用手去擋，然而一切都是徒勞，她還是被對方手裡的東西潑了滿頭滿身。

「哈哈哈哈哈，活該！讓妳騙錢！妳活該！去死吧！垃圾！律師應該下地獄！」

大約是齊溪狼狽的模樣取悅了對方，那男人語氣怪異扭曲地笑了幾聲，又充滿惡意地咒罵了幾句，才扔下水瓶跑了。

此刻的齊溪卻顧不上始作俑者逃跑，她只覺得驚懼而害怕，那些水是燙的，幾乎是一接觸到皮膚，齊溪就感覺到了灼傷一般的痛感。

她變得驚慌失措，所以對方潑的到底是什麼？是硫酸嗎？還是別的什麼化學製劑？

齊溪覺得害怕，但更讓她惶恐的是，被潑的一剎那，她腦海裡第一個想到的人竟然是顧衍。

顧衍顧衍。

齊溪在心裡默念著顧衍的名字。

如果顧衍可以出現，如果顧衍能在，如果顧衍會來保護她，像之前在租房裡的時候一樣，那就好了。

但現實是，顧衍不是超人，顧衍沒有來。

齊溪被潑到的地方已經飛速紅了起來，皮膚呈現出被燙傷的模樣，好在沒有出現潰爛。

等齊溪惶恐地摸遍了全身接觸到不明液體的地方，確認除了手上用來阻擋的皮膚有輕微燙傷外，別的地方沒有大礙，她才有些脫力地放鬆下來。

這時候她再撿起對方丟下的水瓶，小心地聞了聞，無色無味，大概是水，手上除了被燙紅，也沒有別的症狀。

等稍微冷靜下來後，齊溪便報了警，警察也很快來到了現場。

她簡單講述了發生的一切：「事情就是這樣，能麻煩調取下周圍監視器去確定下對方身分嗎？」

警察倒不急躁，「妳是在法律援助中心值班的律師吧？人剛從法律援助中心推門出來的時候被潑的是不是？」

齊溪不明所以，但還是點了點頭，「是的。」

警察臉上露出了然，隨後他聳了聳肩，「那沒必要調監視器了。」

齊溪有些沮喪：「是這邊的監視器是壞的？」

法律援助中心位於容市的老城區，老城區的公共基礎設施很多都老化缺乏維修和維護，甚至不少路燈都是壞的，監視器壞了也純屬正常。

「不是。」警察搖了搖頭，「監視器是好的，不過沒必要調取。因為我知道是誰幹的。」

「所以……是個慣犯？」

「嗯。叫吳健強，就住在這條街轉彎過去的合租房裡，斷了一隻手，也一直沒找到工作，成天遊手好閒的，天天喊著法律援助中心騙他錢了，隔三差五來鬧。」

齊溪有點好奇，「法律援助中心騙他錢？這是怎麼回事？」

警察皺了皺眉，「哪有的事，大概就是這混子胡謅想要訛錢的。他之前也報過警，但我們要求他說明他到底被法律援助中心的誰騙錢了，他也說不出個所以然，或者說出的律師名字根本沒有登記在冊的。一點證據都沒有的事，就說自己的錢被詐騙了，那我們怎麼能立案？結果為這事，他都來派出所鬧了幾次，說我們是和司法局和律師串通好了，有不正當的利益輸送，檢舉了好幾次，但我們正常合法的操作，所以他弄來弄去沒什麼後續，就開始騷擾和報復法律援助中心的值班律師了，時不時就跑來潑點東西。」

警察拿起地上的水瓶聞了聞：「妳還算運氣好的，這就是熱水，上次有個律師，被他潑了糞。」

「……」

齊溪看了自己被燙傷發紅的手背一眼，有些無語道：「那這人一直這樣，不處理嗎？」

「想處理，可沒辦法處理。第一，他每次也就是小打小鬧，妳說真的多嚴重的犯罪，他也沒有。」警察指了指自己的腦袋，「第二，他這裡有點不正常，時好時壞的，精神有點問題，有時候做的事，妳也沒辦法追究他。」

警察看了齊溪一眼，「妳放心，我們會聯絡他的家人，看管好他。妳自己也當心點，趕緊去用冷水沖洗下被潑到的地方。」

發生了這樣的插曲，齊溪驚魂未定，又因為報警等事耽擱了時間，如今一看很快到了法律援助中心下午的上班時間，別說吃飯，就是手上的輕微燙傷也來不及做除了用冷水沖洗外別的處理了。

齊溪忍不住在個人頁面發了篇今日遭遇的相關牢騷，隨便買了個麵包，索性逕自回了法律援助中心繼續值班。

或許是報警起了作用，下午她沒有再接到對方的騷擾電話，而絡繹不絕上門諮詢的人讓齊溪很快埋頭提供法律解答，無心再想別的事了。

等下班時，司法局的對接工作人員讓齊溪簽收了今天值班的補貼，而因為還有一位排隊等諮詢的老阿姨，齊溪特地留得晚了些。

等回答完所有人的問題離開援助中心，齊溪才終於有時間拿起了手機。

不出所料，自己那篇文章下面是一堆的安慰，私訊裡也有不少人關心，比如趙依然，比如其餘幾個曾經追過齊溪的男同學，甚至還有幾個社團活動時認識的早就不聯絡的成員。

但是沒有顧衍。

有那麼那麼多人關心自己，但裡面沒有顧衍。

顧衍並沒有留言，也沒有私訊過齊溪任何東西。

齊溪自我安慰道，有可能顧衍根本沒看到。

但很多事一旦需要自我安慰，那基本是無法心理平衡的。

顧衍很可能看到了，只是他並不在意。

雖然不想承認，但齊溪知道，這多半才是真正的現實。

也是，顧衍有什麼必須要關心自己的義務嗎？他有他喜歡的女生，並且終於在一起了，如今下班時間，結束工作後，恐怕就去約會了吧。

齊溪有點失落，也有點難過，她的手背上還有燙傷的痕跡，那些紅色已經慢慢消退了，但是皮膚灼傷感仍舊殘存。

她踢了路上的石子一腳，看了手機地圖一眼，決定就近找家藥店買個燙傷藥膏。

於是齊溪低頭看著手機，跟著導航的路線走，一開始並沒有覺察到什麼異常，藥店所處的位置並非商圈或辦公大樓，這裡又是老城區，路走著走著也變成了逼仄的巷路，周圍更是沒什麼人，因此，緊跟在齊溪身後鬼鬼祟祟的腳步聲，就顯得明顯多了。

齊溪努力按捺住加速的心跳，她試著多次故意加快步伐轉了個彎，果不其然身後也傳來了加快的腳步聲。

這下可以確定了。

她被人跟蹤了。

想起最近接二連三遇到的事，齊溪內心的警戒值和慌亂升到了最高，她努力告誡自己不能自亂陣腳。

首先要做的，就是從這段人煙稀少的路趕緊回到主幹道。

齊溪一開始努力保持平靜，佯裝沒有發現身後的異常，她生怕刺激到身後的跟蹤者，盡量保持步調的平穩，試圖慢慢繞回主幹道。

而在一個道路反光鏡裡，齊溪看到了跟在自己身後人的模樣，對方看起來不算矮，身材更是健壯，黑衣黑褲還戴著頂黑色鴨舌帽戴著口罩，一隻手插在口袋裡，而口袋裡鼓鼓囊囊的，對方的手就按在那鼓鼓囊囊的東西上，彷彿藏著隨時可以抽出來使用的凶器，另一隻手上則有刺青，看起來像個不太好惹的社會閒散人員，黑色鴨舌帽裡露出來的頭髮還是綠色的。

雖然努力告誡自己要沉著冷靜，但情緒到底控制不住，被人跟蹤的每一分每一秒都像是一場災難，齊溪太害怕了，她不自覺加快了腳步，對方果然也加快跟了上來。

她想逃的意圖看來是露餡了。

好在齊溪已經在法律援助中心所在的主幹道邊了，她再也顧不上那麼多了，只拚了命地奪路狂奔，齊溪已經完全不知道身後的人到底有沒有追上來。

她只是慌不擇路竭盡全力往前跑，直到撞到了一個人身上。

難道跟蹤者還有同夥？

攔住齊溪的人有些高，力氣也很大，像是為了制住齊溪，對方已經按住了齊溪的肩膀，齊溪害怕地根本不敢睜眼，她低著頭，用足了蠻力，希望撞開這個擋住她逃跑路線的人。

對方好像也有些控制不住情緒失控的齊溪，有些無可奈何般從雙手按住齊溪肩膀改為了直接用手抱住齊溪，以制止她的逃跑。

在齊溪要掙扎之前，她聽到了對方的聲音——

「齊溪，是我。」

這是顧衍的聲音？

齊溪覺得自己可能是情緒過分緊張之下產生的幻覺，然而幾秒鐘過後，那種奪路狂奔帶來的眩暈感和喉頭辛辣感褪去後，抱著自己的手還在，雖然力氣很大，但是並無惡意。

齊溪終於戰戰兢兢地睜開了眼，然後她看到了顧衍。

齊溪有一些恍惚，還有一些戰慄般的悸動。

顧衍來了，他終於還是來了。

被人跟蹤的時候齊溪沒想過哭，但見到顧衍的一剎那，倒是委屈得眼圈有些控制不住的泛紅。

也是此時，她因為被顧衍抱著而靠顧衍胸膛很近的左耳邊，傳來了顧衍遠快於正常人平時的心跳聲，還有顧衍因為狂奔而微微帶著的喘息聲。

齊溪不知道是不是因為緊張，還是受到了顧衍心跳速度的影響，她的心也劇烈跳動起來，齊溪按住胸口，才彷彿把這顆不太聽話的心臟固定在了原位。

她有些氣喘吁吁地開了口：「有人在跟蹤我追著我。」

「沒事了，我在。」顧衍的聲音沉著，但臉色卻顯示了他心情不太好，他看了齊溪一眼，「妳在原地等我一下。」

剛才還在齊溪身後跟著的跟蹤者，大約是撞見了有顧衍這個人突然出現，因此不知道什麼時候已經逃跑了。

齊溪心有餘悸地按照顧衍說的等在了原地，而顧衍則朝著不遠處的巷子裡跑去，沒過多久，齊溪就看著他揪著個人重新出現在了巷子路口。正是此前跟蹤齊溪的那人。

原本齊溪覺得相當健壯的跟蹤者，此刻在顧衍的手裡，似乎就顯得不怎麼夠看了。雖然對方試圖掙扎，但顧衍的力氣應該很大，因為這男人只是用一隻手，就制住了對方的扭動。

顧衍甚至還有餘裕說話，他的樣子平靜自然到像是自己手裡揪了把大蔥而不是個大漢，聲音冷靜鎮定地對齊溪道：「別擔心，抓到了。」

區別他對齊溪說話的模樣，顧衍看向這個被抓的跟蹤者，態度就不是那麼友好了，他扭住了對方的手，然後一把拽掉了對方的鴨舌帽和口罩——

「你為什麼要跟……」

只是顧衍的質問還沒說完，他盯著對方的臉，有些愣住了。

別說顧衍，就是齊溪，此刻也有些意外。

這位跟蹤者長了一張非常年輕甚至稚嫩到充滿青春痘的臉，頂著一頭有些被染成綠色的頭髮，活脫脫一個青春期非主流。

顧衍皺了皺眉：「你幾歲了？成年了嗎？」

「還差幾天就要成年了！」對方一開口，果然是明顯的變聲期嗓音，用與他健壯的身材不匹配的畏怯眼神，有些戰戰兢兢地看著顧衍，「對不起，我、我不是想做壞事的……」

大概是顧衍的存在給齊溪壯了膽，她看了對方一眼，質問道：「那你穿戴成這樣幹什麼？打扮得鬼鬼祟祟的，明顯是在追著我跑！」

「戴帽子是因為我頭髮染失敗了，本來要染棕色，結果理髮師拿錯成了綠色，不戴帽子遮著，頂著這一頭綠毛，我就像戴了一頂綠帽子似的，戴口罩是因為我臉上最近長太多痘痘了……」

這男孩可憐兮兮地看向了顧衍：「你能不能鬆開我的手。」他又看了齊溪一眼，「我、我是有東西要給她。」

顧衍這才注意到對方鼓鼓囊囊的口袋，他沒鬆開對方的手，而是自己伸進對方口袋，把口袋裡的東西掏了出來。

竟然是一瓶碘酒、一盒OK繃和一管燙傷藥膏。

並不是齊溪此前想像的武器。

齊溪鬆了一口氣，但顧衍卻皺了皺眉，表情更戒備了：「你怎麼知道她被燙傷了？」

那綠毛臉色有點尷尬：「因為是我哥幹的。」

所以那個莫名其妙用熱水潑自己的，是這個綠毛的哥哥？

綠毛看向了齊溪：「對不起啊，我哥一直覺得我們家都是被法律援助中心禍害的，他有躁鬱症，每次發病，不是打法律援助中心的值班電話騷擾，就是去中心門口蹲點，有時候只是罵罵值班律師，有時候就還會有攻擊行為……之前我剛接到派出所電話，才知道我哥又發病跑出來了，聽說妳燙傷了，我覺得挺對不起妳的，就買了這些想給妳……」

齊溪這下有些了然：「那你為什麼不直接明說？一直鬼鬼祟祟跟著我，我還以為又是什麼不法分子。」

顧衍這才鬆開綠毛，綠毛一邊揉了揉手腕，一邊敢怒不敢言地看了顧衍一眼，然後嘀咕道：「力氣怎麼這麼大……」

他又活動了下四肢，才摸了摸鼻子，甕聲甕氣道：「我在考慮要不要和妳說，因為怕妳找我們麻煩，你們是律師，本來就比我們有文化有本事，我哥潑妳了，萬一我出來結果是自投羅網，妳要我賠錢怎麼辦，我也拿不準主意，上次那個律師就死活揪住我要我賠什麼損失什麼損失的……所以才一直跟著妳想觀察觀察。」

綠毛抬頭看了顧衍一眼，心有餘悸道：「誰知道妳還有這個幫凶，我以為是妳叫來打我的，看到他我才跑的……」

話說到這裡，齊溪心裡也了然了，她防備害怕對方，對方未必也沒有防備害怕她。從綠毛的打扮來看，他的衣服明顯是別人的舊衣，因此褲子都顯得不合身，都遮不住腳踝，有些太短了，再想起他哥那個樣子，他的家境恐怕也不太好。他哥發病應該一陣一陣的，綠毛年紀雖然小，但自己哥哥的爛攤子恐怕已經處理了不少。

得知虛驚一場，齊溪心裡好多了，她晃了晃手背：「我沒大事，不會要你賠錢。」

綠毛一聽，果然鬆了口氣：「那這些燙傷藥膏妳拿著，對不起了。」

綠毛說完，就抓了抓頭髮，轉身準備離開。

事情到這裡本來告一段落，但鬼使神差的，齊溪又喊住了對方——

「你說你哥是被法律援助中心的律師騙了，這到底是怎麼一回事？」

她多少還是有些在意。

綠毛的哥哥到底遭遇了什麼？

雖然國家已經設置了法律援助中心，今天齊溪值班一天接待的諮詢和來訪也絡繹不絕，但其實還有大量的人根本連需要法律援助的求救都發不出來。

綠毛顯然有些意外，但他還是停下了步子，低頭道：「我哥大半年前在工廠做工的時候，因為機器設備故障，他的手被絞掉了一隻，當時工友趕緊把他和斷手送醫院做了縫合處理，本來那手能接上的。」

「那後來怎麼……」

綠毛一提及此，稚嫩的臉上也露出了點恨意：「那個爛工廠，原來根本沒幫我哥正式保過保險，出了那種事，就開始推卸責任，也沒有工傷賠款，一共就給了我們兩千塊錢，就不認帳了，我哥躺在床上，家裡早幾年前因為我爸治癌症，幾乎把家底掏空了，我也還在上學，我媽身體也不好，我哥看家裡實在沒錢繼續住院了，還沒恢復好，就從醫院出來在家休養了……」

一說起這，綠毛的眼眶有點紅了：「我哥覺得自己年輕，醫生都縫合好了，肯定能長好，沒想到回家沒幾天，傷口感染了，繼續治療得花很大一筆錢，他聽其他工友說可以請律師打官司要那個工傷賠償，就讓我扶著他一起去了法律援助中心，結果遇上個律師，說給了前期律師費，能幫我哥要來幾十萬的賠償，我哥相信了，簽了合約東拼西湊借了一萬塊付了律師費，結果那律師拿了錢就跑了，我們去法律援助中心要個說法，人家不僅不理我們，還把我們趕了出去，說根本沒那個人……」

綠毛講到這裡，情緒明顯低落了：「後來也找過別的律師，我們也願意出點律師費，就想討回個公道，但那些律師問了問情況，都搖頭說打不贏官司，因為我哥什麼證據都沒保留。」

聽到這裡，齊溪也有些納悶了：「你家裡這個情況，照理說根本不用自己找律師啊，完全能申請到免費的法援律師的。第一，根本不需要出律師費，第二，要是真的有律師代理了，法援中心也不可能這樣對你們啊。」

「所以我哥才恨這個法援中心，他後來天天來堵門，想逮到之前那個律師，結果一直沒遇到，再後來我媽就出事了……我哥的手也沒保住截肢了，他受了很大打擊，精神就變得不大好了，之後的事，妳也知道了，他發病起來，就會攻擊所有律師，雖然我知道你們都是無辜的，但他一發病後，是沒理智的。」

綠毛的話不像是假的，但這並不合情理啊。

「不可能吧……」

齊溪剛要開口繼續詢問，顧衍卻打斷了她，他看了綠毛一眼，問道：「你們當初遇到的律師，不是在法律援助中心裡面見到的吧。」

綠毛有些莫名：「是在門口，有差別嗎？穿著西裝打著領帶，見了我和我哥就立刻問我們是不是需要法律援助，還請我們去隔壁的咖啡廳喝了飲料談，當時立刻就把名片遞給我們了，名片上印的確實就是法律援助中心的律師啊。」

顧衍只問了一句話，但齊溪並不笨，幾乎是一點就通了。

綠毛和他哥哥遇到的恐怕就是裝成法援律師的職業騙子，這些騙子常常西裝革履把自己包裝成成功律師的模樣，然後在法援中心或者法院甚至派出所等容易遇見病急亂投醫急需法律服務的當事人或當事人家屬的場所，利用當事人的急切心態，暗示自己能搞定法院等等，誇大維權或者代理的效果，揣摩當事人心態，對症下藥，號稱自己能搞定當事人的燃眉之急。

顧衍再問了綠毛幾個細節，綠毛的回答果然如齊溪想的那樣。

齊溪這下了然了：「你們是遇到了騙子，不是真的執業律師，名片也只是造假的，名片上的名字就更是假名了，所以你們拿著那個名片去投訴，律協和司法局包括法援中心才會不受理，因為根本查無此人。」

顧衍等齊溪說完，也看了綠毛一眼：「你回去和你哥哥好好解釋清楚，讓他下次別騷擾法援中心攻擊這邊的值班律師了，律師沒他想得那麼壞。」

顧衍和齊溪這樣細細一解釋，綠毛才露出了恍然大悟的表情，但很快，他的情緒也低落了下來：「我和我哥都沒怎麼讀過書，我哥出事後，我媽又出了那樣的事，我也沒再上學了，原本成績也沒多好，人又笨，我們就算去找律協找司法局，都說不清楚事情的來龍去脈，要不是你們這樣一解釋，我到現在都覺得是對方人脈大路子廣，所以你們那律師協會包庇他……」

大概自己本身是從事這個職業的，多少有些本業的榮譽感，顧衍聽到這裡，臉色有些不好看。

然後他突然拉過齊溪的手，伸到了綠毛的面前：「你自己看，你哥攻擊她幹什麼？她除了是律師外，就是一個普通的女生，男人靠遷怒別人去排解自己的無能，算什麼男人？」

綠毛臉色也有些尷尬，他紅著臉看了齊溪一眼：「對不起啊，但我哥當時真的……唉……」他說到這裡，把燙傷藥膏往齊溪手裡一塞，「律師，妳拿著吧，就當我給妳賠罪了。我、我還要打工，我先走了。」

綠毛說完，重新戴上帽子口罩，看了看時間，才火急火燎地跑了。

等綠毛走了，齊溪才想起來朝顧衍道謝：「多虧你了，不然我嚇死了。」她不知道為什麼心裡有點緊張和慌亂，「不過你怎麼在這裡？」

顧衍咳了咳，移開了視線，神情重新恢復到了自然鎮定的狀態，「哦，我正好辦事路過。」

此時周圍的路上並沒有行人，只有齊溪和顧衍一左一右地走著，風偶爾在吹，樹葉也隨著風的節律發出了窸窸窣窣的聲響，帶了讓人無法捉摸的節奏，期待又害怕著下一次風吹起的時刻。

「妳不是有值班補貼嗎？反正我在這附近，我正好來法援中心看看。」顧衍的聲音被風吹得有些散，「我昨晚傳給妳的法律援助注意事項，妳看了嗎？」

「嗯，我看了。」

齊溪心裡那種明知道不應該但難以控制的悸動感又來了。

顧衍抿了下唇，「我寫了很久。」

他補充道：「正常應該是要收諮詢費的。」

？？？

齊溪有點無語。

她剛想開口，就聽顧衍理所當然道：「諮詢費不跟妳要了，妳請我吃個飯就行了。」

顧衍並沒有挑多高級昂貴的地方吃飯，他只選擇了法援中心附近一家家常菜飯館，點了幾道很日常的菜。

去家常菜館的路上，顧衍像是很在乎齊溪手上的傷勢，即便齊溪多次確認自己其實沒什麼大事，不過是被潑了點熱水，但顧衍好像還是很在意——

「要不要我帶妳去醫院？」

他關注齊溪燙傷傷口的方式都快有點強迫症的固執了，明明是小傷，還是堅持希望齊溪能夠就醫。

直到齊溪不得不捲起袖子讓他親自查看傷口，顧衍才眼見為實般不再強調去醫院。

雖然還有些紅，但確實連水泡也沒起，只是偶爾齊溪自己摸起來還有些辣辣的疼。

於是上菜之前，齊溪便拿出了綠毛剛給她的碘酒和燙傷藥膏打算再處理下傷口，只是剛拿出袋子還沒來得及從裡面取東西，袋子就被顧衍抽走了。

齊溪有點不知所措：「怎麼了啊？」

「別用這個。」

「？」

齊溪剛想發問，顧衍就抿唇朝她懷裡扔去了另外一個袋子，這男人冷靜道：「用這個。」

什麼啊……

齊溪有些莫名其妙地打開顧衍扔來的袋子，才發現裡面裝的也是碘酒和燙傷藥膏。

「？」

顧衍清了清嗓子，像是勉為其難般解釋道：「剛我在路上正好看到有藥店，就順手買了。」

顧衍的態度自然又流暢，齊溪知道，他也確實是非常好的人。

雖然只是一袋碘酒和燙傷藥膏，但齊溪還是非常高興：「我發的文你看到了啊？你沒留言我還以為沒看到呢。」

顧衍盯著齊溪看了一眼，然後垂下了視線：「妳又不缺留言給妳的人。每次一發什麼，不都一堆男的幫妳按讚嗎，我湊什麼熱鬧。」

話是這樣說沒錯，但這些男的，又不是顧衍。

齊溪有點委屈，但又覺得好像也沒什麼可以委屈的。

顧衍的語氣聽起來還挺平靜，恐怕也只是隨口一說。

齊溪沒再去深想這個問題，因為她很快有了新的問題：「剛才那個綠頭髮男生給的燙傷藥膏不也和你一樣嗎？為什麼不用他的一定要換你的用啊？」

明明連燙傷藥膏的品牌都是一模一樣的。

「他是加害人的弟弟，妳就那麼相信他說的話？誰知道他買的藥有沒有問題。」顧衍微微皺了眉，看起來有點不開心了，「就算東西一樣，用他的還是用我的，給妳選，妳選誰？」

齊溪其實發現了，顧衍有時候是有點小孩子脾氣的，常常有一些亂七八糟的堅持和固執，就和貓一樣，凡事還是要順毛摸。

她當即投降道：「選你，當然選你啦。」

顧衍臉上這才露出了勉為其難的滿意，他咳了咳：「那要我幫妳消毒嗎？」

「不用啦。」齊溪麻利地拿出碘酒，消了毒，因為疼，她有些忍不住齜牙咧嘴起來，一邊和顧衍解釋道：「我小時候很皮，經常摔跤，所以早就習慣自己處理傷口了，這都算小傷了。」

顧衍移開了視線，像是沒有辦法直視齊溪的傷口，「妳一個女生，還是應該少受傷，可能會留疤的。」

齊溪塗好了燙傷藥膏，晃了晃腦袋，下意識反駁：「難道我留疤了就不漂亮了嗎？」

齊溪這麼說的時候帶了點自我誇讚的成分，並沒有期待顧衍會回覆她，因此顧衍聲音響起來的時候，她甚至有些嚇了一跳。

「沒有。」顧衍的語氣有些不自然，但很篤定，他看向了齊溪，「留疤了也還是漂亮。」

實際上，齊溪常常被人當面誇讚漂亮，因此對這種話幾乎可以算是免疫。很多人都對她講過這樣的話，甚至有些人能用非常文采斐然的排比句或者很文藝的比喻去形容她的美，顧衍此刻用的絕對是最老土最沒有新意的那一種，但齊溪也不知道為什麼，心口一熱的感覺又來了，整個人像是踩在棉花糖上，一腳輕一腳重，整個腦袋變得昏昏沉沉，連自己下一句要說什麼也忘記了。

她的心裡糅雜了一些悸動，還有一些委屈和不甘心。

如果那個白月光不存在就好了。

如果顧衍從沒有遇到那個白月光就好了。

如果顧衍沒能和她突然又好上了就好了。

齊溪的心裡有很多很多的如果，很多很多的懊喪。

好在也是這時，顧衍點的菜一道道都端了上來。

齊溪中午就沒正經吃到飯，但不知道為什麼，此刻並不太餓，她原本還可以不去想關於顧衍的事，但奈何當事人此刻正坐在對面，齊溪的心情為此又變得有些波動和不安定，胃口也變得不好。

「怎麼不吃魚？」大概齊溪的模樣真的太異常了，顧衍也注意到了，他看向齊溪，「不是很喜歡吃魚嗎？」

他說完，移開了視線，看向了魚，聲音有些許不自然：「我猜的，因為一般人都很喜歡吃魚。」

齊溪確實是喜歡吃魚的，平時只要看到魚就能胃口大開食指大動，只是今天吃不下，她勉強笑了下，隨口敷衍道：「刺太多了，今天不想挑魚刺。」

顧衍看起來驚訝了一下：「妳怎麼這麼懶？」

這男人說完，拿起了公筷，開始自顧自地自己挑魚刺打算開動，齊溪有些心不在焉地看著，此刻太陽已經落山，昏黃的光線裡，顧衍認真而溫和平靜地挑著魚刺，手指白皙修長，唇形飽滿，比想像裡更英俊。

就在齊溪以為顧衍挑完魚刺會自己吃的時候，他把魚端給了齊溪：「挑完了。」

齊溪瞪著被顧衍挑完魚刺送到眼前的魚，突然有點自暴自棄，她突然有點理解顧衍曾經的感受——那種想好了要放棄，明知道再喜歡下去也沒意義，明知道應該終止，而只要咬牙不去看不去想，慢慢也一定會戒斷和忘記，但對方總是突然出現，讓此前所有的努力前功盡棄。

齊溪知道自己這時候應該閉嘴，不要去過問，這才是成熟的方式，但她好像就是忍不住衝動，她盯著顧衍：「為什麼幫我挑魚刺？」

顧衍愣了一下，但很快恢復了平靜，他鎮定地移開視線，然後喝了口水，「妳是同學，現在是同事。」

「你對同事可真好，以後也會幫其他同事挑魚刺嗎？」

齊溪也不知道自己為什麼這麼問，她知道這樣有些太咄咄逼人了，並不是一個合格同事應該說的話，但光是想到顧衍以後幫別人挑魚刺，她就難受得不得了。

坦白來說，作為同事和同學，顧衍對齊溪已經夠好的了，明明外表看起來有點冷酷、長得也過分好看到有距離感，但其實顧衍是個非常溫和的人。

他都和白月光在一起了，按照他對對方的感情，是不是會給對方全部的寵愛和溫柔？

齊溪的心裡翻江倒海，她有些悲傷地看著對面的顧衍，她想，這一切，近在咫尺的顧衍永遠不知道。

而面對齊溪剛才突兀的問題，顧衍像是愣了下，突然有點不知道怎麼回覆齊溪的樣子，他像是想說什麼，但又不知道應該用什麼方式切入去表達。

而也是這時，他的手機響了，顧衍看了一眼，幾乎是立刻接了起來，因為距離很近，齊溪聽到他的手機裡傳來那個鄰居女生柔軟又全然依賴的求助——

『顧衍，怎麼辦啊，我……』

剩下的話其實齊溪沒有再聽見，因為顧衍向齊溪點頭示意後站了起來，到了更遠一點的地方接這通電話，只留給齊溪一個背影。

齊溪鼻子突然有些發酸，她甚至覺得自己的眼眶都有些發熱。

就算把頭像鴕鳥一樣埋進沙裡，還是不能否認一個事實。

顧衍不是她的，會有人擁有顧衍全部的溫柔，占據他所有的時間，得到他所有的愛。

但那個人不是齊溪。

雖然顧衍很快就回來了，但是齊溪心裡還是覺得有股難言的酸楚。

她到底沒忍住，狀若不經意般閒聊道：「顧衍你這樣子不可以的欸。」

齊溪抿了抿唇，很自然地撩了下頭髮，「如果你對每個人都這樣，就有點像中央空調了，你未來女朋友肯定會介意的，畢竟誰不想自己的男朋友只對自己好啊。」

齊溪掃了顧衍一眼，然後移開了視線：「你說你未來女朋友要是不允許你再幫什麼同事啊朋友啊挑魚刺，那你怎麼辦？」她有些故作輕鬆地補充道：「比如你喜歡的女生同意和你在一起了，但是非常介意你對別人哪怕有一點點友好，比如她是個特別會吃醋的人，那你怎麼辦啊？」

顧衍夾菜的動作頓了下，但他的回答絲毫沒有任何遲疑：「那就不挑了。」

這男人看了齊溪一眼，然後垂下了視線，「如果她會吃醋，那就只幫她挑。」

顧衍的表情很平靜，聲音也很鎮定，語氣非常果決，像是根本沒有任何掙扎，「她介意的事我都不會做。」

這是非常正常的回答，但齊溪只覺得心裡悶悶的。

所以只要顧衍的女朋友開口，齊溪如今靠著同事關係能享受到的片刻友好親近，也將瞬間失去，因為這本來就像是顧衍無意善舉般的施捨。

齊溪覺得自己宛若一個可憐的小乞丐，顧衍這個好心人只是偶爾路過，把多餘的零錢順手給了她，她便開始希冀更多，指望這種隨手的日行一善能夠變成每天的慣例。

好難受。

好不開心。

又好不甘心。

齊溪抬頭看了餐桌禮儀優雅自然又帶了點貴氣的顧衍一眼，心裡突然生出了點不應該的埋怨——都怪顧衍。

怪顧衍總是做那些會讓齊溪誤會的事，怪他對她的善意讓人沉溺，以至於齊溪也在不知不覺間產生了一些過分良好的感覺，誤以為顧衍對她是有好感的，是喜歡的，然後生出了不必要也不應該的期待。

明明自己之前在租的房子裡遇襲，顧衍連頭髮理到一半就跑過來了；明明自己每次做不完的工作，顧衍也會主動幫忙一起分攤，明明有那麼多明明。

可齊溪知道，以後這些都不會有。

因為顧衍有女朋友了，他的女朋友將取代一切成為他人生裡的第一優先權所有人。

她不能再期待顧衍對她的特殊，也不應該再享受這種特殊。

因為這是不道德的。

只是還是不甘心。

明明努力去了解顧衍的愛好，努力投其所好買榴槤送粉色領帶買演唱會門票的人都是自己，那個女鄰居什麼也沒有做，甚至按照顧衍的說法，連了解都不了解他，結果她還是輕而易舉地贏了。

齊溪覺得有點生氣。

但她也知道，喜歡一個人就是這樣沒有道理。

因為齊溪有點低落，不知道要說點什麼，於是只能悶頭吃魚。

好在這時，一個吵吵嚷嚷的聲音打破了微妙和尷尬的氣氛——

「律師！兩位律師！求求你們幫幫忙吧！」

齊溪抬頭，才發現來人倒是很熟悉，正是此前告辭離開的綠毛少年，此刻正氣喘吁吁地盯著齊溪和顧衍：「聽路上的保潔大媽說你們往這家店來了，我就來碰碰運氣，幸好你們還在！」

顧衍皺了皺眉：「怎麼了？」

「我哥、我哥找到了一張在工廠打工時候的員工證！還有一些票據啊檔案資料。」綠毛青年激動道：「之前我們告不了那個工廠，就是因為沒有證據，現在找到了員工證，不就能證明我哥確實在那個黑工廠幹過活嗎？所以受的傷，不就是工傷嗎？那這工廠不就應該賠錢給我們嗎？」

綠毛的聲音非常急切：「律師！你們兩個能不能去我家裡看看，能不能告訴我哥，我們這官司有希望了？」

綠毛說到這裡，也有些忐忑，但最終，對自己哥哥的關心超過了尷尬，他祈求道：「現在我哥躁鬱症又發病了，比起白天的亢奮躁動，現在整個人消沉憂鬱著，動不動就想死，要不是我攔著，剛才差點上吊了。」

「所以求求你們，能不能幫我去看看那些證據，看看我哥能不能贏官司？如果他知道我們有希望能告贏他那個黑工廠，我哥他、他一定能好起來的！」

綠毛少年的模樣急切又衝動，說話顛三倒四。

實際上，從這個工傷發生到現在，他們既然也接觸了很多律師，但都沒有人願意接這個案子，可見勝算並不大，但……

但齊溪還是很在意，她看了顧衍一眼。

她還沒開口，顧衍就先開了口，這男人板著臉，抿了下唇：「妳別那樣看我。」

啊？

齊溪有點莫名，一時之間都忘記了自己剛才想要說的話。

然後她聽到顧衍逕自朝著綠毛走了過去：「你帶路吧。」

綠毛少年臉上露出了狂喜和激動，他在前面走，顧衍便跟在後面，倒是齊溪有些沒跟上節奏了，她小跑著追上顧衍——

「你想接觸下這個案子？」她小聲嘟囔道：「他們家挺困難的，應該給不了多少律師費，而且如果能贏還好說，如果不能贏，按照之前接觸下來的性格評估，他們很可能會翻臉不認人，這都不好說……是個風險很大CP值不高的案子……」

結果顧衍並沒有為此停下腳步，他只是瞥了齊溪一眼：「不是妳想接嗎？」

齊溪愣了愣。

顧衍沒再看她，傍晚的風把他的聲音吹得有些散，帶了點若有似無的難以捕捉：「妳用那種眼神看我，不就是希望我和妳一起接嗎？」

顧衍目不斜視，樣子鎮定自若：「算了，反正我晚上沒什麼事，本來閒著也不知道要幹什麼，就當做慈善了。」

在路上，齊溪才得知，綠毛少年的全名叫吳康強，他和他哥吳健強住的家並不遠，十分鐘的步行後，齊溪和顧衍就被帶到了一處城中村的合租房裡。

房內很簡陋，居住環境是肉眼可見的差，吳康強有點尷尬：「家裡有點亂，你們等我一下，我去把證據資料拿出來。」

雖然打扮上完全像個小混混，但從他提及他哥時臉上的焦慮和擔憂來說，他其實內心還挺質樸。

大概是怕齊溪和顧衍有什麼顧慮，他有些急切地解釋道：「你們放心，我不會做什麼事，我的刺青是貼的，不是真的，頭髮染成這樣也是為了防身，本想染個不好惹的顏色，結果弄錯成綠色了。」

吳康強說到這，有些不好意思：「住在這裡的人很雜，我哥情況又是這樣，如果我不打扮得凶一點看起來不好惹一點，很容易被人搶和偷，但其實我沒那麼壞，你們別怕……」

可惜他的一番解釋被顧衍無情地打斷了，這男人面無表情地看著吳康強：「你壞也沒關係。」顧衍毫不在乎吳康強的少年自尊心道：「你又打不過我。」

「……」

吳康強臉上果然有些一言難盡，然而顧衍說的又是真話，他無力反駁。只能張了張嘴，最後什麼也沒說，就轉身進了房間，沒過多久，就抱了一大疊資料走了出來，「都在這了。」

他放下資料，有些赧然：「我先進去看看我哥，你們先看，有什麼事喊我一下就行。」

吳康強說完，就轉身回了房間。

齊溪和顧衍沒浪費時間，兩個人默契地分了工開始看起資料，只是齊溪越看，眉頭就皺得越緊，她轉身看了顧衍一眼，發現對方也是同樣的表情。

等掃完所有資料，兩人對視了一眼，不用開口，就能從對方眼神裡得到同樣的答案——吳康強所說的證據，完全構不成證據。

「這張員工證上，除了吳健強的照片外，只有一個編號，連公司的名字都沒有，更別說有任何公章之類有效力的東西了。」

「這些所謂的打卡資訊上，只有吳健強簽名了，但主管簽名部分都是空缺的……」

齊溪頭痛地看著眼前的資料：「這些根本都不足以證明勞動關係的存在，一旦不存在勞動關係，這樣的話勞動局那邊根本不會受理，確實沒辦法申請工傷。」

顧衍同樣皺著眉：「而且申請工傷時，要證明勞動關係的舉證責任在主張權利的人，吳健強需要自己去證明這些才行。」

當兩人把這一事實告訴了從吳健強房裡出來的吳康強，對方臉上果然露出了絕望痛苦又無可奈何的表情，「所以還是不行嗎……」

吳康強雖然難受，但還是挺努力克制了情緒，他眼圈有些紅地回頭看了房門一眼：「要不是發生這個事故，我哥不會變成這樣，也不會遇到騙光他救命錢的律師……」

到底是還沒成年的孩子，吳康強還是忍不住抹了抹憋不住流下來的眼淚，「當時遇到那個騙子律師，我們拼湊借來的那筆錢不僅沒了，我哥的手惡化更嚴重了，醫院說再不住院進行二次手術，手就要保不住了。」

綠毛雖然看起來像是早早混跡社會的，但到底是個十七歲的孩子，一說到這裡，聲音也帶了點哽咽：「我當時只想著怎麼去湊錢救我哥，就沒在意我媽，哪裡知道我媽會去做那種傻事。其實說到底，家裡變成這樣，也都是我的錯……」

顧衍抿了抿唇，「你媽媽出什麼事了？」

「我媽當時聽人說，有那種人生意外險，就是只要突然出了意外，就能賠錢，如果是殘障就賠少點，如果死了，那就能賠一筆十幾萬二十萬的。她想幫我哥湊醫藥費吧，以為自己死了保險公司就能賠錢給我們了，就去買了這種保險。」

話到這一步，接著發生的事，就算吳康強還沒說，齊溪和顧衍也有些預感了。

而這種預感在吳康強再次開口後被證實了——

「結果我媽買完保險，就自殺了，為了不影響我們租房房東的房價，她都不想害到人家，是自己在我們老家門口那棵老樹上吊的。死之前打了通電話給我哥，告訴他保單放在哪了，提醒他去找保險公司要錢。」

吳康強說到這裡，情緒有些失控，雖然努力想憋著，但眼淚還是流了下來，他為了掩飾尷尬般晃了晃腦袋，試圖晃走眼裡的淚水。

才十七歲的人，說起話來聲音卻已經帶了滄桑和嘲諷：「可誰能想到啊，保險公司說，她剛買完保險，保險還沒正式生效，要等幾天後，保險才算生效，她自殺的時間保險對她根本沒用，而且，說人生意外險，也不是人死都能賠錢，就算保險生效了，她這種自殺的也不賠錢，那保險公司不僅不賠錢，還罵我們是想騙保。」

吳康強說起自己的媽媽，眼淚已然止不住，「我媽雖然是個農村婦女，沒什麼見識，但一輩子堂堂正正的，拉扯我們兩個兒子長大，從沒拿過不乾淨的錢，她根本不是想騙保，她就是不懂，沒文化，她以為買了保險以後只要自殺了，就是合法合規，保險公司應該賠錢給我們。她以為這就是一命抵一分錢的。」

「她如果知道騙保，如果有那個意識，為什麼不直接把自殺偽裝成意外事故？何必那麼直接，一點都不遮掩的上吊自殺？我媽這輩子沒給別人添麻煩過，從來沒想訛過錢，她只是以為用她的死真的能合法地為我哥換來錢。」

吳康強越說越痛苦：「其實這件事上，我哥沒錯，他受傷了，心理壓力也大，那時候我才應該更關心關心我媽，我媽問我保險是不是死傷病殘都能賠錢，我就不應該嫌她煩隨便敷衍她說是。如果那時候我能耐心點，告訴我媽這些，至少我媽不會死，我們一家現在就算再苦，至少都還在，至少是一家人，可現在呢……現在和家破人亡又有什麼區別？」

齊溪並不是不知道社會上總有貧富差距這回事，但卻是第一次見識到為了不那麼巨額的錢，就寧願貼出自己命的事，震撼的同時，也覺得深深的難受和衝擊。

騙保的事件總會發生，也總有人會為了巨額的保險賠償金而失去生命，然而齊溪知道的故事，多半都是配偶有了出軌對象或者欠了債務，為了擺脫另一半或者為了還清債務，而買了巨額保險給自己另一半後將其殺死，偽裝成意外事故，好騙取保險金。

這是她第一次聽到為了非常低的保險金賠償，而去自殺，想著用賠償金去成全家人的故事。

原來這個世界上，還有為了十幾萬的死亡賠償金，去自殺的人。

然而最悲涼的是，因為貧窮，因為缺乏系統性的知識，因為缺少教育，因而變成了邊緣人的這位窮苦的母親，為了根本拿不到的一筆死亡賠償金而犧牲了自己的生命。

她自殺的時候，一定是充滿希望的，一定覺得自己死了，自己的兒子就能拿到錢得到救治，她以為為此獻祭掉自己的生命是有意義的。

然而實際是，她的死毫無價值，她偉大而充滿壯烈的自殺變得像一個笑話。

每個人都有強烈的求生本能，所以吳康強吳健強的母親，在自殺時，到底是鼓起了多大的勇氣，才能夠戰勝人的本能？

然而這樣偉大的愛，在現實面前不堪一擊。

她付出了一切，然後失去了一切。

原來底層人民的生活，是這麼的苦。

齊溪環顧著簡陋的合租房四周，眼前頭髮染成可笑的非主流綠色的少年正頹喪地坐著，臉龐上都是乾涸的眼淚，像是被生活重重錘過了，並且早已經習慣這種時不時如厄運般突然降臨的捶打。

「讓我死，讓我死！最應該死的人是我！是我害死了媽！是我！」

也是這時，房間內傳來了吳健強痛苦又宛若求救般的哀號聲，以及用頭撞擊牆面發出的咚咚聲，這聲音在這間簡陋逼仄的屋子裡，顯得尤為刺耳。

吳康強幾乎是下意識熟門熟路地衝進了房裡，「哥！你別說胡話！」

因為事發突然，吳康強並沒有來得及關上門，從齊溪和顧衍的角度，房內的情況能看得一清二楚。

此前潑齊溪熱水時還面目猙獰可怕的吳健強，此刻表情痛苦而虛弱，完全沒了此前那可怕的氣質，他顯得頹廢和萎靡，額頭因為自己的撞擊而變得紅腫，眼神虛浮無光，喉嚨裡帶了淒慘又悲涼的呻吟。

「康強，要不是我……媽不會死的，我是個害人精，我就是個蠢貨，我自己操作機器時為什麼不能再當心點！我為什麼會這麼沒本事，賺不到大錢讓你們過上好日子就算了，還弄成這樣，也沒能好好伺候過媽一天，媽生了我這種兒子，除了操心就是操心，什麼也沒享受到，人就這麼……」

吳健強越說聲音越哽咽，到最後，這麼一個大男人，就撕心裂肺哭了起來，一邊又開始用頭撞牆：「我這日子真是一天天的熬著，自己都盼望著早點死了好。我這種人活著有什麼用啊？沒了一隻手，找不到工作，還拖累你。如果當初我有本事能找到好一點的工作，後面這些事就都不會發生，媽也能好好的……」

「哥！你別這麼說！一家人怎麼能說拖累！」吳康強的聲音也越發哽咽，大概也是為了安撫自己的哥哥，也或者是慌不擇言，吳康強下意識就說了謊話。

他指了指門外的齊溪和顧衍：「哥！你看到沒？這兩個都是律師，他們說了，你這件事能成！我們能維權的！一定會讓那些騙我們錢的黑心廠老闆付出代價！你千萬不能想那種死不死的事，你死了，怎麼讓那些坑我們的人賠錢？怎麼看那些人遭報應？」

這話一說，本來情緒失控有些癲狂的吳健強果然慢慢平穩了下來，掙扎著起了床，他盯著齊溪和顧衍，眼神裡像是重新有了光：「律師，是真的嗎？」

此情此景，面對一個人生的希望，齊溪根本沒有辦法說出拒絕和否定的回答。

只是給出承諾和應答的重量又是那麼重。

突然之間，齊溪也有些忐忑和遲疑。

「嗯，是真的。」

最終，是顧衍的聲音結束了讓齊溪覺得尤為尷尬和漫長的安靜。

這男人的表情沉靜，給人一種信服又安心的力量，他用平穩的聲音告訴吳健強：「我們會全力以赴。所以請你也不要放棄。」

顧衍的聲音充滿了篤定，帶了律師這份職業的榮耀。他像是讓人安心的錨，讓船隻能在茫茫大海上安穩地固定在應在的位置。

齊溪心裡剛才的忐忑和惶恐逐漸褪去，對法律職業的信念和成為律師去保護弱勢族群的責任感慢慢占據了思緒的上風。

她也同樣鎮定地朝吳健強吳康強點了點頭：「我們會努力的。」

等再了解完當時工傷發生的大致情況，又溝通了一些細節，齊溪和顧衍才告辭吳健強吳康強離開。

對於白天潑齊溪這件事，吳健強也道歉了，只是齊溪也知道，他的道歉也只是礙於自己攻擊無辜女性而道的，他內心深處，對律師這個群體恐怕仍帶了偏見和不信任，看顧衍和齊溪的眼神也還是帶了點揣測和不安。

「要不是我說了可以幫他走流程申請我們所的法律援助名額，可以走免費代理，他恐怕就要認定我們是騙子把我們打出去了。」

齊溪舒了口氣，然後她看了顧衍一眼，「不過你為什麼會願意代理這個案子？因為……從目前現有的證據來看，這個案子恐怕很難贏。」齊溪坦白道：「其實我也很猶豫，不知道接這個案子是不是對的，雖然案情不複雜，但是難在取證，我很擔心我做不好……」

這是齊溪的真話，因為這個案子對於當事人的意義而言太沉重了，她害怕失敗以後難以面對當事人，也害怕當事人不穩定的情緒會對她的未來職業生涯或者口碑名聲造成什麼影響。

齊溪也不知道自己怎麼了，但是顧衍好像讓她覺得這樣的傾訴是安全無害的，她低著頭，有些迷茫：「我這人是不是很差勁啊，總是想這些很自私的事情……」

「沒有。這不是自私，只是正常人的顧慮。」顧衍的聲音沉穩，「能想到保護好自己，本身也是律師的職業素養之一。」

齊溪抬頭，她看顧衍的樣子一點也沒有焦慮和遲疑，有些好奇道：「你是不是想到什麼好辦法了？對這個案子比較有自信？」

然而出乎她的意料，顧衍抿脣搖了搖頭，「我還沒有想到什麼辦法。」

顧衍語氣平和：「但我想，就和醫生一樣，很多病人確實是非常疑難的罕見病，手術的風險也非常大，病人很有可能會死在手術臺上，所以很多重病的病人，常常會因此被醫院拒收，因為沒有哪個醫生願意承擔這個風險，生怕手術失敗後與患者家屬有醫療糾紛，或者產生一些別的負面連鎖反應，比如被怨恨被襲擊。」

「但是對於患者來說，可能已經是最後的希望了。」

顧衍說到這裡，看向了齊溪的眼睛，「就像吳健強，他的案情簡單但證據滅失厲害，輸的機率太大了，又沒有錢付律師費，外加情緒不穩定，此前還涉嫌多次攻擊律師，恐怕沒有誰願意接受他的委託免費代理。」

「我們可能也是他最後的希望了。」明明是很大的決定，但顧衍的語氣卻很輕鬆，「很多有醫德的醫生，不僅醫術高超，也非常有悲憫的慈悲心，才願意鋌而走險接一些風險很大的病患，畢竟萬一手術能成功呢？」

就是這樣！

最初齊溪在接觸這個案子時，雖然理智上認為遠離這案子才是明智，但內心總是讓她繼續跟進，她不知道怎麼形容自己這種內在驅動力，如今聽了顧衍的話，才覺得確實如此。

她沒能形容出的內心感受，顧衍用更形象直白的舉例表達了出來。

齊溪望著顧衍也笑起來，「我們做律師的，至少比做醫生承受的壓力小，因為我們官司就算輸了，當事人至少不會失去生命，可醫生手術失敗的後果，可是人命。」

顧衍也點了點頭，「雖然有自保意識很好，但如果做任何事情都被過度的風險意識絆住手腳，那是不是有點本末倒置了？總不能為了避免結束，就避免一切開始吧？」

顧衍的話很樸實，完全沒有華麗的辭藻，但齊溪聽完以後覺得內心堅定了起來，好像又充滿了力量。

她一個人的時候尚且有點心虛，如今有顧衍並肩作戰，就像有人陪著看恐怖片一樣，明明恐怖的劇情還是一樣，但是恐怖的程度卻大大下降了。

那就……試一試吧！

第十章　她插翅難飛

既然決定接受吳健強的委託，齊溪和顧衍都沒愣著，兩個人跟顧雪涵報備獲得同意後，第二天，就開始分頭收集還可能遺漏的證據。

只是並不樂觀。

因為工傷發生至今已經過了大半年，大部分證據早就損毀，外加吳健強本身工作的地方就是個小作坊，根本沒有健全的人事制度和考勤打卡制度，薪水單發放簽批單也都沒有。為了規避五險一金[1]的用工成本，這家小作坊都是直接採用現金形式付薪水，連個轉帳紀錄都沒有；員工郵箱、員工手冊這類就更別說了。

顧衍試圖去找吳健強以前的同事溝通，希望他們能夠站出來提供證人證言，然而也是以失敗收場——一來，在小作坊裡工作的人員流動性很大，半年的時間，大部分已經換了新

1 五險一金，指中國大陸地區勞動者所享有的社會保險和公積金福利的一種通俗化稱呼，其中「五險」是指養老保險、醫療保險、工傷保險、失業保險、生育保險五種社會保險，「一金」是指住房公積金，是中國政府為保障職工權利而採取的一項基本措施。

面孔，很多現在工作的員工根本不認識吳健強；二來，即便原本留下的幾個知曉吳健強工傷事故的老工友，也不願意去作證。

當然，對此齊溪也可以理解，「這些老工友都在這小作坊穩定工作好些年了，就靠這份收入養家糊口，如今經濟也不景氣，在這個小作坊早就習慣了工作內容，人都有慣性，就不想挪地方，他們也擔心自己要提供證據了，自己飯碗就丟了。」

顧衍自然也是理解的，但如此一來，取證就陷入了死胡同。

下午時齊溪和顧衍都接到了顧雪涵安排別的案子，因此也沒能再分心想這個案子，而下班後，齊溪也有更重要的事情要忙。

趙依然找的新房子已經可以入住了，她已經先一步搬了進去，而齊溪也打算今晚搬家。雖然也不知道為什麼顧雪涵近期白天明明都在所裡待著，但一到晚上就要出差或者通宵加班，因此齊溪借住在她家裡這麼久，就沒見她回家過一次，這麼大這麼好的房子，等同於齊溪一個人鳩占鵲巢了。

這個房子哪裡都好，離顧衍還非常近，因此兩個人除了白天上班，晚上也常常能見面，有時候是顧衍跑過來理直氣壯的蹭飯，有時候則是顧衍帶飯回來一起吃，邊吃還能邊聊案子。

齊溪並不會因為一天要見到顧衍那麼多時間而感覺到厭煩，相反，好像和顧衍待在一起的時間越久，她就越不想離開。

只是大概最近顧衍和白月光修成正果了，顧衍偶爾來蹭飯的時候常常會接到自己女朋友的電話，而齊溪熬夜看案卷的時候，也常常發現顧衍半夜會去樓下，大部分時候齊溪能從窗戶看到兩人，顧衍會在深夜去社區門口接他的女朋友，然後一路護送回家。

每每這個時候，齊溪的心情就會變得很差。

她會一直一直盯著時間看，計算顧衍大概在對方家裡待了多久，然後透過平均數值得出不負責任的結論——顧衍好像不太行。

按照齊溪的推測，他每次把人接回來送到家裡，幾乎……幾乎沒過多久就回自己家了。

鑒於他早就和白月光去過飯店開房了，齊溪想他大概並不是多保守的人，按照趙依然以前說的，男人一開葷，是絕對控制不住還在那邊對女友正人君子的，而女鄰居據齊溪所知也是獨居，顧衍暗戀了那麼久，剛在一起又還是令人臉紅心跳的熱戀期，那麼……

那麼每次接回家以後，照理來說，顧衍一定會去女鄰居家裡和女鄰居這樣那樣一下。

那這個時間來看，齊溪覺得顧衍有點……嗯……太快了……好像不太好的樣子……

找男朋友還是不能找這樣的，所以自己大可不必遺憾，齊溪默默安慰自己，這絕對不是吃不到葡萄說葡萄酸！

雖然自己一邊亂七八糟的想，但搬家好歹是在顧衍和趙依然的幫助下一起完成了，顧衍大概是趕著回去和女朋友約會，婉拒了趙依然留他一起吃頓晚飯的邀請，號稱自己有點事，因此如今屋內便只剩下了趙依然和齊溪。

這邊齊溪在想各種亂七八糟的事，另一邊趙依然就又打開短影片軟體開始滑影片了，也不知道她看到了什麼，就哈哈哈大聲笑起來。

齊溪有些好奇，湊過頭去，才發現趙依然正在津津有味地看一個農村大爺做地鍋雞。見齊溪有興趣，趙依然當即熱情推薦起來：「妳快來關注這個大爺，是個廚師，非常有趣，雖然農村條件艱苦，但特別幽默，走在潮流前沿啊，說話也有意思，還介紹不少當地特色菜，看起來就特別讓人有胃口。」

近來因為加班壓力大，趙依然迷上了滑影片解壓，雖然每次一滑起來一晚上就沒了，但她還是樂此不疲，對這類的直播或者短影片分享類平臺讚不絕口——

「其實我發現很多勞動人民真的都勤勞勇敢又有智慧，我最近關注了好幾個農村生活類的博主，看他們分享生活，有時候覺得很有意思，尤其是看他們即便很辛苦，也還努力生活分享自己生活裡點滴陽光的樣子，就覺得真的好勵志，讓人充滿力量那種，就覺得很治癒，讓我覺得自己的加班其實也沒那麼辛苦。」

「短影片軟體上真是看遍人生百態，有建築工人分享生活的，有駐海外的工程師分享日常的，有獨立設計師分享工作的，還有上山挖菌子的女生在影片裡載歌載舞的，妳沒發現嗎？現在大家都喜歡用這些。」

趙依然放下手機，伸了個懶腰，感慨道：「每天晚上我滑影片就當幫自己充電了，想想自己朝九晚五在法院有個穩定體面的工作，只是偶爾加班而已，和人家農村勞動的強度比，算什麼呀？人家每天都能樂呵呵的，從小處找生活的樂趣，我還有什麼資格抱怨人生啊。」

她站起來活動了下四肢，「現在，充電完畢！我去研究案子了！」

趙依然說完就回房裡繼續加班學習了，留下齊溪一個人在客廳。

趙依然說者無心，但齊溪卻突然心裡一動。

是了，這些短影片ＡＰＰ如今非常火熱，分享短影片沒有任何學歷門檻的限制，而所有人不論是白領還是藍領，都有分享自己生活進行社交互動的需求，那麼……

那麼如果吳健強的工友裡，但凡有一個人曾經註冊過這類平臺，曾經分享過自己的工作影片，那麼是不是有可能可以在這些影片裡找到吳健強的身影？那麼是不是就可以從中找到吳健強曾經在那個小作坊裡工作過的證據了！

說幹就幹，齊溪當即下載了短影片軟體，然後就開始按照同城，以及那家小作坊的關鍵字開始搜尋起來。

可惜搜尋沒那麼容易，但齊溪沒放棄，她就這樣盯著手機看了大半夜，看到眼睛感覺快要失明，也不知道是老天垂憐還是皇天不負有心人，就在齊溪快要撐不住睡著之前，她終於在一個帳號裡滑到了吳健強！雖然只是快速的一帶而過，但那確確實實是吳健強沒錯！

這下齊溪來了精神，她也不睡了，索性開始根據這個帳號順藤摸瓜，果不其然，除了這個半年前的影片裡出現了吳健強，這個帳號裡還有各種畫面都出現了吳健強，對方影片的標題還標注得特別清楚——「工作結束，開飯啦」、「本週上工第一天和工友們一起唱KTV」、「工友們一起吃燒烤」……

齊溪幾乎是放慢速度一幀一幀去對比畫面的，花了一整個晚上，終於把所有畫面中有吳健強的都截圖存證了。

透過這幾個工友的影片資訊交叉比對，幾乎可以確定他們都在同一家黑心小作坊工作，也能證明吳健強曾經是其中的一員，所有影片的背景也都能和那家小作坊對得上。

齊溪熬了一夜，終於找到了關鍵性證據，她生怕橫生枝節，出現諸如電腦突然當機等等風險，趕緊把資料都打包整理好寄給顧衍，這才卸下力氣般毫無心理負擔地睡了。

沒想到這一覺睡到了下午，齊溪爬起來的時候，發現房間裡都已經能感受到西晒的熱度。

齊溪幾乎是立刻拿起了手機查看未接來電和郵件。

好在所裡今天倒是沒什麼事，只是雖然鬆了口氣，但好不容易空出來的時間，齊溪本來是打算拿著證據去找黑心小作坊談判的，昨天打包證據寄郵件給顧衍時還提及今天白天去處理這事……

不行不行，得趕緊和顧衍商量什麼時候去處理這件事，吳健強家的情況齊溪也看到了，他們是迫切需要錢的人，不像生活無憂的人，對錢沒有那麼急切的期冀，所以對錢什麼時候能到帳並不在意。

於是齊溪火急火燎地衝回了事務所，她氣喘吁吁走到自己辦公桌前，才發現顧衍正端坐在辦公桌前打字。

齊溪大口喘著氣，有些委屈道：「顧衍，我一上午沒來上班，你怎麼也不問問我去哪了！我今天都沒外出計畫，睡過頭了結果都沒人喊我……」

「妳自己看看妳幾點寄郵件給我的。」結果顧衍倒是很理直氣壯，「早上五點，都這樣了白天還打算繼續工作？齊溪，妳想猝死嗎？」

這男人冷冷瞥了齊溪一眼，「我要是喊妳了，妳如果工傷了還不訛我？」顧衍的唇角很平，大概是被齊溪質問，看起來不太開心的樣子，「以後別熬那麼晚，出事了誰負責？」

「我這麼年輕，才不會工傷呢！你放心，不會賴著你姊的！倒是吳健強，明天我還有幾個案子要去法院立案，恐怕都沒時間去忙他的事，接下來的時間安排也不確定，如果沒記錯的話，你明後天工作日程也排滿了吧？那還不知道什麼時候能抽出空把他的事給……」

齊溪一想起吳健強的案子，就有些煩亂，按照未來的工作進度，也不知道什麼時候才能見縫插針把這個案子處理掉。

然而也是這時，顧衍再次開了口。

他看著齊溪，聲音淡然道：「我處理好了。」

齊溪愣了愣，「什麼？」

顧衍的表情很鎮定，相當有事了拂衣去深藏功與名的氣質，「我說我處理完了。」他說完，遞過來一份協議，「這是要求工廠那邊簽署的和解協議，也簽訂了付款時間進度表。」

齊溪這下真的有些愣住了，她還有些茫然地接過協議一看，才發現白紙黑字真的規定得明明白白。

「存在勞動關係但沒有簽訂勞動合約，所以吳健強在職期間僱主都需要支付雙倍薪水，當時只支付了一份薪水，現在得再補出另一份，另外因為工廠沒有幫吳健強繳納工傷保險，所以所有工傷賠償也都由工廠自己承擔。」

顧衍說完，看了下齊溪：「妳睡覺的時候，我去找對方談妥了，也通知吳健強那邊了，現在就等三天後付款了。」

齊溪還有些一頭霧水，「就這樣解決了？」

「嗯。」

「對方都沒有要賴抵抗嗎？」

「當然有。」顧衍抿了下唇，「但也算我們運氣好，這個黑工廠最近剛分包到一個新項目，這幾年招工也難，正鬧用工荒，特別擔心我們把這些影片和前因後果剪輯了放到網路平臺上引起擴散效果。」

「當然，最重要的還是妳的證據。」顧衍看向了齊溪，「我做了證據保全，這些證據他根本沒辦法抵賴，知道如果不和解，我們去申請勞動仲裁，他不僅沒辦法逃脫這些賠償責任，只會拉扯掉更多的時間和精力。」

「妳這次做得真的很好。」顧衍說的話本應該是誇獎，但這男人看向齊溪的臉色並沒多好看，「但下次不要再做了。」

？？？

齊溪有些不服：「為什麼啊？」

顧衍抿著嘴唇，十分有理有據：「妳熬夜看起來是多出了時間，可熬夜完第二天整個人狀態都不好，所以第二天的工作重擔還不是像現在一樣壓在我身上，這種談判還不是只能我一個人去嗎？」

大概這次他單獨一人去談判心理壓力也比較大，讓他或許至此還心有餘悸，因為此刻顧衍的表情還是不太好，他瞪了齊溪一眼道：「所以下次別這樣了。」

也沒讓你不叫醒我自己一個人去啊……明明打通電話給我就好了……

齊溪心裡嘀咕，但礙於顧衍確實是一個人可靠地解決案子了，她也不好意思再說什麼，只是心裡鬆了口氣——至少吳健強那邊，總算是有交代了。

至此，手頭暫有的工作算是都告一段落，有個完美結局了，齊溪以為自己能輕鬆舒暢點，然而事實上不僅沒有，她心裡好像更煩躁了。

摒除了工作上的繁忙而空閒下來後，能想私事的時間好像就更多了。

顧衍有女朋友了。

顧衍和他的白月光在一起了。

這個認知越發清晰地展現在齊溪面前。

顧衍上班時偶爾接到的對方的電話，特地避開齊溪接聽時的私密，一切的一切，都預示著顧衍正在並且將會慢慢離齊溪越來越遠——他所有的私人時間會奉獻給自己的女友，所有的耐心溫柔和愛意也是。

這個男人整個人都將屬於別人。

雖然很想要，但齊溪的道德感讓她知道，自己是時候退出了。

即便顧衍或者顧衍的女朋友並不介意或者覺得不自在，但齊溪知道如今對顧衍抱著不可告人的想法的自己，是不適合再頻繁出現在顧衍四周的。

顧衍和他女友不知道最好，齊溪自己心裡有數就行。

她得避嫌！

說幹就幹，第二天一大早，齊溪就跑去所裡開始搬座位。

此前座位緊張，但如今有個別律師跳槽，外加採購的新辦公桌也都陸續到位，另外一片辦公區域裡空出了很大一片。

這片區域也正合齊溪的意，因為距離顧衍的座位挺遠，而且相對來說比較空，只坐了幾個剛招進來的男實習生。

避嫌，先從物理距離上開始！

只是齊溪沒想到，自己放在辦公室裡的東西比她想的還多，直到顧衍來上班，她還沒搬完。

顧衍看見她，果然皺了皺眉：「妳在幹什麼？要幫忙嗎？」

顧衍說完，就接過了齊溪手裡的一箱法律專業用書，齊溪感覺手上一輕，她鬆了口氣，解釋道：「我在搬座位！」

顧衍放下了箱子，臉色有些沉：「妳搬座位幹什麼？」

「我最早進所裡時你不是說，讓我和你保持距離嗎？現在新座位空出來了，那邊距離和你非常遠！你可以放心！」

只是齊溪沒想到，她話音剛落，顧衍不僅沒再幫忙搬運，反而逕自把一箱書放回了齊溪原本的辦公桌上，這男人看了齊溪一眼，然後移開了視線，「哦，沒必要搬，我現在習慣了，而且之前那件事，我現在也不覺得對我有什麼影響了，妳坐這裡沒問題。」

可不是嗎？現在當然不介意了，齊溪酸溜溜地想，顧衍這種人一看就是我行我素的冷酷型，當初自己在畢業典禮上大放厥詞，他最在意的倒不是什麼大眾口碑，反倒是自己在喜歡的女生心裡的形象吧。如今和白月光都好上了，對齊溪自然也冰釋前嫌真正的翻篇了。

可顧衍把齊溪當成一頁故事一樣翻過去了，齊溪卻不能也同樣翻篇。

齊溪移開視線，佯裝自然道：「我知道你不介意，不過我們兩個座位確實離得太近了，和高中隔壁桌似的，現在所裡這麼多空位，我搬過去大家都寬敞點嘛。你看，隨著案子越來越多，光是案卷就快堆滿桌面了，等我搬走，你可以徵用我原來那個辦公桌擺資料和案卷了。」

顧衍表情不悅，「但我們是同一個團隊的，偶爾還是有案子需要一起討論，妳搬那麼遠，很不方便。」

對此，齊溪也有合理的答案，「我可以走過來啊！本來久坐就不好，這樣我被迫還有點運動量，讓我擁有健康的體魄後可以更好的幫你姊打工！」

結果顧衍還是不同意，他咳了咳，語氣不自然地補充道：「妳要搬走反而顯得我很小氣，像是我人品很差那樣，畢竟是同一個團隊的，妳這樣，所裡大家都很八卦，都會猜測我和妳決裂了，可能會流傳出一些不好的風言風語，影響我的口碑。」

看來即便是我行我素的顧衍，多少還是會顧慮別人的目光。

但齊溪是鐵了心打算避嫌，因此相當堅定：「你放心，我去了新座位以後，會立刻和坐在那的實習生們打成一片，然後透過他們宣傳我和你之間如鋼鐵一般堅固的同事之情！」

齊溪原本以為她這麼一講可以打消顧衍的顧慮了，結果沒想到顧衍掃了實習生們坐著的那片區域一眼，表情更難看了——

「妳什麼意思？」

齊溪有點心虛，但還是佯裝鎮定道：「什麼什麼意思？我沒什麼意思啊！真的不是對你有意見，就是前幾天找風水大師看了下，說我還是坐朝北的位子運氣會更好，我們這個位子朝南的……」

好在最終，因為顧雪涵一通電話叫顧衍去辦公室，顧衍最終沒辦法再阻礙，齊溪趁著他去顧雪涵的辦公室時，終於成功搬好座位了。

遠離顧衍以後，齊溪感覺還是好了一些，畢竟不用時時刻刻看到，不用抬頭就看到對方線條優美的側臉。

齊溪覺得自己就像一隻在別人門口徘徊的狐狸，看著別人院子裡的葡萄樹流口水，明明知道這葡萄是別人家的，這家人家裡或許還有惡犬，但還是忍不住在院子門口對著葡萄探頭探腦。

所以最好的辦法就是把自己的狐狸洞搬走，搬到不會經過這葡萄樹的地方，自己這隻意志力或許並不強大的狐狸就不會犯錯了。

只是齊溪怎麼也沒想到，自己剛遠離了葡萄樹半天時間，下午的時候，葡萄樹也舉家搬遷，再次杵在了自己的洞門口。

齊溪望著正在自己旁邊的座位上連接螢幕的顧衍目瞪口呆。

顧衍倒是挺鎮定自若的：「哦，我也覺得風水挺重要的，也去找人算了算，說我也適合朝北的位子。」他環顧了下四周，「反正這裡還挺空的，彼此空間也不算擠。」

他頓了頓，補充道：「風水師還說我要坐在陽氣重一點的地方。」

「？」

齊溪納悶道：「那朝南那邊陽氣不是應該更足嗎？畢竟有太陽啊……」

顧衍面無表情地看向齊溪，「這裡都是男人，我說的是這種陽氣，被這麼多男人包圍著我感覺自己好多了。」

「……」

他看了齊溪一眼，補充道：「很有安全感。」

「……」那你怎麼不坐男廁所門口呢？

搬座位遠離顧衍的方案宣告失敗，但齊溪也沒氣餒，只要自己有避嫌的心，她覺得就絕對能盡量避開顧衍。

齊溪開始不再坐電梯了，因為競合所占據了辦公大樓裡的一整層樓，又有一部直達電梯幾乎都是競合所的律師或者客戶使用，只要上下班時間坐電梯，基本都能在電梯內撞見顧衍。

而電梯內的封閉空間，讓這種和顧衍共處的時間變得相當緩慢和難熬。

看不見葡萄樹，不就不會流口水了嘛。

齊溪覺得自己至少是一隻聰明的狐狸。

上下班的時候，她開始爬樓梯。

結果很快引起了同事們圍觀——

「齊溪，怎麼不坐電梯啊？」

齊溪走得氣喘吁吁，但還要故作堅強：「我鍛鍊！最近感覺體脂有點高，多爬樓梯有利於身體健康！」

結果沒多久，齊溪發現，所裡越來越多律師開始和她一起爬樓梯了——

「齊溪啊，幸好妳帶頭，我想想覺得也是，平時忙著去法院見客戶，健身卡都閒置了，根本沒空用，但其實運動不就在身邊嗎？我天天上下樓多爬一爬，感覺也算運動了！」

「我上次差點被對方當事人提著菜刀砍了，所以確實要鍛鍊一下，以後遇到這種事至少還能跑快點！」

「……」

齊溪面無表情生無可戀地走在最前面，後面跟著四五六個同事，大家都如死狗般喘著氣，但還堅強地爬著樓梯，唯一的例外是顧衍，他走樓梯像在走平地一樣，非常輕鬆淡然，臉不紅氣不喘，雙手插著口袋，像個突擊檢查的主管，像個睥睨的王者。

因為自己引領了該死的新時尚，顧衍也跟著其餘幾個同事一起和自己一樣開始爬樓梯了。

齊溪這個爛青銅一邊喘氣，一邊瞟了狀態非常王者的顧衍一眼。

媽的！有完沒完！

她心裡簡直煩死了。

顧衍這是搞什麼啊？

她逃，他追，她插翅難飛？

怎麼這麼討人厭！自己都避嫌了，結果自己去哪，這傢伙竟然也能跟來。

齊溪回到座位，忍不住瞪向了顧衍，「你又不需要鍛鍊，你跟著走什麼樓梯啊？」

結果顧衍雲淡風輕，「我熟悉一下萬一發生火災時的逃生路線。」

「……」

齊溪簡直絕望了，但她又不能自己做什麼還霸道地下個禁令不許顧衍做什麼，這樣下去，避嫌是根本不可能避嫌的，畢竟自己總不能為了眼不見為淨，從競合所辭職跳槽吧？

晚上回租住的房子時，齊溪仍舊非常苦惱，她忍不住上法律人論壇LAWXOXO的情感區域匿名發了篇文章求助——

『想求助問問各位感情經驗比較豐富的姐妹們，是我一個朋友的事，她吧，就有點喜歡一個男的，但是這個男的最近有女朋友了，只是因為某些原因，我朋友和這個男的總是低頭不見抬頭見的，很難迴避，有沒有什麼辦法讓我朋友心情好受點，不打擾別人的戀愛，又全身而退呢？』

很快，齊溪就收到了一堆回覆——

『妳這個……朋友吧，其實也沒必要避嫌，越是刻意避嫌就越是在意對方，結束一段感情的最好辦法就是開啟一段新的！』

『妳……朋友就是沒見過世面，外面兩條腿的男人還不多？多見點男人，就會發現世界很寬廣，帥哥非常多，之前喜歡的那個人也就只是庸脂俗粉不值一提，沒有必要為了一棵樹放棄整座森林！』

『多出門多社交，把時間填滿，就不會去想那個男的了，好的永遠在路上，加油！』

齊溪把一則則留言都看了，最終決定還是要鼓起勇氣開始新生活。

顧衍是很好，但他就像貨櫃裡已售的限量品，自己不能不講道德從別人手裡搶來。

或許自己對顧衍的好感也就是一時的，畢竟自己的社交圈確實很窄，平時見到的男生比較少，又確實一次戀愛也沒談過，錯把對顧衍的親近感當成心動了？

何況顧衍有什麼好的，喜歡那個白月光喜歡成那樣了，感覺這份喜歡都刻進DNA了，再說了，顧衍那方面還不太行，這麼年輕就這麼快，以後治腎虛還要花很大一筆錢！

自己何苦去當別人的替代品呢？

自己是得去見見世面啊！

齊溪當即找了趙依然：「有沒有優質男人介紹給我？」

「……」趙依然果然被齊溪的直截了當嚇了一跳，「妳怎麼了？」

齊溪咳了咳，高調宣布：「我決定要嘗一嘗愛情的滋味！找個男的談談戀愛！」

「妳怎麼突然開竅了？」趙依然雖然狐疑加意外，但對齊溪的決定還是很支持，「妳要找對象還不容易？這週六我們法院和檢察院一起搞聯誼活動，可以帶自己的朋友參加，我們辦公室主任說了，多找點單身的小夥伴來，擴充下貨源！妳就跟我一起去唄！」

只是事到臨頭，真到週六那天，齊溪完全退縮了。

語言上的巨人行動上的矮子，說的就是她沒錯了。

畢竟她並不是真的想談戀愛，覺得自己交友目的也不單純，於是內心有愧，突然就有點懼怕去這個聯誼會了，最後是趙依然死拖活拽把人拉去現場的。

好在這場聯誼會相親的氣氛並沒有很重，除了法院檢察院的單身人士外，還有不少是來自事務所的或者是勞動局的，現場氣氛倒是挺輕鬆，有說有笑的，說起來大家都是法律共同體中的一員，共同話題挺多，即便不作為相親的目的，單純來交友認識點法律圈裡的人脈，倒也不差。

齊溪也因為這種寬鬆的氣氛而放鬆下來，最後和一個民事法庭的年輕男法官劉真聊得倒確實不錯，對方對齊溪並沒有過度的熱情或明顯的暗示，坦言也是被同事拉來這個聯誼會，只是用一種兄長般的態度跟齊溪講了很多民事糾紛案件中承辦的關鍵細節和注意重點，兩人聊天聊得挺好，最後互相交換了聯絡方式，齊溪還約定了下次有問題再和對方討教。

不過這次活動，齊溪覺得挺放鬆，趙依然就一臉苦大仇深了。

「妳知道嗎？光我們法院就有六個男法官找我要妳的聯絡方式，檢察院那邊還有兩個輾轉過來拜託我的，讓我下次有機會再單獨約妳出來一起吃飯。」趙依然怨氣滿滿，「第一次這麼多男人主動來找我，我都沒來得及受寵若驚，結果發現人家找我當紅娘的。」

齊溪對另外那幾個法院檢察院的，都沒有什麼特別的想法，因此也沒有再給聯絡方式，倒是偶爾和那位年輕男法官劉真有諸多交流。

這樣不鹹不淡，週末就過去了，新的一週，齊溪幫自己打氣，又回歸了工作狀態。

雖然很想迴避顧衍，但今天上午齊溪和他正好都有案子要去城西法院，於是為了節約辦公經費，兩個人便一起搭計程車前往，路程中顧衍一直在回客戶的電話，因此倒是避免了交談的尷尬。

而一到法院裡，齊溪就有些迫不及待地和顧衍分道揚鑣，「那我先去提交補充證據了，你也去忙你的吧。」

顧衍掃了齊溪一眼，「那等等妳辦完後再聯絡我，我們再一起搭計程車回去。」

齊溪不是很想和顧衍有更多的單獨相處時間，但一時也沒想出正當理由拒絕，因此含糊道：「再說吧。」

不過很快，她的正當拒絕理由就來了——

「齊溪？這麼巧？妳來這裡開庭嗎？」

齊溪循著聲音回頭，就看到了此前聊得很愉快的劉真。

她也有些意外，笑著和對方打了招呼：「對，正好來送資料。」

「那等等一起吃個午飯？」對方也笑起來，「上次妳問我的那個實作問題，我可以再詳細跟妳講講。」

那簡直再好不過！

齊溪倒不是說有多好學，只是覺得終於有理由可以迴避顧衍，她看向顧衍，清了清嗓子，「顧衍，那你辦完事自己回去吧，我留在這邊和朋友吃個飯。」

顧衍從一早就在接客戶電話，恐怕是案子上遇到點棘手的事，原本就表情淡淡，如今到了法院，大概案子給予的心理壓力更大，現在的表情更是不太好看了，他的唇角很平，像一個難以取悅的老闆。

而也是此刻，劉真身後又走來了幾個他的同事，見了齊溪，就開始擠眉弄眼打趣劉真，「哎呀我們小劉和齊律師是什麼緣分啊，這週六聯誼會上剛見過呢，怎麼週一就又邂逅了啊……」

劉真被打趣得有點赧然，只能紅著臉拚命澄清：「你們別亂說，齊溪是過來工作的。」

劉真不得不應對幾個男同事的調侃，沒辦法顧及一旁的齊溪，而這時，站在齊溪不遠處的顧衍倒是出了聲——

「妳週六去聯誼了？」

顧衍今天是來開庭的，時間有些緊湊，齊溪聽到他出聲，才意識到他還在場，她納悶道：「你還沒走啊？」

結果這話一出，顧衍的臉肉眼可見的黑了，這男人陰陽怪氣道：「打擾妳了，那我走了。」

顧衍扔下這兩句話，就沉著臉走了。

齊溪沒太在意，因為劉真已經把自己的幾個同事打發走了，又重新站到了齊溪面前，「我現在有個庭要去開，那等等把用餐地點傳給妳，中午見。」

「好的，劉法官！」

齊溪應完好，揮手和劉真告別。

「和生離死別似的，怎麼？一日不見，如隔三秋？」

齊溪揮動的手還沒放下，背後就再次傳來了顧衍陰陽怪氣的聲音。

齊溪嚇了一跳，她回頭，「顧衍？你怎麼又回來了？」

「怎麼？法院的路是妳家的？」顧衍不知道怎麼的，今天這案子到底是有多不順利，怎麼和吃了槍藥一樣？他看了劉真走遠的背影一眼，「他年紀看起來有點大，好像不是我們的同齡人。」

男人可真是無語，怎麼什麼都能攀比呢？

齊溪為劉真說話道：「就大五歲，還好吧，挺有鄰家哥哥那種氣質的，人也挺成熟穩重，業務能力挺強，專業知識過硬，是挺好的法官。」

顧衍看起來有些難以取悅，他用找碴般的語氣問道：「妳不是說醉心事業無心戀愛嗎？怎麼去聯誼？上次那個學弟找妳表白的時候不是很堅定地拒絕了嗎？所以是喜歡老的？」

什麼老的嫩的，當吃火鍋的時候涮牛肉呢？齊溪簡直是無語了。

而且……而且這和顧衍有什麼關係呢？明明他都已經和白月光有情人終成眷屬了，還這樣陰陽怪氣的，彷彿很在意齊溪在吃醋似的。

他有什麼資格吃醋啊？自己都不單身，都和白月光去開房了！

齊溪心裡有點生氣，語氣難得也有些強硬：「我就喜歡老的，怎麼了？難道還要和你彙報嗎？」

大概是沒料到齊溪會這樣講，顧衍愣了愣，神色帶了點恍惚，然後他才抿緊嘴唇，垂下視線，「不用，確實不用和我彙報，妳不是一直都是想怎樣就怎樣嗎？確實和我無關。」

這男人說完，又看了齊溪一眼，雖然也沒再說什麼話，但那表情倒像是齊溪的受害者一樣，彷彿齊溪去參加聯誼、答應劉真的午飯邀約是什麼背信棄義不講道德的渣女做派。

明明是顧衍先去找女朋友的啊！

怎麼可以這麼綠茶？！

難道他還想腳踏兩條船嗎？

想得美！

齊溪再次幫自己打氣，才拿著補充資料去提交。

齊溪這次跟進的這個案子原本已經山窮水盡，她努力找了新的補充證據，但並不確定能不能得到認可，這次抱了試一試的態度，沒想到竟然迎來了柳暗花明，雖然沒再進入正式庭審，但對接的法官看了證據覺得效力應當是會得到支持的。

這簡直是太好了！

齊溪懷著激動的心情從法官辦公室出來，幾乎是下意識就拿出手機，點到了顧衍的聊天畫面，想要和顧衍分享這個好消息。

字打了一行，她才突然意識到不妥。

齊溪抿著唇，一個字一個字刪掉了對話欄裡的話，在這一刻，齊溪的心裡對顧衍是帶了點怨恨的，也對自己帶了點恨鐵不成鋼——明明說了要遠離顧衍的，明明心裡勸說自己往前看去認識新的人，去忘記顧衍，然而一遇到開心的事，第一反應還是，如果顧衍知道就好了。

她坐在法院等候區的公共座椅上，望著法院中庭裡的小花園發呆，陽光此時透過落地窗，灑滿了半個法院的走廊。

然後齊溪收到了顧衍的訊息——

『〈法官已成高危險職業，基層法官頻遭報復〉。』

『〈因判決離婚，法官被男當事人當庭刺死〉。』

『〈嫁給法官，妳要學會一個人玩耍〉。』

『〈男法官的二十個缺點〉。』

顧衍傳來了一連串的網址。

齊溪盯著手機螢幕發了很久的呆，雖然陽光很好，但她突然有點喪氣。

顧衍，顧衍。

她有點想哭，他怎麼可以這樣子。

就在她那麼努力做心理建設放棄他的時候，傳這種充滿曖昧暗示意味的東西給她。

他是什麼意思呢？

叫自己不要和法官在一起，不要找法官男朋友嗎？

那找什麼樣的男朋友？

但不能找他，找什麼樣的，又有什麼區別？難道他還想著坐享齊人之福？

齊溪賭氣地關掉了手機，她決定不再理睬顧衍，然後整理了下情緒，去赴劉真的約。

因為顧衍的插曲，齊溪整頓飯吃得有些魂不守舍，她明明對劉真笑著，也能附和他的話題，正常地討論一些法律問題，然而齊溪知道自己完全是心不在焉。

一頓飯畢，劉真要趕回去辦案，齊溪便和他分別。

她慢悠悠地往法院大門口前的攔車地點走，然後看到了顧衍。

可他的案子應該早在兩小時前就結束了。

顧衍站在只要是想離開法院就必經的路口，因為上庭，他穿著筆挺的黑西裝，頭髮簡單打理過，變得比平日還成熟穩重，人很高大，腿非常長，整個人比例完美到像找不到缺點，午後的陽光懶洋洋的打在他英俊的眉眼間，然而他的表情淡淡的，像是無法被暖陽融化，帶了點冷質，此刻他像是正在和誰講電話的樣子。

等看到齊溪，他摘了耳機，把電話掛了，然後朝齊溪走了過去。

「手機怎麼關機了？」

「飯吃完了嗎？」

顧衍的問題很簡潔，好像也沒有在期待齊溪的答案，他問完，垂下視線，「走吧，一起搭計程車回去。」

齊溪的心突然又快速跳動起來。

這是非常平常的對話。

然而顧衍像是齊溪的過敏原，即便沾染上一點點，她就會產生各種奇怪的副作用反應——她變得腦袋發熱，心裡有一堆情緒想要發作，又不知道如何發作。

齊溪沒有走，她固執地站在原地，瞪著顧衍，「你吃午飯了嗎？」

顧衍的表情看不真切，他很快移開了視線，聲音有些低沉：「沒有。」

「為什麼不吃？」

「吃不下。」

齊溪知道自己不應該再問下去了，成熟的人應該笑著打哈哈讓顧衍快點去吃飯然後安全地結束這個話題，但齊溪也不知道自己今天怎麼了，好像非要一個答案一樣。

她盯著顧衍，有些咄咄逼人：「那為什麼吃不下啊？」

顧衍的樣子看起來有些煩躁，他像是不想回答，但最終還是回答了：「妳手機關機了。」

「所以你一直在這裡等我嗎？」

「嗯。」

這不是齊溪想要聽到的任何一個回答。

她希望顧衍告訴她，他沒吃飯是因為不舒服吃不下，和齊溪無關；他在這裡等待也只是因為有別的事，和齊溪一點關係也沒有。

齊溪希望顧衍的回答能讓自己死心，然而顧衍沒有。

齊溪覺得自己像一隻傻乎乎的狐狸，而顧衍像個兜售葡萄的奸詐商人，明明葡萄已經被別的賣家預訂了，不會再賣給齊溪，但這可惡的奸詐商人還要變著法拉著大幅廣告跑來齊溪的面前耀武揚威，澄清自己的葡萄一點也不酸，宣揚著自己的葡萄是多麼甜美多汁，然而當齊溪想要伸出手去嘗嘗的時候，這個奸詐的商人把葡萄收走，非常沒品又理直氣壯地告訴齊溪不賣，這些這麼好的葡萄早就被預訂走，有主人了。

雖然知道這很矯情，但齊溪一瞬間還是難受得有點想哭。

該死的顧衍，就不能放過自己嗎？

自己真的，再也再也不想看見顧衍了。

他就像櫥窗裡陳列著的光鮮奢侈品，齊溪像個口袋裡根本沒有錢購買的人，如果不路過櫥窗的話，那種想要的渴求和得不到的難受就不會那麼強烈了。

而現實一次次不斷提醒齊溪這個事實。

和顧衍的話題還沒得以繼續，他的手機就響了起來，顧衍微微皺了皺眉，接起來。

雖然聽不清楚在講什麼，但齊溪還是從手機裡傳出的聲音聽出了來電的人是顧衍的新晉女友，那位住在樓下的女鄰居——顧衍的正牌女友。

周圍明明豔陽高照，但齊溪覺得自己像是突然被困在了一場暴雨中，周圍都是互相摟著撐傘的人，只有她是沒有傘的，然而茫然地想去找人分享雨傘，卻發現每個人都已經有了分享雨傘的另一半。

光是每天看到顧衍，已經讓齊溪生出很多不應該的心思和難受，而看到顧衍不經意間和自己的女友聯絡，齊溪就覺得更喘不過氣了。

齊溪覺得，與其在違反道德的邊緣反覆橫跳，還不如徹底戒斷自己需要離開競合了。

齊溪的心情很恍惚，甚至不記得最後是在什麼樣沉默和尷尬的氣氛裡，和顧衍一起搭計程車回到競合的。

不知道是不是人的情緒多少會影響身體健康，回到所裡後，齊溪覺得有點不太舒服，像是吃壞了東西。

顧衍和顧雪涵去和客戶開會的時候，齊溪實在難受，傳訊息和顧雪涵請了半天假。

回家後沒多久，齊溪收到了顧衍傳來的訊息，他先詢問齊溪怎麼請假了，然後五分鐘後詢問她身體哪裡不舒服，大概是因為齊溪沒有回覆，半小時後，他又傳訊息，問齊溪是否要緊。

其實齊溪已經感覺大好，但不知道什麼原因，心裡亂糟糟的根本沒整理好，不知道該用什麼情緒和顧衍說話，因此鴕鳥一樣選擇了把頭埋進沙子裡，沒有回覆顧衍的訊息。

她坐在電腦前，開始去每個大所的招聘頁查看是否有招聘資訊，把幾家方向和團隊她有興趣的大所和履歷投遞郵箱記下來後，齊溪開始對應修改潤色自己的履歷。

門鈴響起時齊溪以為是趙依然，然而等她開門一看，才發現來的竟然是顧衍。

這男人手裡提著個袋子，還穿著西裝，站在門口，像是有些侷促，因為沒料到齊溪開門開那麼快，彷彿還沒調整好情緒。

但見了齊溪，他很快皺了皺眉：「怎麼開門都不看一下門外是誰？」顧衍的唇角很平，「萬一門外不是我，又是亂七八糟的人怎麼辦。」

齊溪也知道自己大意了，但她已經無力和顧衍討論這種話題，於是佯裝沒聽見，問顧衍「你怎麼來了」，順利地轉移了話題，然後裝成自然姿態把人迎進了屋裡。

「妳不是不舒服嗎？」顧衍的語氣看起來有些不自然，他把手裡的袋子遞給了齊溪，「我正好出來辦事，順路想起來，帶給妳。」

齊溪有些訝異地接過袋子，「這是什麼啊？」

顧衍言簡意賅道：「藥。」

齊溪知道是藥，但這是什麼藥竟然裝滿了整整一袋子啊。

她把袋子打開，才發現幾乎是包羅萬象——有感冒藥、退燒藥、胃藥、咳嗽藥、抗過敏藥、氣喘藥，除了藥以外，還有很多保健食品，比如鈣片、綜合維生素甚至還有葉黃素花青素……

面對齊溪震驚的目光，顧衍倒是挺鎮定：「妳沒回我，也不知道妳生什麼病，所以把藥都買來了，妳自己看著吃吧，需要的話我可以帶妳去醫院。需要帶妳去嗎？」

齊溪連連擺手，「不、不需要了。」

齊溪很想把顧衍趕出去，因為他這樣一來，齊溪那種腦子一熱的感覺又來了。

顧衍好像也不知道要說什麼，照理說他這時候應該走了，然而這男人也不知道怎麼回事，愣是坐著，像是不想走的樣子，和齊溪頗有些大眼瞪小眼的尷尬氣氛。

最後大概是顧衍有點吃不消這個氣氛，他隨便掃了齊溪放在餐桌上的電腦和散落在周圍的資料一眼，像是想拚命找話題一般道：「妳身體不舒服就不要加班了，如果有緊急的工作可以給我做，我……」

大概是想幫齊溪整理，顧衍拿起了齊溪桌上的紙張，他無意間瞟了一眼，然後愣住了。

他不可置信地盯著齊溪在紙上記下的別的大所的招聘郵箱，然後看向了齊溪，「妳想跳槽？」

齊溪沒料到會被顧衍撞破，有些心虛又緊張地快速從顧衍手裡抽走了紙，「我、我就看看。」

可惜顧衍緊追不放，「妳的一年實習期還沒到，妳是打算滿一年掛出了律師證跳槽？」

顧衍說中了，這確實是齊溪的計畫——等再熬幾個月拿到律師證，就一不做二不休離開競合。

實習律師需要實習滿一年才能拿到律師執業證書，而沒有律師執業證之前，可以說是比較難流通的，尤其沒拿到執業證之前，一旦跳槽，此前的實習期就作廢了，在新的事務所必須重新計算一年的實習期，重新排隊，因此很多實習律師即便所裡待遇不好或者非常厭惡所裡的氣氛，也會熬過第一年的實習期，因為一旦有了律師證，學校履歷背景又足夠好，英文也優秀的話，是非常好跳槽的。

只是，一拿到律師證就走雖然是行業內的常規操作，但也是帶教律師非常討厭的行為，畢竟誰也不願意自己手把手教出來的徒弟，剛出師拿到證就跑路，頗有一種投資打水漂的感覺。

顧衍畢竟是顧雪涵的弟弟，幾乎是看到齊溪那張紙的瞬間開始，他臉上的表情就飛速的冷卻了下去。

齊溪也知道此舉對不起顧雪涵，但……要是她有辦法控制住她的心她的眼睛，她也不想離開競合，只是顧衍像個毒力強勁的新型毒品，齊溪根本招架不住。

她的道德感讓她無法去做插足的第三者，而她也無法忍受自己每天忍耐痛苦的慢性折磨。

顧衍像是想要一個答案，他死死盯著齊溪，彷彿生怕錯過任何一個她回答裡的細枝末節，這男人用一種非要得到一個答案的目光看向齊溪：「為什麼？妳對我姊或者我有什麼意見嗎？」

此情此景，齊溪尷尬又惶恐，她難受又無助得想哭。

為什麼？還不是因為你。

可齊溪根本沒辦法說出口，因此她只能故作鎮定和自然地撒謊：「我對你姊姊和你，還有整個團隊沒有任何意見，我覺得你們都很好，相處也很愉快，你姊水準也很高，能讓人學到很多。」

顧衍皺著眉，唇角是一個難以取悅的弧度。

齊溪避開了顧衍直視的目光，她看向了窗臺上的綠植，開始胡謅：「我考慮跳槽，單純是覺得競合所的配套福利待遇有點跟不上，你看我入職以來，也沒有什麼活動，沒有籌組過旅遊，總之，這塊是有點薄弱的，我看人家大金所，前幾天剛去杜拜旅遊呢；還有成軒所，也有旅遊經費，都會定期出去吃一頓休閒娛樂一下，上禮拜剛泡溫泉回來呢。」

顧衍聽完，顯然有些愣：「就因為這個嗎？」

他頓了頓，然後垂下了視線：「所以之前突然要搬座位走樓梯，這麼明顯地迴避我，是因為想跳槽，覺得和我太熟悉了不好意思，所以想要在跳槽之前保持距離嗎？」

齊溪以為自己迴避得很隱蔽，然而沒想到還是被他看出來了。

她有些尷尬，但幸好顧衍幫她找了理由，因此齊溪便順著臺階下了：「嗯，是這樣啊，畢竟當你是朋友，和你很熟，覺得這樣子跳槽有點背叛你姊姊也有點背叛你這個隊友吧。」

顧衍的聲音有點輕，像是自言自語：「把我當朋友嗎？」

齊溪壓制住內心的那點難受，趕忙點了點頭：「是啊！」

她鄭重其事道：「但是，可能你無所謂，但是我還是蠻在意這些的，我還是覺得人應該勞逸結合，如果有福利當點綴，感覺工作才更有盼頭和意思吧。所以我對一個崗位提供的配套福利待遇還是挺在乎的，這不是針對你和你姊，就是可能競合的工作文化和我有點不契合吧！」

這雖然是齊溪找的藉口，但競合所配套福利待遇確實並不是容市律師事務所裡可圈可點的。

曾經一次的閒聊裡齊溪從別的同事口中得知，競合所從來不搞活動或者員工旅遊這一套，除了年會之外，競合所非常難得才會有集體活動——因為幾個合夥人都是相對討厭社交的個性，也不認同集體主義應當高於個人主義這一套，覺得每個律師只要想著完成自己的人生目標，想要好好賺錢，自然會凝聚到一起，而真正的凝聚力也根本不是靠團隊活動可以建立出來的，甚至團隊活動和集體旅遊非常占用時間和精力，無效社交也讓人很疲憊，不僅沒有充電的作用，甚至還會起反作用，純屬浪費時間。

齊溪進了競合後，對競合所這個傳統就非常認同，只是沒想到自己如今竟然要撒謊號稱自己不認同這一點才要離職。

對於這個優良傳統，顧衍自然也是知道的。

果然，齊溪這番話下去，大概是無法反駁，顧衍也抿唇不語了，沉默了片刻，這男人才又再次開了口——

「那有福利，妳就不走了？」

顧衍盯著齊溪的眼神專注而認真，他或許沒有任何別的心思，然而齊溪作為心術不正的那一個，就沒有辦法那麼坦然地和顧衍對視了，她移開了視線，幾乎可以算得上落荒而逃，只胡亂地點頭，說話也有些語無倫次了：「嗯，有福利的話，就不走了吧，沒福利還是不行的。」

「那妳不用走了。」

齊溪愣了愣：「什麼？」

顧衍的樣子很鎮定，他抿了抿唇，這一次是他移開了視線，這男人清了清嗓子，聲線也有些不自然：「我前幾天正好聽我姊說，最近可能要改革福利制度，她也發現妳說的這個問題了，如果沒有意外，近期就會辦一些相應的活動。」

他說完，才重新看向了齊溪，然後這男人盯著齊溪的眼睛，一字一頓道：「所以齊溪，妳不用走了，別的事務所有的，競合也有，既然對競合對團隊沒有其餘不滿意的，是不是可以留下了？」

顧衍說到這裡，又移開了視線：「妳如果這樣子走了，對我姊來說不太公平，她帶妳給妳案源也挺不遺餘力的，我作為她的親弟弟，肯定要防止她團隊的人員流失，我覺得我姊肯定希望妳不要走。」

這男人補充道：「她誇過妳挺多次的，還把房子借給妳住，妳如果就這麼走了，對她也挺打擊的。」

齊溪沒有辦法反駁，她只能煩躁地攪動著衣角，咬著嘴唇道：「但是沒有福利的話我還是……」

競合所其餘同事早就說過，曾經新加入的合夥人也不是沒想過改革這一點，但都遭到了反對和鎮壓，一個事務所裡的一項制度，怎麼可能那麼容易變更和推翻？

齊溪咬定了競合所不可能真的會增加福利，因此打定主意用這個作為藉口。

只是齊溪的話最終沒能說完，因為顧衍打斷了她——

「會有福利的。」

顧衍的聲音篤定而堅持，他用自己深邃好看到犯規的黑眼睛盯著齊溪，像是一個高階法師說出一句讓低階法師完全無力抵抗無力招架的咒語——

「所以妳還是別走。」

雖然齊溪也知道，顧衍這樣子講，更多可能是站在顧雪涵的角度上，不希望培養的新人外流，也或許有站在他自己的立場上，畢竟齊溪和他配合起來確實很默契，如果換新的團隊成員，顧衍勢必需要和對方磨合，CP值和效率而言都並不高。

但他對她講不要走的話，齊溪內心還是沒出息的有些悸動，接著是懊悔、難過和遲疑。

等顧衍走後，齊溪把他帶來的那袋藥打開打算分門別類放好，這份難過和遲疑便更強烈了。

每一盒藥上都有顧衍的筆記——他買了便利貼，在每一盒藥上簡單明瞭地寫明了適應症狀、療效還有服用須知和服用頻率。

他的字非常好看，筆觸冷硬犀利，然而寫得非常認真，一點也不潦草，齊溪彷彿能想像出他一筆一劃認真寫這些東西的樣子。

顧衍一共帶了將近十六種藥物，他也寫了十六張便條紙，所有的字數加起來，恐怕都能抵得上一篇案情簡單的起訴書了，這樣手寫真的非常花時間，也能看出寫字的人非常鄭重的態度，更不可能是顧衍所號稱的順帶而為。

被人這樣在意和關心自然是好事，但齊溪希望這種在意和關心都不要再有了。

顧衍的好和骨子裡的溫柔或許對所有人都一視同仁，甚至為了讓人不要有心理負擔，都會謊稱是順便的舉手之勞，但齊溪可能是所有人裡尤為軟弱的一位，總是會忍不住不自覺沉溺。

她睡了很差的一覺，第二天心事重重去所裡上班，還在糾結到底要不要等拿到律師執業證後辭職的時候，行政部總監跑到大辦公區來宣布了一個消息——

「今年我們所裡收入又達到了新高，為了鼓舞士氣，所以今天會利用午休時間做一個砸金蛋活動，中獎率百分之百，算是我們給所裡各位的福利，也不浪費大家時間，不需要強迫大家外出團體活動，非常符合我們所裡的原則。這次活動按照團隊為單位，每個團隊派一個人來砸！」

齊溪愣了愣，她有些呆呆地看向了顧衍。

顧衍露出了「我早說了」的表情，非常淡然鎮定，他難得對這類活動表現出了主動性，「我們團隊等等就我去砸。」

他說完，補充道：「反正是百分之百的中獎率。」這男人清了清嗓子，「而且我手氣一直很好。」

大概是為了證明自己運氣好，顧衍開始列舉自己從幼稚園到大學所有抽中過的獎。

齊溪知道有些人對抽獎有非同一般的熱愛，因為抽獎能帶來刺激感和期待感。她對抽獎並沒有特別的情結，顧衍又非常想去的樣子，因此就順水推舟贊成了顧衍代表團隊去抽獎的方案。

雖然突然出現的福利待遇讓齊溪的跳槽變得更加不好開口，但對於抽獎本身齊溪還是期待的。

「聽行政部說，這次獎品很豐厚，有蘋果、華為的電腦、手機套組，還有床品四件套以及電器四件套，大部分都是很實用的，價格也都不低。」齊溪看向顧衍，雙手合十道：「你手氣這麼好，幫我抽一臺電腦吧！」

只是……

人之所以有遺憾，是因為人的願望常常不能實現。

齊溪看著顧衍抽中的雙人觀影套餐和雙人用餐套餐，只覺得雖然現實和理想之間會打折，但這未免也打太多折了。

尤其是身邊其餘團隊的律師都抽中了電腦套組、音響套組、VR套組的前提下……

齊溪看著眼前顧衍抽中的福利待遇，簡直是目瞪口呆：「顧衍，你好意思嗎？你還是第一個砸金蛋的，那麼多獎品任你挑，你怎麼就能砸中一個最差的？別人都是各種套組，怎麼全所最差的什麼雙人觀影雙人晚餐就讓你抽中了？你這哪門子運氣啊？」

據行政部講解，這次雖然是福利砸金蛋，但多少還是要有些團隊活動的精神在，因此抽中的福利套餐，都是團隊內平分的。像電腦、手機套組這類，每人一臺，都相當好劃分，而到齊溪和顧衍這個雙人觀影和雙人晚餐，就……

顧衍大概是要求低，明明中了可以說是全所最差的獎，這男人臉上倒沒有對中蘋果電腦手機的同事流露出任何豔羨，雖然沒什麼特殊表情，但齊溪的第六感覺得他還挺高興的。

可能心態好，所以覺得重在參與？何況至少也有個獎。

而且齊溪看了下雙人觀影還是雙人包廂，而雙人晚餐則是一家米其林餐廳，真要兌換成現金，顧衍抽中的這個獎也並不是多拿不出手。

齊溪腦子轉得很快：「這家餐廳我看人均一千，你就給我五百吧，觀影票就算我送你了。」她努力朝顧衍露出毫不介意的笑容，「這樣子你就不用和我綁死了，可以自由點，找你想約的人去吃飯看電影。」

她無所謂地聳了聳肩，「反正我也比較喜歡窩在家裡，你給我五百就當我也中獎了就行。」

結果不知道是不是聽到要花錢，顧衍的表情有點沉了下來：「為什麼要補錢給妳？」

「那我補給你也行，或者我給你五百，你把電影票和用餐券給我。」

只可惜齊溪的提議立刻遭到了顧衍拒絕：「不行。」

這男人看向齊溪，鎮定自若解釋道：「這個福利兌換條件，必須是團隊內兩個人去才可以領取的，雖然競合所沒有弄出把律師拉到一個郊區去團隊活動這種事，但還是希望團隊內成員可以線下多溝通交流，增強下團隊凝聚力。」

齊溪瞪大了眼睛：「還有這種附帶要求？」

「嗯。」顧衍點了點頭，他清了清嗓子，「雖然我也覺得這樣有點死板，但妳也知道，這種福利的兌換條件，最終解釋權肯定是在事務所的。」

齊溪簡直眼前一黑，「所以你一個人去吃飯和看電影還不行？或者你換一個人一起去也不行？」

「嗯。」

齊溪心裡有點煩躁又混雜了不安和慌亂，她是想盡力避開和顧衍在工作以外獨處的，可如今這福利倒是讓她騎虎難下。

她試圖說服顧衍：「羊毛出在羊身上，這錢說到底是合夥人出的，也有你姊的一份，不然我們索性專心工作就別去了，還能讓你姊變相省錢……」

「可我想去。」顧衍抿著唇，他移開了視線，大概是承認想去吃什麼很難以啟齒，顧衍的聲音聽起來不是很自然，但最終，像是他想去的欲望遠遠超過了愛面子的成分，用一種堅定的語氣坦承道：「我想去吃那家餐廳。」

他看向齊溪，補充道：「反正是團隊活動，我們最近確實也沒怎麼聚過。」話都說到這分上了，齊溪也沒有了拒絕的理由。

是的，她想，顧衍說得對，反正是團隊活動，自己只要心無旁騖當成是和同事出來團隊活動就行了。

只是，很多事說起來容易，做起來就沒那麼容易了。

等齊溪坐到情侶觀影包廂裡，看著四周故意裝飾成曖昧風格的裝潢，還有若有似無的背景燈，以及堪比大床的雙人觀影沙發，心裡的後悔幾乎達到了極點。

她想到顧衍以後會和他的女朋友一起去看電影去吃飯去玩耍，他未來的時間會被他的女朋友全部占據，齊溪的心情就一點也好不起來。

她覺得自己像個誤入王宮的貧民，因為工作的原因得以和顧衍有很多正當見面的機會，原本從不覺得在富麗堂皇的地方格格不入，只是如今因為動機不再單純，再進入這樣的王宮便顯得心術不正。

大概因為中了免費的福利，顧衍看起來心情很好的樣子，但齊溪心裡卻很繁雜紊亂。她必須十分努力，才能在顧衍面前毫不費力地顯得自然。

好在很快，屋內的裝飾轉移了齊溪的注意力，她看了室內的沙發一眼，微微皺起了眉。這沙發，等等看起電影來，簡直像是和顧衍兩個人一起躺在床上似的。看得出電影院為了情侶是操碎了心了，但是齊溪覺得下次還是不要了。

「最近有個上映的紀錄片和戰爭片聽說還可以！」齊溪決定無視周邊這種情侶開房一般的氣氛，她開始選片，越是這種氣氛，越是要選正經的片子，以正氣十足的氣氛壓制住邪惡曖昧的氣息。

結果齊溪挑了半天，也沒挑到一個戰爭片或者紀錄片，這情侶包廂裡所擁有的倒也不是什麼愛情片，甚至都不是近期在上映熱播的片子，都是些齊溪連名字也叫不上、聽也沒聽過的片子——

「《白雪公主和七個小矮人》、《採蘑菇的小姑娘》、《狐狸住對面》？」齊溪一邊對著觀影片單念，一邊皺著眉有些納悶，「這都什麼和什麼啊？兒童電影嗎？」

顧衍顯然也有些茫然，但礙於來都來了，兩人最終還是在一堆奇形怪狀的片子裡挑了一部《狐狸住對面》。

「聽起來像是什麼奇幻故事，感覺可能還蠻有治癒系那個味道的。」

齊溪說完，就點擊了放映鍵，然後她轉頭看向顧衍，「我剛進來的時候，門口工作人員對我說這裡是4D觀影的，說效果特別好，特別讓人有感覺，能身臨其境，但也說一旦進入狀態以後氣氛特別好，叫我們還是要控制下情緒。」

齊溪一邊說著，一邊環顧了下四周的裝扮：「雖說是新開的情侶觀影包廂，但也沒吹得那麼好吧，這裝修也沒有到奢華的地步吧，就算是4D，我又不是沒見過世面，就這環境也不至於能入戲到控制不住自己吧？」

這雙人觀影套票的標價並不便宜，但齊溪來了以後大失所望，因為完全沒能達到她的預期，裝修也並不高端大氣高級，倒有些曖昧得像是情侶來開房的主題小旅館，衣架上甚至還掛著一些像是cosplay的古裝服，大約是為了模仿最近很紅的劇本殺？讓觀影的情侶還能有什麼沉浸式體驗？

對這樣的環境，可以看出顧衍也是有些意外和失望的，他大概也期待著什麼洋氣的環境，進來小包廂以後走了兩圈也愣是沒找到什麼別有洞天的地方，雖然臉上仍舊淡淡的，但齊溪敏感地感覺到他對於這一點是有點不太開心的。

「花了這麼多錢，怎麼環境就這樣？」這男人最終沒忍住，等齊溪抬頭看他，他清了清嗓子，很替行政部不值的樣子，「我是說行政採購花了這麼多錢，感覺不是很物超所值。」

大概是因為這次福利活動出資的是合夥人，顧衍的姊姊也是背後的金主之一，所以作為弟弟的顧衍多少對這筆開銷有些心痛，這男人臉上的不滿彷彿是花了他的錢一樣。

反正來都來了，齊溪趁著片頭放映之際，打開了沙發床邊的小冰箱，進來之前工作人員說吃的喝的房裡都有。

只是她滿懷期待地打開，本來想拿罐可樂雪碧，結果竟然落了空。

這小冰箱內除了酒就是酒，甚至還不是那種罐裝的啤酒，而是看起來顏色曖昧粉紅不知名的酒。

齊溪看了這酒的標價一眼，還挺貴，她找來開瓶器當即就把蓋子開了。

顧衍愣了愣：「妳要喝酒？」

齊溪點了點頭：「當然！之前說這個房間內所有吃喝的東西都包含在票價內了，可這房間這麼普通，放映的片子甚至都不是最近熱播的，什麼《狐狸住對面》，都不知道是什麼鬼！難道這點東西就值這麼多錢嗎？我們至少要對得起顧par的出資和一片好心吧？至少要把房間能吃的都吃了，能喝的都喝了吧！」

齊溪說完，直接倒了杯酒就開始喝，意外的，這酒倒是挺好喝，甜甜的，像是什麼果酒，齊溪本來就有些口渴，沒忍住多喝了兩杯，還盛情邀請顧衍一起喝，可惜被顧衍拒絕了。

這男人的臉色不太好看，像是對這個雙人觀影套餐非常不滿。

對此，顧衍也明確表達了他的不滿，「品質太差了，下次不會再來了。」

齊溪不想去在意，但顧衍說下次，是指他和他女朋友的下次嗎？

齊溪為此有一點難受，她不得不安慰自己，至少自己這次也對顧衍和他女朋友做出貢獻了，來探店幫他們兩個人排了雷，顧衍下次就不會帶女朋友來環境這麼普通的情侶包廂了。

好在果酒的甜和微微的酒精讓齊溪的情緒得到了舒緩和麻痺，雖然喝的時候並不覺得會醉，但是可能多少還有心理作用的原因，齊溪如今竟然覺得有些輕飄飄的微醺。

而也是這時，《狐狸住對面》終於播放完了片頭，進入了正片，這竟然還是個古裝片。

只是……

只是齊溪盯著粗糙拙劣的畫面和布景，產生了滿頭的問號。

這看起來根本不像個正規的電影啊？正規的電影能拍得這麼差勁嗎？

不過很快，齊溪就知道了其中的癥結所在，尤其是當書生推開門，見到對面穿著暴露的女狐狸精的時候，齊溪就知道得很明白了。

確實是狐狸住對面。

只是是個狐狸精罷了！

這片子也根本不是什麼正規電影，而是……那種色情電影！

螢幕裡的書生已經和穿著暴露的狐狸精開始卿卿我我了，而齊溪坐在沙發床上，只覺得頭皮發麻如坐針氈。

從音響效果來說，這個觀影包廂確實非常沉浸式，因為現在螢幕裡兩個主角親來吻去的聲音像是循環播放在齊溪的耳邊，彷彿真的近在咫尺，齊溪甚至能聽到對方舌頭攪動的聲音。

但要說是色情電影，倒也不是，因為這片裡所有劇情也就點到為止，絕對是能過審的安全尺度。

狐狸精和書生親完以後，兩個人就到了雕花大床上，然後帳子一拉，燈一關，螢幕上的床繼而開始有規律的震動起來，雖然沒有畫面，但暗示著床上正在發生激烈的動作戲。

齊溪以為被迫和顧衍躺在沙發床上看這種電影已經夠尷尬了，只是沒想到更尷尬的還在後面。

當螢幕裡的雕花大床開始震動的時候，齊溪身下的沙發床竟然也同樣有規律的震動起來……

齊溪面無表情地坐著，整個人隨著震動的頻率偶爾起起伏伏。

她現在知道完全沉浸式４Ｄ感受是什麼樣了，知道得很明白了。

齊溪看了顧衍一眼，顧衍大概也是尷尬過頭了，用同樣面無表情的臉武裝著自己，生無可戀般地看了齊溪一眼，然後移開了視線。

在這種窒息的氣氛裡，沙發床堅持震動了十五分鐘才停止。

齊溪以為這已經是極限了，然而沒過多久，書生和狐狸精被人追殺，不得不坐上馬車逃命，結果在馬車上，又開始恩恩愛愛……

沙發床為了模擬馬車在山路上的顛簸，又一次敬業地山搖地動起來，這次比上次震動幅度更大，齊溪簡直像坐上了一列駛向不歸路的貨車，在巨大的摧枯拉朽般的震動裡，她從床頭滑了過去，逕自朝顧衍懷裡摔去。

難怪宣傳情侶私密奢華極致VIP觀影體驗。

這確實很私密，也確實很極致了。

在敬業的「馬車顛簸」感裡，等齊溪緩過神，飛速從顧衍懷裡爬了起來，但很快，她又和顧衍靠到了一起。

這沙發床真的不能坐了！

齊溪頭腦發熱，手腳發軟，幾乎是用最快的速度從床上爬了起來，然後掙扎著趕緊去關掉了播放機。

周遭曖昧的調情對話沒有了，但沙發床大概沒能同步，還是堅強地震了十幾分鐘最終才偃旗息鼓。

顧衍看起來有些發自內心的疲憊，他大概也被震得有些恍惚，看了齊溪一眼，就移開了視線，耳朵微微發紅：「我不知道是這樣的。」

在這種曖昧的氣氛下，齊溪也有些臉紅心跳，剛才的酒精開始漸漸占據理智，她的思緒變得有些慢，但還是努力勸慰顧衍道：「這和你沒關係，又不是你買的觀影套餐，可能還是行政那邊購買的時候沒注意吧，光顧著看價格了，覺得價格高的一定就是好的……」

最後齊溪和顧衍幾乎是落荒而逃離開這私密奢華雙人觀影ＶＩＰ廳的，好在接著的米其林餐廳沒有再觸雷。

餐廳可以說得上是環境典雅安靜了，只是齊溪遭遇了此前觀影的驚嚇後，整個人有些蔫蔫的，而在觀影時喝的果酒也漸漸顯露出了它的能力，齊溪變得有些行動遲緩，好在顧衍用餐禮儀相當標準，食不語，吃飯的時候並沒有太多需要和他聊天的地方。

酒精漸漸帶來的副作用就是犯睏，齊溪覺得腦袋有點暈暈的，伴隨著米其林餐廳內清淺優雅的背景音樂，齊溪不只打了一個哈欠，她的眼睛開始不自覺地就要閉上，好在最後一道甜點終於上了，齊溪抱著堅持到最後的信念，拿起了叉子。

顧衍的聲音也是在齊溪快要睡著時響起來的。

他喊了齊溪的名字。

齊溪這才努力睜開了眼睛，她用雙手托著下巴，才勉強撐住了自己的頭不至於東倒西歪。

不知道是不是米其林餐廳的燈光比較好看，顧衍在這樣的燈光下顯得更為清俊和挺拔了，雖然不想承認，但他有非常非常迷人的眼睛。

醉酒讓齊溪變得有些難以掩飾自己的眼神，清醒時沒有辦法直視的人，此刻她卻直直地盯著，有些移不開視線。

最後反倒是顧衍有些敗下陣來，這男人垂下視線，然後開始頻繁地拿起杯子喝水。

「喂，你剛才喊我幹什麼啊？怎麼喊完我名字就沒下句了？」

等到齊溪出聲，顧衍大概才想起什麼，他重新抬起頭，指了指齊溪的嘴邊，「甜點，沾到妳的嘴角了。」

「哦。」齊溪毫無誠意地應了一聲，然後隨性地用手抹了抹嘴角。

「不是那邊，是另一邊。」

齊溪剛打算抹另一邊，結果顧衍就微微站起身，然後拿起紙巾，動作輕柔甚至溫柔地幫齊溪抹了一下嘴角。

顯然他並不常做這個行為，因此也顯得有些不自在。

齊溪因為遲鈍和微醺而盯著顧衍的一舉一動——除去最初的不自然外，顧衍臉上的表情非常鎮定自若，以至於齊溪被酒精麻痺了的遲鈍大腦產生了自我懷疑，是不是同事之間這樣子的行為是非常合理並且不越線的。

從餐廳出去的時候齊溪已經有點走不穩了，而這時候她才發現，天公不作美，外面不知道什麼時候已經偷偷下起雨了。

因為沒有帶傘，齊溪有些猶豫地站在餐廳門口望著外面的雨，顧衍還在店裡，大概在用所裡的餐券兌換剛才的晚餐，也是這時，齊溪看到他接了通電話。

這通電話沒有占據顧衍很長時間，他很快處理好了餐券付款事宜，然後才看見已經走出店外的齊溪。

雖然只有幾步路，但顧衍還是快步走到了齊溪的面前，然後他動作自然而俐落地脫下了自己的外套，想要披到齊溪身上，語氣有些微責怪，但看向齊溪的眼神裡更多的是無可奈何，「外面這麼冷，還在下雨，怎麼先出來了？」

齊溪有些呆呆地看著顧衍，他的目光很溫柔，讓齊溪覺得自己的酒意好像更重了。

「顧衍！」

也幾乎是同一剎那，路的對面響起了一個驚喜又有些哽咽的聲音。

齊溪抬頭，看到了顧衍的女朋友。

對方不知道是不是正好經過，也或許是顧衍剛才那通電話便是和她報備了地點，所以對方特地來接他一起回家。

此時此刻，顧衍的女朋友正站在街對面。

她也沒有帶傘，像是已經在雨中走了一段路，頭髮已經微微淋濕貼在額邊，臉上帶了點惶恐和不安，如今見了顧衍，才露出了安心和得救般的表情。

對方就這樣站在街對面等著路燈變成綠色通行，除了喊顧衍的名字外，還對著齊溪揮手微笑。

大概在對方眼裡，自己只是顧衍的一個同事罷了。

齊溪突然覺得沒有辦法再待下去哪怕一秒。

剛才被店裡溫柔的顧衍所麻痺的五感突然恢復，幾乎是頃刻間，她感覺到了路上的冷風，被風裹挾著吹到她臉上的雨，還有心裡刺骨的難受。

齊溪突然覺得自己像個偷竊技術並不好，還妄想偷走有層層守衛的寶石的小偷。

她覺得自己不應該再出現在顧衍和他女朋友面前，因為她的存在是不正當的。顧衍的溫柔、顧衍的時間、顧衍專注的眼神，所有關於顧衍的一切，都不屬於她，而是屬於顧衍女朋友的。因此，她和顧衍所處的每分每秒，她的角色都宛若一個偷竊犯。

這是不道德，也是讓齊溪無法接受的。

因此，她推開了顧衍的外套，笑著看向顧衍，故作輕鬆地指了指馬路對面，「那你們一起回去吧，我還有點事，我先走了。」

齊溪說完，幾乎是落荒而逃般衝進了雨裡，她甚至沒有管紅燈，就逕自橫穿了馬路，然後用最快的速度跑著衝進了馬路對面車站裡正好剛到的一班公車。

她此刻只有一個想法——遠離顧衍和他的女朋友，不要看到他們恩愛親密的場景，這樣就能不受傷害了。

因此齊溪幾乎根本沒有注意到上的是什麼公車，等公車啟動，她才意識到上錯車了，上了和回家完全反方向的車。

車子啟動不拖泥帶水，很快就行駛起來，齊溪望向窗外，看到了不顧越來越大的雨，朝著她和車跑來的顧衍，可惜很快，他被路上的車輛攔截，被甩在後面，看不見了。

他會和他女朋友一起回家，很快忘記齊溪，然後兩人一起度過愉快的夜晚。他們可能會親吻擁抱，也或者會發生進一步更親密的事，都和齊溪無關。

溫柔的、強勢的、具有侵略性的，甚至或許失控的顧衍，都會屬於另一個人。

齊溪光是想想就覺得有些難以呼吸，雨夜裡的潮濕像是在她心間暈染開來。

第十一章　從來都只有妳

因為魂不守舍般地坐反了車，齊溪花了比平時更多的時間才到家，雨越來越大了，轉乘的過程中不可避免的因為沒有傘而被淋濕了，等回到租住的房子，齊溪幾乎狼狽地都快讓趙依然認不出了。

「妳這是怎麼了？」趙依然一邊驚嘆一邊趕忙拿來了毛巾，她試探地問齊溪道：「妳是失戀了？」

齊溪吸了吸鼻子，甕聲甕氣道：「沒有。」

她何來的失戀啊，戀都沒戀上呢。

「齊溪妳真的沒事吧？」趙依然還是不放心，「剛才我們執行庭接到當事人的消息說一個債務人開著他的勞斯萊斯去了附近一間酒吧，車正停著呢，所以我們執行庭的同事今晚要加班趕去執行查封那輛車，我準備跟著去見見世面，所以晚上不會在家，妳一個人可以嗎？如果不行我就不去了。」

齊溪擺擺手，「妳去妳的，我沒問題。」

齊溪說完，也懶得再偽裝堅強，有些疲憊地逕自進了淋浴間。

等洗完澡換好衣服回到房間裡，齊溪才發現手機上有好幾通顧衍的未接來電以及他的訊息，都是詢問齊溪安全到家沒有，最後一則訊息表示他想見齊溪，有話想和齊溪說。

還能說什麼呢？

齊溪看了眼，沒回。

也是這時，沉寂了許久的關愛顧衍協會群組突然跳出了訊息。

齊溪點開，才發現此前群組內上一則訊息還是自己上次洋洋灑灑寫了一堆妄圖反哺協會的話。

這個齊溪認為愛已經消失了的群組，在這麼久以後，終於有了新的訊息。

她點開來，結果發現新訊息並不是對她此前的感謝，有的只是一串問號……

原本一直沉默的群組，在這一串問號後，又陸續跳出了一堆問號，幾乎每個群組成員都活躍了起來，發出了巨大的問號，彷彿齊溪此前做了什麼匪夷所思的事。

『妳說顧衍喜歡粉色？妳還送了顧衍粉色的領帶？顧衍還收了？很高興的戴了？』

『妳說顧衍喜歡甜食？和妳一起去吃了甜點？』

『妳還常常請顧衍一起吃榴槤？』

雖然齊溪現在一聽到顧衍兩個字心裡就難受，但她畢竟在群組裡得到過一些有價值的資訊，因此面對這麼多撲面而來的問題，還是一一回應了：『是的，我之前是顧衍的同學，現在是他的同事，所以接觸他的機會比較多，現在和顧衍的關係也好了起來，之前確實還要感謝姐妹們無私分享的「顧衍大全」。』

結果齊溪講完，群組裡都刷起了刪節號。

好在群主最終出現，制止了群組裡低品質的刪節號洗版，然後她單獨私訊了齊溪。

齊溪看著跳出的對話提醒，內心終於有點舒坦了，這群組裡還是有個明白人的，大概是來感謝自己反哺協會回饋資訊了。

只是齊溪點開聊天畫面，差點沒氣死——

『妳好，妳有這種症狀多久了？』

什麼意思啊？！齊溪還沒來得及回應，群主下一句話就來了——

『我知道顧衍很好很完美，大家都很想接近他，但是夢想和現實是有距離的，雖然我們也會偶爾幻想和顧衍發生這樣那樣的事，但妹妹，聽我一句話，過度的臆想有害健康，妳這個程度，是應該去看看醫生了……』

「……」

難道群組裡還不相信自己真的是顧衍的同學和同事？

齊溪挺納悶，至於嗎？好歹自己給出了這段時間和顧衍相處時的大量細節證據，都能和

「顧衍大全」匹配上，這還不夠嗎？

她解釋道：『我真的是顧衍的同學，現在是顧衍的同事啊！』

可惜群主完全不買帳：『妹妹，我們入群申請裡，隔三差五還能看到堅稱自己是顧衍隱婚的老婆呢。』

「……」

齊溪尚且在無語中，群主的話就又來了：『妹妹，看妳這樣，我也挺心疼的，就和妳說實話吧，我們確實編了一本《顧衍大全》，但給妳的那一本完全是假的，和現實裡顧衍的愛好完全是背道而馳的。』

『顧衍最討厭的就是榴槤，也完全不喜歡粉色，更不喜歡金屬製品，也不喜歡重金屬搖滾，更不喜歡吃糖、甜食和巧克力，也不喜歡香菜、香菇和豆製品還有米飯。他喜歡黑色、麵點、喜歡吃辣、喜歡喝牛奶，業餘空閒最喜歡去運動，愛好戶外活動和大自然，喜歡晒太陽，認為人生的意義在於過程，而不在於結果……』

齊溪完全來不及反應，群主的訊息就一則一則劈里啪啦地傳了過來——

『我們告訴妳的都是反的。那是因為我們建立「關愛顧衍協會」以來，見識了太多只為了顧衍一張臉就想去接近他的女生，其中不乏有一些非常花痴和病態的，甚至想去跟蹤顧衍的人，雖然我們這群人都很喜歡、崇拜顧衍，但希望大家的喜歡也不會給顧衍本人造成困擾，保持一種不介入他人生活的單純欣賞就好。』

『所以當初我們設置了入群問卷，必須對顧衍的了解達到一定程度，回答對百分之八十的題目，我們才會真正接納入群，妳當初的問卷幾乎都是錯的。』

『我們為了對付妳這種人，針對妳們這樣對顧衍一知半解的外貌協會重拳出擊，專門設置了這個假群組，傳給妳們的也是錯的《顧衍大全》，希望妳們這樣的人拿到了資訊去接近顧衍，也會因為完全弄錯他的喜好而被他遠離。』

齊溪面無表情地看著手機上不斷跳出來的訊息，雖然每一個字她都認識，但連在一起傳遞的是什麼意思，她好像一時之間真的沒能完全讀懂。

『本來也不想和妳說的，但看妳……唉，妳對顧衍的迷戀明顯已經有點過了，都開始產生幻想了，才能自欺欺人編造出彷彿現實裡真的接觸過顧衍還相處挺愉快的橋段，說的還和真的似的，什麼他真的喜歡甜食啊粉色啊榴槤啊什麼的。』

『因為妳意淫的這些就不可能，我們給妳的那本《顧衍大全》都是反著來的，顧衍討厭什麼我們就寫他喜歡什麼。』

『所以我看妳也沒有實際在三次元裡真的接觸到顧衍，都靠我們給妳那本假的《顧衍大全》在意淫，可能妳年紀還挺小的，所以我特地來和妳說一聲，妹妹，妳這個症狀，實在不行還是要去看看心理醫生的……』

「……」

齊溪的手機還在響，那位群主還在傳著勸她去看醫生的話給她，但齊溪覺得自己一點也沒辦法再看進去任何東西了。

所以，顧衍並不喜歡粉色，也不喜歡榴槤，更不喜歡甜食和重金屬搖滾？

那……那為什麼齊溪給他準備的榴槤他都吃了，粉色的領帶也戴過，請他去重金屬搖滾演唱會也欣然前往？

齊溪的心臟像被安裝了什麼加速的裝置，幾乎是有些狂野地跳動起來。

是因為自己嗎？

因為是自己買的榴槤，自己送的粉色領帶，自己找黃牛買的重金屬搖滾演出會門票？

因為此前果酒的後勁，齊溪覺得自己的腦子還是有點木木的，她像是抓住了什麼拼圖裡重要的一塊，但又不知道該把這一塊擺到哪裡才是正確的位置，有些迷茫又有些慌亂和不安，繼而便是委屈和不甘心。

她有些賭氣地想，要是不知道這些就好了。

不知道這些，覺得顧衍對自己從來沒有多麼特殊過，似乎痛苦也變得更加遲鈍一些，也更不會生出不甘心的妄想，也就不會像現在這樣更加難過了。

齊溪彷彿一個翹首以盼等待開獎的人，原本她只以為自己沒中獎，可如今卻被告知，原本她可能是可以中獎的，可能是有機會的，然而因為她遲到了因為她沒有主動爭取，所以億元大獎的得主早已經換了別人。

這完全不是一個量級的失落了。

她開始變得後悔和懊喪，當初那個女鄰居還沒和顧衍在一起呢，要是當初自己能快點開竅主動出擊，顧衍是不是就是自己的了？明明對自己是特殊的，明明對自己或許曾經動心過……

大概是淋了雨，又喝了果酒，齊溪的腦袋有點昏昏沉沉的，感覺做什麼也提不起勁。但一想到顧衍此時此刻肯定是和女朋友在一起，自己則悲慘的一個人在出租屋內，這樣的對比太強烈了。

齊溪想了想，還是改了主意，她叫住了快要出門的趙依然——

「我能跟妳一起去酒吧嗎？」

齊溪原本是希望今晚能過得熱鬧一點，但真的跟著趙依然和她法院執行庭的同事去了酒吧以後就有些後悔了。因為酒吧裡非常生動形象地映襯了一句話——「熱鬧是他們的，我什麼也沒有」。

執行庭的法官去處理查封勞斯萊斯事宜了，趙依然是第一次來酒吧，十分好奇，便索性坐下來點了杯酒喝，她拍了一堆照片和自拍，發了貼文，然後豪氣沖天地表示要給同樣是第一次來酒吧的齊溪也點一杯。

「不喝酒了，我晚上剛喝了點果酒。」齊溪連連擺手，她也沒來過酒吧，只能眼巴巴地看著酒水品類單挑，看了半天，她才看到一個看起來像是沒酒精的飲料，然後她招來了服務生，「給我一杯苦橘冰茶。」

酒吧裡氣氛熱烈，沒過多久，趙依然和齊溪身邊就坐了個人。是個長得還挺周正的男人，看穿著明顯身價不凡，手裡拿的是法拉利的車鑰匙。

對方朝齊溪和趙依然笑了下：「妳好，我剛才就注意到妳了，想問問妳是做什麼的？可以交個朋友嗎？」

趙依然識趣地起身就要讓位，結果那男人倒是拉住了趙依然：「問妳呢，怎麼走了？」

趙依然有些訝異，她指了指齊溪：「你不是在和她說話？」

對方挑了挑眉：「我在和妳說話呀。」

「哦。」趙依然坐回了座位，但一貫熱愛中庸生活的她顯然對眼前不太中庸的男人沒有太大興趣，「助理法官。」

「好厲害，那妳會判什麼案子？有什麼特別有趣的案子可以跟我講講嗎？我家裡還沒有從事法律這塊的人，對你們這個職業還挺好奇的。」

趙依然瞥了對方一眼，「有的，我是刑事法庭的，刑事法庭你知道吧？其實也不判什麼大案子，就剛判了幾個開法拉利的富二代死刑吧。」

「……」

挺出乎意料的，這位開跑車的富二代並沒有被趙依然的冷酷無情擊退，還越挫越勇了，即便趙依然單音節回覆，他也十分熱情，在他這麼堅持的搭訕下，還真的和趙依然找到了共同愛好，兩個人聊了起來。

就這樣，齊溪唯一的陪伴趙依然被對方瓜分走了。

齊溪一個人更加百無聊賴，便開始喝起了自己的苦橘冰茶。

只不過第一口下去，齊溪就覺得有點不對勁了，因為並沒有任何茶的味道，也不苦，柑橘味道很充足，除此之外倒是充滿了檸檬汁和可樂的甜味，混雜在其中的，似乎還有些酒味。

但名字都叫苦橘冰茶了，應該是茶飲才對，難道是按照冰紅茶的標準來製作的？

至於那隱隱的酒精味，齊溪聽說過有些無酒精雞尾酒也會含有酒精的味道，生怕是因為自己第一次來酒吧不懂鬧笑話，也不敢問服務生，只再喝了幾口。

她從晚飯後沒正經喝過水，此刻也有些口渴，這苦橘冰茶又挺甜的，還挺好喝，於是不自覺就多喝了幾口。

等強烈的酒精反應上頭，齊溪才終於後知後覺的感覺到不對勁。

只是已經晚了。

她覺得暈乎乎的，酒吧裡的燈光變得光怪陸離，眼前行走的人群也產生了重影，她好像掉進兔子洞裡的愛麗絲，周遭的一切變得虛幻而不真實，以至於她還產生了幻覺——她看到了顧衍。

所有的一切就像慢鏡頭，齊溪用雙手撐著下巴，她看到顧衍推開酒吧的大門，然後沿著長長的甬道往裡走，他的神色難看，穿著的風衣上有被室外風雨打濕的痕跡，風塵僕僕，和這酒吧聲色犬馬的氣氛格格不入，不像是來喝酒的，像是來抓姦和鬧事的。

一方面，齊溪為自己這種喝醉了酒也能幻想出顧衍的現狀感到無力又絕望，另一方面，她又覺得自己好像挺好笑的——顧衍怎麼會來抓姦？他和他的女朋友此刻恐怕正沉溺在溫柔鄉裡不亦樂乎。

酒精放大了她這段時間以來的委屈、不安、痛苦和掙扎，齊溪突然就有些自暴自棄了。

趙依然不知道什麼時候已經和那個富二代走離了吧檯，因此就剩下了齊溪一人，她這種長相的女孩子，又帶了明顯醉酒的紅暈，此時又是獨身一人，眼神都變得迷離和遲緩，簡直像是入了豺狼窩的呆兔子，很快便有不懷好意的男人上來搭訕——

「美女，一個人嗎？要不要跟我一起玩？」

這人不僅動嘴，還試圖動手動腳，就要伸手來攬齊溪的腰。

「你放開她。」

顧衍冷到極點的聲音就是這時候響起的。

齊溪身邊那個男人抬高了嗓門：「你誰啊？我和美女說話，你管得著嗎？」對方說著，就想來摸齊溪的手，「美女，妳說，妳要跟哥哥玩嗎？我懂很多東西，保證妳能度過一個愉快的夜晚哦。」

因為酒精，齊溪的腦子變得很慢，因此她的思緒也變得很直接，像是完全沒有辦法用委婉的社交語言成熟地處理眼前的處境。

她分不清是夢境還是現實。

像是踩在棉花糖上一樣飄忽的感覺麻痺了齊溪的理智，她想，應該是幻覺或者夢境吧，所以才會根據自己這個夢境主人的意志製造出會拋下女朋友來關心她的顧衍，那既然自己是這個夢境的絕對掌控者和主宰人，為什麼不放縱點按照自己想要的劇情來編排呢？

反正只是一場夢。

有了這樣的想法，齊溪索性也不再約束自己的行為了，她非常任性地大力推開了自己身邊那個毛手毛腳的男人，語氣像個扔掉不稱心玩具的小孩，「我不要你，你走開。」

然後她直勾勾地盯著顧衍，指了指他，「我要你。」

夢境裡的顧衍果然愣了愣，臉上冷酷的表情有些瓦解，露出了驚訝而茫然的神色，他繼而微微皺了下眉，唇角帶了不悅的平：「怎麼喝成這樣？趙依然呢？」

顧衍顯然還想要說點什麼。

齊溪卻不想顧衍再開口，生怕即便在夢境裡，這男人也要說出什麼煞風景讓她難受的話。

她踉蹌著逕自撲到了顧衍的懷裡，然後死死抱住了他，把頭埋進顧衍的大衣裡，像個任性的孩子，「我要這個，就要這個。」

即便是在夢境裡，顧衍被齊溪抱住後，身體還是顯而易見的僵硬了一下，但齊溪已經不想管那麼多了。

這個夢境太真實了，連顧衍大衣上室外風雨冰冷的觸感，還有顧衍身上的味道都模擬得那麼像。

明明是根據自己要求出現的顧衍，明明應當是自己滿意的劇情，但齊溪分明感覺到了滔天的委屈和不甘心，以及巨大的悲傷和難受。

還有人比她更悲慘更可笑的嗎？

需要透過幻想才能得到想要的。

酒精讓她腦海裡繃緊的那根弦輕而易舉就崩塌了，齊溪變得一點也不冷靜，一點也不理智，更談不上多有品。

她無法控制自己的淚腺和情緒，像是受到了滔天委屈的小孩子，開始劈里啪啦地掉眼淚。

都是顧衍的錯。

齊溪一邊抱著顧衍不撒手，一邊又開始控訴他的過分行徑：「都是你，你太討厭了，我真的太討厭你了顧衍。」

「為什麼明明有喜歡的人，為什麼明明有女朋友了，還對我這麼曖昧？」

「我好後悔，我就不應該想著和你修復什麼關係，像之前一樣井水不犯河水就好了，我根本就不應該靠近你熟悉你了解你，這樣我就不會傷心難過了。」

「你可不可以不要對所有人都這麼好，既然已經有女朋友了，那就好好和別的異性保持距離，不要說讓人容易遐想的話，不要做讓人容易誤解的事。」

「不要優柔寡斷不要好像什麼都想要，不要總是給我希望，也不要總是在我面前和你的女朋友聯絡來聯絡去。我本來就是個很小氣的人，還很善妒，但我又沒有立場妒忌，你這樣逼我，我都不知道應該怎麼辦才好。」

齊溪知道自己這樣子很無理取鬧，但是她已經控制不住了，她的聲音哽咽，像個被拋棄的小狗一樣嗚嗚嗚地低低哭叫著，發出微弱但其實並沒有什麼力道的控訴：「我真的真的好討厭你，我明明都避嫌了，我明明都迴避了，你為什麼每次都還能重新貼上來，我都想離開競合了，你為什麼要這樣對我，當我是風箏嗎？風箏飛遠了就拉拉線把我收回來……」

「你可真有手段，我輸了還不行嗎？以前在學校裡就一直是你第一我第二，現在我更是輸得一敗塗地，我認栽了，你離我遠點行不行！」

齊溪不斷地哭，顧衍看起來完全慌亂了，他根本不知道應該作何反應，只是笨拙地解釋和重複：「齊溪，我沒有對妳曖昧過。」

竟然還要狡辯？！

齊溪又委屈又氣憤：「我生病了幫我送什麼藥？每個藥上還都標得那麼清楚怎麼使用？我嘴上弄到甜點了還幫我擦，明明不喜歡粉色不喜歡榴槤，還隱忍著收下，你什麼意思啊顧衍？你這個臭垃圾！人渣！你既然有女朋友了，就應該好好對你的女朋友，不要和別的女生還有那麼多互動和交往！這樣既對不起你的女朋友，也不尊重別的女生！」

「我幹什麼要浪費時間在你這種人身上，我現在喊一聲，要和我談戀愛的能從地球這一端排到那一端！」

齊溪骨子裡的爭強好勝在這一刻被放大到了無數倍，她開始激情痛陳：「而且我哪裡不好？我哪裡比不上你那個白月光？她長得還沒我漂亮呢！皮膚沒我白、眼睛沒我大、頭髮沒我黑、腰沒我細，胸也沒我大！」

齊溪也知道這樣對比是不對的，其實她對顧衍的女朋友並沒有敵意，如今醉酒後自己這種情緒是對那位女生的遷怒，然而她根本控制不住，像個任性小孩一樣，明知道道理，但就是不遵守，她在此類沒品發言後還不忘記總結陳詞得出結論——

「所以我才是最好的！」

「以後當我男朋友的人，會是世界上最幸福最有眼光的男人！」

「顧衍，你是全宇宙最沒有眼光的白痴！」

明明是在自誇，但齊溪還是覺得很傷心，因為優秀並不是產生愛情的基礎，好像不論她多優秀，顧衍也不會喜歡她，於是她自吹自擂完，覺得更悲傷了。

又埋在想像出來的顧衍的胸口嗚嗚嗚哭了一陣，齊溪心裡已經充滿了新一輪的自我嫌棄和厭倦，可能這場夢境讓她終於能夠宣洩出一直以來的情緒，她完全放任了自己的感受，覺得反正都這樣了，因此自暴自棄地想，也不差在顧衍面前再丟臉一點。

反正只是一個夢境。

她的眼淚和鼻涕糊滿了顧衍的大衣。

明明剛才還緊緊摟著顧衍，但下一刻，情緒陰晴不定的齊溪就把人推了出去，「你走吧！去你女朋友那裡，從我夢裡走開。」

她吸了吸發紅的鼻子，可憐兮兮地道：「我再也不想在夢裡看見你了。」

可惜顧衍並沒有走掉，他在經歷了巨大的震撼後，已經恢復了鎮定和自若，這男人盯著齊溪的眼睛，不僅沒有後退，反而上前了一步，聲音帶了點微微的顫抖，像是激動，也像是緊張，「齊溪，妳說的都是真的嗎？」

齊溪腦袋發暈，只重複著推拒的動作，「你走！你走！」

只是顧衍的身體嵬然不動，這個垃圾男人似乎打定了主意賴在齊溪的夢裡作威作福，他捉住了齊溪的手，「剛才不是還要我嗎？」

齊溪努力讓自己顯得有氣勢一點，她用通紅的眼睛瞪著顧衍，「不要了！」

可是顧衍還是沒走。

這男人突然略帶羞澀地笑了起來，像是能點亮整個酒吧內所有曖昧的昏黃，「齊溪，我真的很高興。」

「這簡直像是在做夢一樣。」

「我沒有對妳曖昧。」

「也沒有女朋友。」

「不知道妳成天都在亂想什麼東西。」

歷來那麼鎮定有邏輯的人，此刻說出來的話卻變得有些語無倫次，但唯一不變的是，顧衍緊緊抓著齊溪的手，像是生怕她跑掉似的。

「我喜歡的從來都只有妳一個。」

「我不知道妳最近是不是誤會了什麼，我來找妳，就是想和妳澄清這件事。」

這男人直直地望進齊溪的眼睛，強行牽著她的手去觸摸自己的胸口，「妳剛剛抱著我的時候，我感覺自己心跳快得快要心臟病了。」

齊溪有些愣，她的手被顧衍握在手心裡，此刻正放在顧衍的胸口。

雖然臉上鎮定到冷靜，但顧衍的心跳卻沒有辦法說謊，那是一種非常雜亂又急切的節奏，和齊溪此刻的心跳像在無意中產生了共鳴，它們都跳得那麼那麼快。

而在齊溪無法控制的悸動和難以形容的情緒裡，她聽見顧衍的聲音再次響起——

「所以齊溪，妳還要我嗎？」

齊溪第二天是從頭痛欲裂的宿醉感覺裡醒來的，一看時間才發現竟然已經早上十點了，然而爬起來一看，自己竟然不在和趙依然租住的房子內，而是在……

而是在顧衍姊姊的客房裡！

齊溪顧不上想別的，幾乎是連滾帶爬從床上起來了。

她關於昨晚的回憶有些支離破碎，內心第一反應是不安和緊張，自己昨晚那麼離譜，總不至於是真的吧……

齊溪關於昨晚的記憶都非常恍惚，她記得顧衍似乎來了，但她也分不出真假，只記得自己心裡滔天似的委屈，也記得自己對顧衍的控訴，但往後更多的，她已經分辨不出是現實還是夢境，因為宿醉後她做了整整一夜光怪陸離的夢——有自己拽著顧衍和趙依然去跳舞的，還有自己跑去外面挖地種菜的，還有借了顧衍的錢去放高利貸的，甚至最離譜的是她還夢到自己參加了顧衍的婚禮，接著是顧衍孩子的滿月酒，最委屈的是她包了八百塊的紅包，顧衍竟然還嫌她給的少！這男人在夢裡也不讓自己舒坦！

如今自己在顧雪涵的房子裡醒來，總不至於還一路鬧事鬧上顧衍的門吧……那可以推斷，昨天顧衍來酒吧恐怕是真的了……

但其他的……

其他的應該不是真的吧，畢竟齊溪覺得自己還是當地較穩重和克制的優秀典型代表，而且還能不計前嫌包八百塊紅包給顧衍，這未免太離譜了，要是顧衍和別人結婚了，齊溪非常確定，自己絕對一分也不會給！根本就不可能去參加他的婚禮啊！

想到這裡，齊溪自我安慰道，所以別的那些，那麼羞恥的事，絕對是自己在做夢。

但一想到是做夢，齊溪又有點胸悶起來，她覺得自己有點可憐兮兮，在夢裡把顧衍想成那麼好，還對自己表白還表示喜歡的人是自己……

自己這未免也太悲慘了吧！

因為這些記憶實在太過混亂和奇葩，齊溪一時之間根本難以消化。

她剛打算等徹底清醒再一件件梳理，就聽到了顧衍熟悉的聲音——

「齊溪，妳醒了？」

這男人像是在廚房裡，聽到了客房內的動靜，便走了過來。

很快，齊溪便在客房門口看到了顧衍的臉——乾淨的、凌厲的，任何時候都帶了美感的臉，雖然沒有什麼特別的表情，但光是這張臉，就已經相當養眼了。

這都上班時間了，自己宿醉後睡過頭就算了，顧衍怎麼可能也在？

或許現在也是在做夢，還沒醒透。

這麼一想，齊溪又平靜下來了，她看了顧衍一眼，堅信一切都是夢境，抿著唇沒有理睬夢裡的顧衍。

因為堅信只要再入睡就行了，於是齊溪非常鎮定地重新掀開被子躺了下來，閉上了眼睛。

然後她感覺到顧衍走到了她的床邊，然後摸了摸她的額頭，像是自言自語般道：「臉怎麼這麼紅？是發燒了嗎？不應該啊。」

他的手帶了點微涼，然後這種觸感很快消失了。

顧衍移走了手，「溫度挺正常的。」

溫度是挺正常的，但齊溪覺得自己腦子恐怕不太正常了。

因為從顧衍那絕對真實的觸碰感覺來說，齊溪絕望地意識到，此時此刻的一切，恐怕並不是夢境，而昨晚自己可能真的又哭又鬧在酒吧對顧衍做出了非常奇葩的事，所以此時此刻才會在顧衍姊姊的房子裡醒來，而顧衍多半也被昨晚醉酒的自己騷擾了，礙於同事的關係，如今才不得不留在屋子裡看顧自己。

這樣一想，事情好像變得非常窒息。

於是齊溪用被子遮住臉，仍舊緊緊閉著眼睛，希望隔絕掉外界的一切，也希望顧衍能夠快點離開。

然而沒有。

顧衍這傢伙不僅沒有走，甚至還坐到了齊溪的床邊，「要起來嗎？我幫妳煮了粥和醒酒茶。」

齊溪這下哪裡還裝得下去，她掀開了被子，然後飛也似地穿上拖鞋，「我去洗臉刷牙！」

她幾乎是逃一樣跑進了洗手間。

齊溪在洗手間裡做了巨大的心理建設，雖然對昨晚的片段多少有所印象，但也沒到能記得全部細節的地步。

她決定先故作鎮定，靜觀其變。

因此等洗漱好出來，齊溪又變回了平時挺雲淡風輕的模樣，她看顧衍也沒什麼異常，便也用平常的相處模式朝顧衍打了個招呼，佯裝自然地坐到了餐桌前用餐。

只是齊溪雖然想平穩地度過這一刻，但房間內的另一位顯然並不同意。

「齊溪，不是說只要我嗎？妳就是這麼要我的？」

顧衍用這句話突然襲擊齊溪的時候，齊溪正在喝牛奶麥片。

顧衍用的是一本正經的語氣，連情緒都沒有過大的波動，甚至眼皮都沒抬起來盯著齊溪，只是盯著齊溪的碗，樣子平常得彷彿在講哪個案子在哪立案現在進展到哪了。

但他越是語氣鎮定的像在說一件非常平常的事，帶給齊溪的驚悚感就越強。

幾乎是剎那間，齊溪沒控制好，嘴裡的牛奶直接噴了出來，人也忍不住咳嗽起來。

桌子無法避免地被齊溪嘴裡的牛奶弄髒了一小片，雖然齊溪並不懂傢俱品牌，但顧雪涵這間房裡的居家品味極高，設計感極強，每個細節也打磨得非常精緻，一看就不是便宜的東西。

齊溪望著被自己噴出的牛奶弄髒的實木桌面，有一些赧然和愧疚，然而顧衍看起來對此毫不在意。

他只是很自然地抽了濕巾紙，然後像做一件非常平常的事一樣幫齊溪擦了嘴，接著把她被牛奶弄髒的手拿起來，非常仔細認真地把一根根手指都擦乾淨了。

這也未免……

齊溪被顧衍細緻地擦著手的時候，因為覺得太羞恥了，不是沒想過把手抽走，然後顧衍只是抬頭半警告性地瞪了齊溪一眼，然後他低聲道：「安分點。」

接著便強勢地拉過齊溪的手，繼續幫她擦起手。

顧衍擦手的動作其實非常溫和克制，並沒有什麼小動作或者流露出任何其餘曖昧的意味，但只是這樣簡單的擦個手，齊溪還是覺得自己整個人呼吸都變得很急促，她不知道自己該怎麼辦，被顧衍拉著的那隻手好像已經不再屬於她自己。

顧衍會對自己這樣……

那麼……難道……

昨晚的一切都是真的嗎？？？

一想到這個可能，齊溪整張臉都變紅了，她覺得呼吸快要不暢起來，心跳也快得離譜。

昨晚她單純是仗醉行凶，今天清醒了，她卻不知道應該怎麼面對。

「啊，我……」齊溪試圖轉移注意力，「我怎麼在這裡啊？」

顧衍已經放開了齊溪的手，此刻瞥了她一眼，「哦，妳昨天抱著我不放手，還說要抱著我睡覺。」

齊溪簡直要暈厥了，顧衍能不能不要用這種像是談判一樣正經的語氣說這麼羞恥的話啊！

「……」齊溪恨不得立刻逃跑，但顧衍盯著她，這裡又是顧衍姊姊的房子，她根本不知道能逃跑到哪裡去。

於是只能再次試圖轉移視線，聊一下不那麼尷尬敏感的話題，齊溪攏了攏頭髮，顧左右而言他道：「你怎麼沒送我回趙依然那邊？」

「因為妳說要跟我回家。」顧衍冷靜道：「而且我也不放心妳跟趙依然回家，因為如果她負責任，就不會留妳一個人在吧檯喝酒，妳明明是她帶出去的，結果她中途去和別人聊天了。」

「如果不是我正好看到她發的自拍貼文，看到妳坐在她身後，我根本不知道她帶妳去酒吧了。」

顧衍看著齊溪，語氣有點嚴肅：「如果我沒來，萬一妳昨晚出事了，妳打算以後讓我怎麼辦？」

齊溪抬頭看了看顧衍，嘀咕道：「什麼怎麼辦啊……」

顧衍抿著唇，不再讓齊溪轉移話題，他盯著齊溪，「就算妳徵集男朋友，也講究先來後到吧。我至少應該是隊伍裡領到一號的人，難道讓別人插我的隊嗎？」

這個意思是……

齊溪紅著臉，小聲反駁道：「你怎麼就是一號了啊。你大學的時候，不是還喜歡別人嗎？不是還要表白嗎？只是可能後來在所裡一起工作被我的人格魅力征服了才喜歡我的吧……」

齊溪一說起這事，邏輯也變得清晰了起來，「而且你說沒有女朋友，那你和你那個女鄰居又是怎麼回事？難道你們開房是去打牌或者念書嗎？說什麼喜歡我，該不會是退而求其次吧？比如追不上自己的白月光，於是索性找個低配的替身。該不會是最近和她分手了才找我吧？」

齊溪原本還不覺得，如今這麼一說，越來越覺得確實像這麼一回事了，「平時還吃著碗裡的想著鍋裡的，還說沒有和我曖昧，沒和我曖昧你自己現在紅什麼臉啊，肯定是心虛！」

顧衍像是有些無可奈何，他低聲喊了齊溪的名字。

可惜齊溪不打算買帳，「你別試圖打斷我轉移注意力，還說什麼沒有女朋友，沒有女朋友還成天和你那個女鄰居打得火熱，還送她回家幾次，你怎麼不送我回家呢？就這樣你還好意思說可以排隊領一號號碼牌？我這個人特別小氣沒品，也沒有和別人分享男朋友的興趣。」

顧衍的臉有些微紅，但樣子有些無奈，「妳又在亂想什麼，我和我的鄰居什麼也沒有。」

他看向齊溪，用非常認真的語氣，「我喜歡的從來都只有妳。」

「對妳根本不是什麼日久生情。」顧衍垂下了視線，像是想要遮掩住微微發紅的臉，然而沒有什麼用，因為這男人此刻連耳廓都有些泛紅，他的聲音仍舊一本正經，但齊溪還是從中聽出了微微的緊張。

「我要表白的人，一直是妳。根本沒有什麼白月光，一直是妳。」

齊溪完全沒能反應過來，她有些呆呆地看著顧衍，重複道：「你喜歡的一直是我？但你不是有喜歡的人嗎？」

顧衍有點無可奈何，「傻子，一直是妳，沒有別人。」

齊溪在巨大的震驚面前，愣了很長時間，才有些找回清晰的邏輯，她用不可置信的聲音試探著問道：「所以……你在大學時候要表白的人是我？」

顧衍點了點頭，然後有點自嘲：「只是沒想到還沒表白，就被妳拒絕了，還是當著全年級畢業生的面，方式還挺激烈。」

「……」齊溪完全不知道自己應該說什麼好了，她只覺得內心一片混亂，像是闖進了理不清頭緒的迷宮。

她盯著顧衍，然後突然想到了一種可能，「所以你一開始就業志向明明寫了要進事務所，是為了我，才突然要去美國的？而且還申請了哥倫比亞大學？」

顧衍回答的絲毫不拖泥帶水：「是。」

齊溪遮住微微泛紅發燙的臉，嘀咕道：「但你後來也沒去啊……你當時選擇重新進事務所工作的時候，應該還不知道我也沒辦法去美國吧。」

「我當時沒有別的想法，只是想避開妳。」顧衍看著齊溪，「因為我沒想過原來我在妳眼裡形象這麼差，妳看到那樣的表白信竟然第一反應是我寫的。」

「齊溪，我費了很大的力氣才說服自己放棄妳，放棄去美國，放棄無意義的追求和暗戀，到我姊的事務所來工作，但是沒想到妳也來了。」

顧衍的樣子有些自暴自棄，「我已經很努力了，是妳來招惹我的，說什麼祝我生日快樂，結果送了那麼白痴的禮物，我明明最不喜歡粉色，結果說什麼粉色和我很配，還做飯做菜給我，但裡面全是我討厭的香菜，還邀請我吃我很討厭的榴槤，又帶我去聽我根本不感興趣的重金屬搖滾，還自說自話覺得我喜歡吃甜食。」

「我明明知道妳對我根本不上心，送我這樣的東西，但我還是不敢拒絕妳，也沒有勇氣去澄清。因為我喜歡妳就是喜歡到沒有自尊，喜歡到即便妳根本不在意我，送我我根本不喜歡的東西，但只要是妳送的，我也想要。」

顧衍移開了視線，看向了別處：「比起收到不喜歡的東西，比起不得不吃自己討厭的食物，妳什麼都不送我，什麼也不做給我吃，好像更讓我沒有辦法接受。」

「我活到這麼大，從來沒覺得什麼事情是很有難度完成不了的，第一名我可以輕鬆地得到，任何機會和工作我也能遊刃有餘，但唯獨妳，妳是我這輩子最大的挫敗。」

顧衍每控訴一次，齊溪的心情就如雲霄飛車一般跌宕起伏一次。

她從不知道。

從不知道原來顧衍在她根本看不見的地方經歷了這樣的糾結和情緒的反覆推拉。

顧衍的語氣是平淡溫和的，明明他的陳述裡齊溪那麼可惡，但是他仍舊用了一種非常溫和的語氣闡述——

「有時候我覺得妳像個小惡魔，但是偏偏包裝成我最喜歡的樣子，甜美的像一個美夢。我很多次想要結束這種暗戀，但是每次一看到妳，就算妳不和我說什麼，不做什麼，甚至不用對我笑，妳的存在本身就讓我頭腦發熱，好像可以為妳去做任何事情。」

被顧衍這樣直白的告白，齊溪只覺得心跳加速到快要無法控制。

顧衍看著齊溪的眼睛，「每一天都要裝成不在意待在妳周圍，可越是這樣，心裡越是在意妳，妳去相親，妳去參加聯誼會，妳認識了別的男生，這是多麼平常和自然的事，但我好像都變得無法接受，即便妳身邊是隻公螞蟻都恨不得消滅掉，好讓妳只看我一個人。齊溪，妳能體會我的感受嗎？」

顧衍看起來並不指望齊溪回應，然而齊溪卻也有話要說。

「我能體會的。」她聽見自己的聲音道：「因為我對你也是一樣的。」

那種看到對方頭腦發熱，像是過電一樣的感受，那種想為對方去做任何事的衝動，那種會因為對方變得嫉妒的患得患失。

都是一樣的。

齊溪看著顧衍。

顧衍也看著齊溪。

兩個人幾乎有些大眼瞪小眼的感覺，在這種對視裡，齊溪的臉慢慢地紅了，她變得不知道應該做什麼，手腳彷彿也多餘到不知道應該往哪裡擺，也不知道下一句應該說什麼，彷彿這種安靜才是難能可貴的平衡，她眨著眼睛，不時又一瞬不瞬地盯著顧衍。

最後是顧衍先找回了聲音，他看著齊溪，語氣帶了一絲遲疑的扭捏和循循善誘，但溫柔到彷彿不真實：「齊溪，妳剛才說的，可以再說一遍嗎？」

齊溪瞪著顧衍，「你昨晚不是應該都知道了嗎？還要我說什麼啊，我昨晚臉都丟完了。」

顧衍有些不好意思的樣子，他看了齊溪一眼，垂下了視線，臉色微微的紅，「坦白說，我到現在都懷疑昨晚是我做了夢，喝醉酒的人是我，不是妳，因為我到現在也沒有真實感。不敢相信妳會對我說那種話。」

什麼那種話！說的自己好像性騷擾了他一樣！

齊溪有些色厲內荏地瞪著顧衍，「我說什麼了啊，又沒有說什麼少兒不宜違法亂紀的話。」

顧衍低咳了下，然後移開了視線，像是不敢直視齊溪的樣子，「妳說的那種話，在我心裡效果和違法亂紀差不多，我根本沒有抵抗力，妳想對我怎麼樣就怎麼樣，像是做夢一樣，所以好像什麼都會為妳做。」

雖然顧衍這麼說，但齊溪覺得自己才是沒有實感的人，她的心裡混雜著赧然、羞澀和不可置信，像是被邀請參加一場結婚典禮，等入場才發現原來自己並非來觀禮的旁觀者，而是今天結婚的主角，而新郎正是她已經喜歡了多年的男人，她此刻有一種被大獎砸中般的感覺，好像她才是全世界最幸運的人。

但表現出很激動被顧衍看出來是不行的，齊溪按捺住自己想要轉圈圈的雀躍，她心裡還是很委屈，「你說的好像多喜歡我似的，既然號稱一早就喜歡我了，那為什麼表白的人反而是我，明明按照先來後到，是你先喜歡我的，不應該是你在長久的相處和越來越強烈的心動裡，先行按捺不住朝我表白嗎？」

結果愣是拖到了齊溪憋不住喝醉了才說出心裡話。

被這麼問，顧衍難得有些侷促，他有些笨拙地解釋道：「昨晚我找妳，本來也是打算再一次表白的，但沒想到……」

齊溪心裡酸酸澀澀的，忍不住嘟囔道：「什麼再一次啊？說的你之前好像表白過一次了一樣……」

顧衍低下了頭，聲音也變得低沉：「畢業典禮那次沒來得及說就已經被妳拒絕了，在我自己心裡已經表白過，並且得到妳的答案了。」

這怎麼能一樣呢！

「你要是好好寫一封言辭懇切的信表白，當面給我，當面對我說喜歡我喜歡得不行不行的，求求我和你談戀愛，我、我也不會像當初那樣對你啊。」

齊溪回想起當初畢業典禮時的慷慨陳詞，只覺得雙頰發燙，她清了清嗓子，裝作很冷靜的樣子，「我畢竟是容市難得一見非常善良的人，你要是真的離開了我不行，覺得我是你生活的必需品，那我也還是願意日行一善的。」

如今齊溪已經清醒了個透頂，此前因為醉酒有些模糊的細節也已經七七八八歸位，她想起昨晚自己的行為，真恨不得立刻打個地洞逃跑，想想昨晚在酒吧也算在小範圍鬧出了點小動靜，說不定被人拍了影片上傳網路了。

好丟人啊！

齊溪簡直想捂住臉，好不去面對昨晚的自己，她只記得自己死命任性地抱著顧衍不撒手，還帶著哭腔撒嬌地點名「就要這個」。

「就算、就算我在畢業典禮上那麼說了，但那是個誤會，我也找你澄清道歉了，後來我們還在競合所同一個團隊裡共事，難道我對你釋放的友善還不夠嗎？那後來那麼久的時間裡你怎麼也不表白啊？」

齊溪一想起這個，就忍不住有些委屈，「我去參加趙依然那個檢察院法院的聯誼，好多只見了我一面的，都大大方方透過趙依然和我表白了，你這個排在隊伍裡的第一名在幹什麼啊……」

這麼久，害得齊溪內心白白煎熬了這麼久，害得齊溪白白等了那麼久。

「我也很羨慕那種見了妳一面就能表白的人。」大概是聽到齊溪被這麼多人表白過，顧衍的聲音聽起來有些沉悶，他移開了視線，「但我做不到。」

然後顧衍重新抬頭，看向了齊溪的眼睛，「因為我比他們都更喜歡妳。」

這男人的聲線低沉，帶了一種讓人不自覺的沉溺感，「我也希望我和妳只是一面之緣，因為只見了一面，只出於見色起意的最初級衝動，所以抱著表白試一試，失敗了也沒太大損失，但萬一成功了那就賺到了的心態，這樣就能隨時隨地輕鬆地對妳說喜歡，請妳和我交往。」

「因為沒有付出過多的感情，所以這樣子的表白，即便被拒絕，也不會覺得遭受很大打擊。」

顧衍垂下了視線，「但我沒有辦法接受再被妳拒絕一次了。」

「齊溪，妳對我來說，是比喜歡更喜歡的存在。」

顧衍有些自嘲地笑了下，「喜歡可能確實是克制吧，有了畢業典禮的插曲，即便妳對我釋放再多的友善，我也只敢把妳的態度當成是為了我進行補償，在有百分之百把握之前，我根本不敢再嘗試表白。」

顧衍望向了齊溪的眼睛，「齊溪，我沒妳想的那麼勇敢，我也只是個正常人，也害怕失望，所以我學著克制自己，就像是想吃糖的窮小孩，不對著糖伸手討要，最後雖然也吃不到糖，但看起來會比伸手討要但還是沒得到糖好一些，變得不那麼可憐和可悲，至少可以在吃不到心愛的糖的時候，還能挺直脊背，裝作自己沒有對那些糖起過非分之想。」

顧衍說到這裡，像是突然想起來什麼一樣，「而且是妳自己說，現階段要醉心工作，無心戀愛的，說什麼男人只會影響妳拔刀的速度，結果轉頭就去什麼聯誼會，還去酒吧，看起來只有我比較笨信了妳的邪。」

顧衍的邏輯嚴密，此刻眼神也帶了種步步緊逼的誓不甘休，像個被始亂終棄來討要說法的大房。

齊溪心跳一下子變得很快，腦海裡也一片混亂，她都不太敢直視顧衍質問的眼神，只能眼神左右閃躲著輕聲道：「別人的話是不行，確實是醉心事業得好。」

齊溪掙扎了片刻，但最終，咬了咬嘴唇，還是破釜沉舟地說了出來：「但如果知道是你，我想可能也不是不行。」

顧衍愣了愣。

齊溪徹底豁出去了，「如果是你說要吃糖，我一定會給你的。」

她變得有些赧然，有些不像自己，明明是自己開的口，但又像是不想讓顧衍聽到一樣，故意用很輕的聲音道：「幫你的忙也好，讓我幫你做菜也好，做你女朋友也好。只要你開口，其實我沒有辦法拒絕你。」

顧衍原本有些咄咄逼人的眼神變得溫和下來，他用手捂住了眼睛，像是不想讓齊溪透過眼睛看透他此刻的情緒。

片刻後，顧衍才放開了手，然而眼裡還殘存著無可奈何的愛意，他沒說什麼別的，只是有些無措地喊了齊溪的名字，然後有些試探性地想拉起齊溪的手。

氣氛確實很好，不過……

齊溪突然想到了關鍵問題還沒問，她抽回了手，微微皺著眉，擺出戒備的姿勢，「你問完我了，我還沒問完你呢，那你開房怎麼說？我看到你和你那個女鄰居去飯店了。要當我男朋友，別說一堆有的沒的，先把這個解釋清楚才行吧。」

齊溪指了指自己的眼睛，「我可沒冤枉你，用我這雙眼睛親自看到的！」

「我沒有女朋友，她不是我女朋友。」顧衍盯著齊溪的眼睛，看起來有些頭大，他語氣認真道：「我想有的女朋友只有一個人。」

「齊溪，從頭到尾，我希望能做我女朋友的人，都是妳。」顧衍的語氣有一些不自然，像是有些不好意思，但顧衍最終還是繼續了他要說的話，「妳以前勸過我放棄，但是我沒辦法放棄，只要妳沒結婚，我覺得我都是有機會的。」

齊溪想起自己通讀「顧衍大全」以後還沾沾自喜覺得自己掌握了和顧衍搞好關係的密碼，此刻覺得又羞愧又惱火。

她再一次意識到，原來顧衍口中，對他很差的女生，一直是她自己。

原來渣女竟是她自己。

齊溪的臉有些燒，「我那時候對你那麼差，你還喜歡我啊？」

「喜歡的。」顧衍抿了下唇，「喜歡能有什麼理由？就算明知道妳不喜歡我，理智知道應該停止，但是心沒那麼好控制的。」

「妳說的女鄰居，她叫林琳，我那天送她去飯店，是因為她被她的前男友跟蹤騷擾了，對方知道她住在哪裡，說要上門堵她，並且情緒激動，還帶了刀，威脅她如果不復合的話，就要和她同歸於盡，她知道我是律師，所以才求助了我。」

顧衍的表情很認真，「那天為了防止她被前男友堵在門口發生危險，因為在那天之前，她前男友已經上門騷擾過她一次，有一次就在地鐵口守株待兔，她也是在業主群組裡求助，我正好剛出地鐵口，又和她住在同一幢，就順路陪她一起回家了。」

「所以那天電梯裡她感謝你之前送她回家？」

顧衍點了點頭，「我當時遠遠見過她前男友一眼，覺得整個人面相非常奸惡，她給我看了她前男友的威脅訊息，我覺得對方情緒非常激動，說不定會做出極端的行為，所以那晚才建議她暫時不要回家去住飯店的，她害怕前男友埋伏在社區門口，那天又確實比較晚了，我才陪她一起去飯店的，但送到飯店等她自己拿好房卡後，我就離開了，甚至都沒送她到房門口。」

原來顧衍並不是那麼快，或許也不是不行……

如今手裡突然被塞上葡萄園通行證的小狐狸齊溪，頓時一改此前的說辭，再也不想說葡萄酸了。

既然這葡萄以後就是自己的了，那麼只要是自己的，就是最好的，她說甜的就是甜的。齊溪決定特此宣布顧衍又能行了。

顧衍並不知道齊溪腦袋裡都在彎彎繞繞想什麼亂七八糟的，「而且如果妳注意到我送她去飯店的時間，和我回家的時間，妳就會發現我還兼顧著和她開了個房是完全不現實的，因為時間上根本不允許。」

齊溪忍不住嘟囔道：「我注意看時間了……」

顧衍愣了愣，才有些不好意思地低下頭，「那妳可能不太清楚，總之，那麼短的時間是什麼都不可能做的。」他努力解釋道：「我和她真的沒什麼。妳可能是女生，不太懂男生的這種常識問題。」

「我又不是不上網……」齊溪有些不服，她低聲嘀咕道：「短也可以做很多事的，不然為什麼公車上有那麼多泌尿科小廣告啊，還不是有市場嗎？很多男生很外強中乾的，體格說不定很好，但是就是不行……」

「……」

顧衍身上原本沉浸著幸福和溫柔的氣質一下子變淡了，這男人變得有一點點咬牙切齒，他一字一頓澄清道：「不是每個人都這樣，我不是。」

行吧行吧，你說什麼就什麼吧，總之，原來女鄰居和顧衍並沒有一腿，齊溪已經完全被這個事實搞得幸福到找不著北了。

然而顧衍反而像是過不去之前那個坎了，他又喊了齊溪的名字，把她從巨大的幸福感和眩暈感裡拽了出來——

這男人再次嚴正澄清道：「齊溪，我不這樣，妳知道沒？」

齊溪不得不在顧衍的虎視眈眈裡連連點頭，「知道了知道了。」

顧衍顯然也無法非常冷靜地去談論這種話題，但是為自己澄清正名的欲望超越了一切，他頂著羞憤，努力佯裝鎮定地再三強調道：「總之，事實是不會因為一些謠言就改變的。」

齊溪再次連連點頭，「是是是，事實勝於雄辯！」

顧衍看了齊溪一眼，想說點什麼，但最終還是忍著沒說。

不過大概齊溪態度良好，顧衍看起來總算好受了一些，他又看了齊溪一眼，然後清了清嗓子，語氣相當正經地繼續把話題轉移回了正軌，「實際上，林琳這件事，我後來想想，送佛送到西，更謹慎點的話，我應該送她到門口的，但那天我有私心，能這麼快回來，是因為只把她送到了飯店的大廳裡，看著她拿到了房卡進了電梯，我就走了，事後想想，是有些愧疚的。」

齊溪愣了愣，「什麼私心？」

「妳。」顧衍盯著齊溪的眼睛，但很快又有些不好意思地移開了，他盯著地面，像是地面會開出花來一樣，努力用平靜的語氣道：「那次妳第二天要去法律援助中心值班，我急著想回家把工作上的事情處理完然後寫注意事項給妳。」

齊溪忍不住嘟囔道：「那也不至於愧疚吧，至少你先處理了林琳的事，處理完她的事你才回家寫我去律協值班的注意事項給我吧，不然我為什麼會覺得林琳才是你的白月光？我那天下午就和你說我要去律協值班了，你都沒理我！」

如今說起這事，齊溪還是有些委屈的，她記得她興致勃勃想找顧衍取取經，結果顧衍根本沒理睬她。

「因為她的事，我可以非常簡潔幹練地用最短的時間處理完；但妳的事，我做不到。」

對這個回答，齊溪有些不買帳，「我那次的事根本沒有多難，你當場給我幾個建議不就完事了嗎？哪裡需要花很多時間？」

顧衍沒有看齊溪，彷彿這樣他才能順暢地把話講完，「可妳的事，即便小到去律協值班這種事，我還是覺得沒有辦法簡潔地做好，因為只要涉及到妳，我就想把自己知道的所有情況，所有妳可能會遇到的問題都羅列齊全，想預估出所有妳可能會遭遇的事，好幫妳規避所有的風險和挫折。」

「因為不想用三兩句話簡短地處理妳的事，所以我才想留出完整的時間給妳，因為是妳，覺得用碎片化的時間去對待妳都是一種不尊重。」

「其實那天晚上，我一邊寫給妳的注意事項，一邊覺得很沮喪。」顧衍垂下了視線，

「雖然沒有簽訂嚴格的代理協議，但道義上來說，林琳也算我半個客戶，明明她的情況更緊急，但我腦子裡不可救藥想的都是妳，妳永遠是第一位的，她在向我哭訴前男友利用他們交往期間得知了她的手機密碼，從而破譯複製了她所有社交網路聊天訊息，從中找出了她背後吐槽她現任老闆、同事的一些言論，對她進行威脅，對她進行情緒控制的時候，我卻在想妳。」

齊溪原本以為人最無法招架的應當是辭藻華麗的表白，然而事到臨頭，她才發現，最難以抵擋的永遠是最質樸最直白的東西。

顧衍的話裡沒有任何修飾，他闡述起來甚至帶了點沮喪，與其說是表白，倒更像是一種自我剖析和反省，但是齊溪覺得，沒有什麼話比這些更動人。

她的睫毛微微顫動，聲音輕輕地問道：「你在想我什麼？」

「想如果妳是我的女朋友，我一定不會讓妳遭受到任何傷害。」顧衍說到這裡，像是不好意思了，但這男人還要佯裝出非常自然和鎮定的模樣，「後來也沒有再想別的，就是突然很想見妳。」

始作俑者沒在意，齊溪卻聽得都有些面紅耳赤了。

顧衍在她心裡一直是高高在上的，他是難以逾越的第一名，是什麼事都能冷靜處理的人，齊溪難以想像，這個看起來無懈可擊的人的內心，是這麼激烈和充滿熱意的。

她變得有些緊張但又覺得有點酸澀甜蜜，「所以你後來偷偷接林琳的電話，也是為了處理她和她前男友的事？」

「是的。」顧衍看向了齊溪，「她的前男友很小心，所有的威脅還有跟蹤，都讓人很難取證，所以那陣子我給林琳一些指導，教她怎麼盡量保存證據，好去起訴她前男友，但她畢竟不是法律專業人士，很多實操上的問題還是比較容易出瑕疵，所以會常常打電話給我詢問下一步怎麼做，有時候順路也會來競合，把她之前偷偷拍攝下關於她前男友威脅她的證據拿來給我看，讓我把關下是否有效力。」

原來是這樣！

齊溪有點懊惱：「那你怎麼不和我說！害得我誤會了……」

「我以為妳根本不在意我。」顧衍的聲音低沉，「覺得妳不會想知道這些事，也不會好奇我在幹什麼，所以我沒有和妳說過。」

「而且，因為這件事在林琳看來非常不光彩，而且她當時也有正在交往的男友，不希望為此引起現男友的注意，以至於破壞這段感情，所以不希望聲張，請求我保密。」

齊溪想，可如果你早點說，自己就不會這時候才知道你對自己是這樣的感覺了！說不定早就能在一起了！就算不能說明林琳具體遇到的事，要是提一嘴只是幫林琳一個忙，自己也不至於誤會成這樣。

雖然齊溪什麼也沒說，但她的表情大概已經讓顧衍知曉了情緒，這男人頓了頓，才繼續道：「坦白來說，我確實想把自己生活裡所有的事情都和妳分享，把我所有的情緒都捧出來給妳看，事無巨細都願意和妳彙報，可如果真的這樣，萬一妳被嚇跑了怎麼辦？」

他低頭看向地板，「不被妳喜歡，被妳當眾批駁說妳是我這輩子都追不上的人的時候，我覺得自己已經是全世界最悲慘的人了，但如果妳明明不喜歡我，我還是把自己所有的一切，把自己的心毫無保留地雙手奉上給妳，那不是更悲慘和卑微了嗎？」

顧衍抬起頭，看著齊溪，語氣含蓄帶了點微微的內斂，「齊溪，我說過，我也是正常人，我也害怕失望，尤其是一次次期待後的失望。」

顧衍的長相偏向冷質，因為容貌太過優異，因此帶了點難以接近的感覺，然而此刻他的語氣是溫和而無害的。即便曾經被齊溪無意間傷害過，他完全沒有怪罪齊溪的意思。

齊溪如今突然都能明白了，為什麼在畢業典禮被自己誤傷成那樣，顧衍沒有採取任何行動，他沒有起訴也沒有責怪，只是沉默而受傷地接受了一切，唯一做的只是放棄了留學，希望離齊溪遠一點，好斬斷這段沒有希望的愛情。

齊溪不是沒有為畢業典禮時的衝動後悔懊喪和自責過，然而她從沒有這一刻這麼心疼和難受。

原來顧衍當時真的打算和自己表白。

被自己喜歡的人如此當眾不留情面地拒絕，他該是一種什麼樣的心情。

齊溪第一次有些青澀但堅定地捧起顧衍的臉，非常認真地看向了他的眼睛，決定好好道歉，「顧衍，對不起，真的很對不起。」

顧衍愣了愣，被齊溪的手觸碰到的臉有一些紅，隨即笑了，他的聲音溫柔，「沒關係。齊溪，不論妳做什麼，永遠是沒關係。」

顧衍並沒有說什麼奇怪的話，但齊溪整個人卻變得很奇怪，她的心像是泡在酸梅汁裡，感染了酸梅汁的酸澀味，整個心臟像是被泡皺了，帶了奇異的悸動，有些難受，又有些慶幸，還有些尷尬和臉皮發熱。

所以自己都幹了些什麼啊！

自以為掌握了顧衍大全，結果到頭來拿的是一本殘害顧衍大全。

自以為對顧衍投其所好，結果到頭來成天冒犯顧衍。

也真的是因為顧衍很溫柔，不僅沒有發過一次火，甚至都默默地忍了下來。

顧衍什麼都不說，但齊溪心裡內疚的要死，「對不起啊顧衍，那時候買榴槤給你吃，其實我也不喜歡吃，我以為自己是捨命陪君子了，結果沒想到我們是自相殘殺……」

「還有做給你的有香菜的食物，我其實也不喜歡香菜的……」

齊溪一路細數了自己的過錯，但顧衍仍舊非常溫柔，他甚至稍微想了一下，「妳有做了這麼多和我愛好背道而馳的事嗎？」

然後他打斷了齊溪，「不用再想了，也不用再說了，因為這些事，我都記不得了。」這男人移開視線，語氣有些不自然道：「即便妳每次對我做了不那麼好的事，我好像轉個身就會忘記，但妳對我好的時候，我卻會記很久很久。為了這些很細小的好，好像可以一直厚著臉皮待在妳周圍。」

齊溪不得不和顧衍解釋了「顧衍大全」的來歷，然後她可憐兮兮地看向顧衍，「判定一個人犯罪還要看主觀故意，你看，我主觀上完全沒有對你不好的意圖，你怎麼就可以控訴我對你差啊！」

齊溪對此也挺委屈，「我也很仔細研究『顧衍大全』了，還特地列印了一本，時不時拿出來翻翻，都快翻爛了，我哪知道你的粉絲那麼壞……」

顧衍憋了憋，最終像是沒憋住，「別的都沒關係，但妳說要和我做朋友。」

「還希望我和妳的友情如不鏽鋼一樣堅固。」

「發好人卡給我，我為了要和妳談戀愛什麼都想順著妳，結果妳說要和我做朋友。」

「和妳爸介紹的相親對象聊得挺好還希望我不要中途出來喊妳走。」

「學弟跟妳要聯絡方式妳就給，也不看看我還沒死，就站在一邊。」

「還跟著趙依然去法院檢察院的什麼聯誼會，才去了一下就認識了個法官還聊得挺好，我和妳同學四年現在還是同事，妳平時怎麼不來找我聊天？」

「說因為競合沒有福利活動就要辭職，我感覺我在妳心裡還沒有福利活動隨便發個什麼堅果禮盒來得重要。」

「但妳如果真的覺得福利更重要，我也只能接受。最後為了妳，為了說服我姊，我只能自己掏錢贊助了全所這一次的福利活動，還卑鄙地做了手腳，讓自己抽到可以和妳一起去看電影吃飯的福利券，結果因為沒有做好調研，變成了那麼尷尬的觀影體驗，最後好像什麼好也沒撈到，妳也沒變得更喜歡我一點。」

「誤會我和鄰居談戀愛也不知道來問我，跑去酒吧，妳知不知道多危險？」

果然，再溫柔的男人，也是有脾氣的，顧衍不說還好，一控訴起來，竟然頗有能列舉齊溪十宗罪的架勢。

明明原本是齊溪占據了主動權在質問顧衍和女鄰居的，結果到頭來變成了顧衍指控齊溪。

齊溪不得不手忙腳亂開始解釋——

「做朋友也沒有什麼不對，女朋友不也是朋友的一種嗎？」

「那塊不鏽鋼，我今天就重新下單訂製，改成『堅固的愛情就和不鏽鋼一樣常伴你左右』。」

「學弟的好友馬上刪掉！」

「個人頁面裡馬上昭告全世界給你一個名分！」

齊溪口乾舌燥說了一堆，她有些緊張，也有些語無倫次，而她說話的時候，顧衍就非常溫柔地看著她，他的眼神裡帶了熾熱的溫度，溫柔得像是太陽，包圍著妳，有時候不知道具體在哪裡，但就是哪裡都在。

齊溪突然不想說話了。

她回憶著昨晚醉酒後的記憶，然後有些笨拙又生澀地朝顧衍走過去，抱住了他，把頭靠在他的懷裡，聽著對方的心跳聲，露出很依賴對方，沒有辦法沒有對方的樣子。

「對不起嘛顧衍，但是以後這樣的事都不會再發生了，以後我會對你很好很好很好很好的。」

齊溪又把頭朝顧衍的胸口埋了埋，她有一點尷尬也有一點緊張，更充滿了無所適從和第一次做這種事的忐忑，「所以你做我男朋友好不好？」

雖然兩個人在競合所共事，幾乎天天見面，也可以說熟悉，但實際仍舊是陌生的，尤其是對於如今這樣需要切換身分的相處模式。齊溪有些彆扭和緊張，顧衍也談不上好到哪裡去，辦案時候一向冷靜自持的男人，如今竟然也有些羞澀的靦腆和不知道下一步該怎麼做才好的手足無措。

但只緊張了非常微小短暫的片刻，顧衍就突然放鬆了下來。

他並沒有刻意做什麼，似乎只是順從了自己的內心，然後齊溪感覺到他的手輕輕地摸了下自己的頭，接著是他溫柔又帶了點無可奈何的聲音——

「妳知道我沒有辦法對妳說不的。」

第十二章　獨一無二的貝殼

齊溪從沒有談過戀愛，也不知道正常戀愛的流程應該是怎樣。但和顧衍把誤會都澄清後，她忍不住變得有點懶散，恨不得世界能停擺，然後她和顧衍就窩在這個只有兩人的地方，即便什麼事都不做，好像只要對方在，她就可以一直這樣無所事事下去，也不想去上班。

齊溪原本賴在顧衍的懷裡，不過一想到上班，她就一個激靈了起來。他們還在顧雪涵的房子裡呢！

齊溪幾乎是立刻從顧衍的懷裡爬了出來，她整理了下儀容，恢復了正經和嚴肅的樣子，恨不得坐得離顧衍幾公尺遠。

面對顧衍有些疑惑和詢問的目光，齊溪清了清嗓子，提醒道：「你姊姊萬一突然回家要拿個資料或者文件什麼的，看到我們這樣衣衫不整地抱在一起，肯定會覺得心裡很不能接受。」

她越講，聲音越是有些不好意思地變低，「畢竟我們今天上午都請假了，她如果看到我們竟然不上班在這公費談戀愛，應該會覺得我們特別不敬業，更會覺得我這個人吃裡扒外，借住了她的房子還要泡她的弟弟，簡直禽獸行徑恩將仇報。」

齊溪講到這裡，清了清嗓子，「所以從現在開始，還是要克制自己的情緒，我們還是要在這個屋裡保持距離，像真正的同事那樣克己守禮。」

可惜這番話沒能說服顧衍，他只是笑了下，然後抓住了齊溪這番話中最關鍵的中心思想，「需要克制自己的情緒，那妳的意思是，妳現在很想和我抱著嗎？」

齊溪被說中心事，臉有些紅，她色厲內荏地看了顧衍一眼，嘴硬地否認道：「沒有這回事。」

只是話剛說完，顧衍就從身後抱住了她，這男人一開始的姿勢有些僵硬和明顯的緊張，但很快，他像是漸漸進入了新的角色，輕輕地把齊溪摟緊了些，然後彎腰把頭輕輕靠在齊溪的肩上。

齊溪感覺到自己頸間傳來的微熱，她覺得有些癢，然後這種癢意順著皮膚似乎鑽進了她的心裡，讓她心跳好像都變得快了起來。

然後她聽到了顧衍近在咫尺的聲音——

「沒關係，想抱就可以抱。」

顧衍一邊說，一邊加深了這個從背後的擁抱。

齊溪明明看不到對方的臉，但不知道為什麼，反而覺得比面對面的擁抱更讓人臉紅心跳，但她一想到這裡是顧雪涵的房子，立刻就感覺如果被發現，簡直如出軌被抓一般的尷尬，於是便輕輕推了下顧衍，試圖掙脫這男人的懷抱。

「顧衍，你先放開我。」

結果顧衍竟然耍賴上了，這男人理所當然道：「我不放。」

「可是你姊要是回來了……」

顧衍抱著齊溪，頭埋在她的長髮裡，聲音低沉但冷靜，「妳可以放心，她絕對不會回來。」

這說的什麼話呀！出軌偷情的人也都這麼想！最後還不是被當場抓獲嗎！

齊溪剛想規勸顧衍，結果就聽到顧衍繼續道——

「因為這房子不是我姊的。」

這男人非常冷靜地澄清了自己此前的謊言，聲音鎮定理直氣壯，「這房子是我的，從頭到尾就是我的，所以我姊根本不會來。」

齊溪這下不淡定了，她轉身看向了顧衍，「你騙我？」

「我就是騙了，怎麼了？」顧衍眼神只微微移開了幾秒鐘，就重新直視了齊溪，「不騙妳妳又不可能住在我對面。」

雖然樣子挺理直氣壯，但顧衍內心有些不好意思，於是言簡意賅解釋了幾句，「因為我的書很多，但這間房的書房非常小，所以我爸媽在買的時候把這一層兩戶都一起買到我名下了，一來是這樣隱私性也更好，二來也覺得還有個儲物間，三來……」

結果剛說到三來，這男人竟然停下了，突兀地截住了話頭。

齊溪抬頭看了他一眼，「三來是什麼啊？」

顧衍移開了視線，像是想遮掩什麼一樣，「算了，沒什麼。」

可他越是這樣，就越有欲蓋彌彰的意味，也讓齊溪越發想一探究竟，她開始耍賴撒嬌，「你告訴我嘛，說話說一半太吊人胃口了。」

顧衍一開始顯然並不想說，但是他確實對齊溪的要求沒有太高的抵抗力，齊溪只撒嬌了一次，然後用濕漉漉的眼睛盯著他看，這男人幾乎立刻敗下陣來，毫無抵抗地繳械投降了——

「三來是我爸媽買這兩間房子的時候，想著是未來我要結婚生孩子了，他們過來照顧小孩也方便，就可以直接住在對面，既方便照顧，也不會干涉介入太多我們的生活。」

他說的理由非常合理，也是長輩們正常的體貼考量，然而那個「我們」以及顧衍一邊說結婚一邊望著齊溪的眼神，讓齊溪覺得整個人都不好意思起來了。

齊溪有些故作鎮定地撇開了頭，然後竭力掩蓋但仍舊非常不自然的聲音道：「你爸媽也想得太遠了吧。」

結果顧衍接過了話頭，「我以前也覺得他們想太遠了，但現在覺得好像也不是太遠。」這男人咳了咳，努力用平靜的語氣繼續道：「薑還是老的辣，房到用時方恨少，早點買挺好的，想用的時候立刻能用。」

這話說的……

齊溪直接輕輕捶了顧衍一下，然後色厲內荏地瞪了這男人一眼，「不許你再說了！你這個我事業道路上的絆腳石！」

提及房子，齊溪也是陡然間突然想起了什麼，「所以陳璿當時也想借住，也是因為你不願意她來住？」

顧衍對此完全沒有負罪感，他淡然地點了點頭，然後露出了有些任性的表情，「就是不想讓她住。」

「這個房子，只想給妳住。」他又輕輕抱了下齊溪，變得像個任性的小男孩，只想把糖果分享給特定的某個人，不論旁人多渴求，他也不鬆口，大概是為了表達自己內心的態度，這男人又強調了一遍，「不給任何人住。」

他看向了齊溪的眼睛，「好不容易讓妳住在我的隔壁，也不想有任何人過來破壞，只想和妳兩個人在一起。」

顧衍毫無心理負擔地繼續坦白道：「所以那天我爸媽本來要來看我，我也拒絕了。」

這話顧衍不覺得有問題，但齊溪聽完倒是有些緊張和侷促起來，「你這樣不太好吧，萬一以後你爸媽知道了，那我的人設好像有點差，還沒和你怎麼樣，就鳩占鵲巢似的把你爸媽趕走了，以後見面怎麼辦啊，會不會覺得我這個人很不上道……」

「齊溪。」

「嗯？」

顧衍把擁抱加深了一點，低沉的聲音裡帶了點笑意，「剛才是誰叫我不要想那麼遠的？」

齊溪愣了愣，等明白過來顧衍的意思，立刻就露出了惱羞成怒的表情，舉起手做出了要捶他的表情，顧衍不得不笑著把齊溪放開，齊溪這才作罷。

喝完粥，齊溪總覺得還是有些不滿足，她拽了下顧衍的衣袖，「你家還有別的吃的嗎？」

顧衍下意識回答道：「冰箱裡有我之前買的甜點。」

甜點好啊！

齊溪覺得自己急需一些糖的攝入，只是她剛打算去廚房打開冰箱門，顧衍卻又突然想起什麼似的飛快跑來把她拽走了——

「算了，妳就當我沒買吧。」

齊溪有些納悶了，她靠在冰箱門上，看著顧衍眨了眨眼睛，「為什麼啊？」

顧衍像是不太好意思，他咳了咳，「因為我買的是榴槤口味的。」他解釋道：「是之前買的，那時候還不知道妳也不喜歡榴槤。」

「我喜不喜歡不重要，但你不是不喜歡嗎？不是據說聞到那個味道就受不了嗎？還在冰箱裡放榴槤味的甜點呀？那整個冰箱裡豈不是都……」

顧衍的樣子看起來有點無奈，「沒辦法。」他看向齊溪的眼睛，然後又像是不太好意思直視對方，垂下了視線，「雖然我不喜歡榴槤，但如果妳真的那麼喜歡的話，我也會努力喜歡起來的。」

說到這裡，顧衍臉上露出了如釋重負得救了的放鬆表情，他感慨道：「幸好妳不喜歡。」

看著顧衍因為自己也不喜歡榴槤而劫後餘生般的表情，齊溪簡直哭笑不得。

「你是傻子嗎？」她拉了拉顧衍的衣擺，小聲嘀咕道：「就算是我喜歡的東西，你也不用都喜歡啊……」

「可是想陪著妳吃。」顧衍想了下，很認真地說道：「其實如果妳真的喜歡吃榴槤，我覺得也可以陪妳一起吃。」

「榴槤欸！那個味道！」齊溪一提起來，整個人都要窒息了，「我當初都是忍著，顧衍，你也大可不必！」

顧衍抿了下唇：「其實妳每次買那麼多給我，我都吃得麻木了，雖然還是談不上喜歡，但我覺得自己也習慣榴槤的味道了。」

這也能習慣嗎……

齊溪覺得顧衍有一點傻，但同時又覺得他可能是這個世界上最聰明的男人，因為他好像永遠清楚說什麼話能讓齊溪輕而易舉的動心和無法抵抗。

「以後不吃榴槤了，再也不會讓你吃榴槤了。」齊溪心裡升騰起無法言喻的溫柔和不捨，她摸了摸顧衍的臉，「顧衍，你願意和我一起重新寫一本精確的《顧衍大全》嗎？」

聽到《顧衍大全》幾個字，顧衍果然愣了愣，繼而有些憋笑，但面對齊溪嚴肅認真的眼神，他好像也不敢真的笑出來，以免對面的女孩惱羞成怒。

他只是伸出手非常溫柔地拍了拍齊溪的頭頂，然後輕輕捏了下齊溪的臉，然後毫無懸念地答應了對方的要求——

「好。」

因為這個「好」字，齊溪的心跳卻陡然加速了起來，像是連夜逃離羊圈的叛逆小羊在翻過籬笆那剎那的心情。齊溪對未來的刺激變得充滿了渴望和不安定的期待。

顧衍頓了頓，他的耳朵微紅，但語氣很堅定認真，「不過我的愛好有點多，也有點複雜，妳可能要花很長很長的時間，才能把正宗的《顧衍大全》修訂完本。」

他看著齊溪，「所以妳可能要陪我很久很久。」顧衍垂下目光，「才能真的做出齊全的《顧衍大全》。」

齊溪心裡一片酸澀，但又不是全然的酸，仔細品味，那酸裡帶了柑橘般的甜美，酸甜相交才構建出了更豐富和有層次的口味。

在這種巨大的驚喜混亂和手足無措裡，在這種酸脹又甜美飽滿的情緒裡，齊溪迎著顧衍的目光，鄭重地點了點頭——

「那從此以後，我就是《顧衍大全》的主編和責任人了，擁有《顧衍大全》的最終解釋權。」

顧衍帶著笑，也學著齊溪的樣子鄭重的點了點頭，「好，妳是唯一主編。」

齊溪作為新晉脫單人士，總還有種近鄉情怯的意味，抱著顧衍又撒了一下嬌，在心裡再三確認了這一切是真的，她才有些迷迷糊糊地像個離開樹杈的無尾熊一樣放開了顧衍。

齊溪的臉還是很紅，整個人也還是有些緊張，為了緩解這種奇怪的情緒，也為了轉移自己的注意力，齊溪清了清嗓子，決定把精力集中到更專業的事情上，「那林琳怎麼樣了？你那個女鄰居，她被她前男友威脅的事處理好了嗎？」

此前只顧著專注自己的感情問題，如今情緒和緩下來，齊溪對那位女鄰居的事也在意起來，她為自己之前莫名其妙的妒忌而感到羞愧，難以想像那麼溫柔的女生竟然被前男友威脅，只希望林琳的麻煩已經解決。

顧衍沉吟了一下，「其實取證已經基本到位了，她這個前男友真是不知死活，一開始只是用以前交往期間獲取的聊天紀錄威脅林琳復合，妳也知道，朋友情侶之間，吐槽上司或者奇葩同事，這是再正常不過的事，可如今分手了，竟然拿著這些聊天紀錄截圖，威脅林琳要一一傳給那些被吐槽的人，讓她社會性死亡，利用林琳的害怕，不斷操控林琳的情緒，不斷要求她出來約會、逛街、看電影，還妄圖復合，而現在竟然已經發展到為此跟林琳要錢了。」

要錢？

一聽涉及到錢，齊溪就來了興趣，「金額大嗎？能按照敲詐勒索來嗎？」

這種拿著交往期間所獲得的女孩子隱私要脅的男生，如果每次都退讓，不一次性徹底反擊，恐怕會像個水蛭一樣不斷黏著吸血。

要是只是一般的威脅復合之類，即便報警，大概也是小打小鬧的處罰，很可能不僅沒辦法終止對方的行為，甚至可能激怒對方，讓對方做出更過激的騷擾，但如果涉及敲詐勒索這樣的刑事犯罪，那性質就完全不同了，完全可以引入檢察院這樣的公權力介入，讓對方吃不了兜著走。

顧衍點了點頭，「既遂的金額早就超過數額較大的範疇了，至今已經對林琳敲詐勒索了五次，截至上次林琳的統計，已經從林琳手裡拿走了總共十四萬左右的錢。」

雖然齊溪以往把林琳當成是顧衍正牌白月光時，暗自總有些酸溜溜的情緒，把她當成了假想敵，總要背地裡精神勝利一樣偷偷罵兩句對方不上道老吊著顧衍，可如今聽說了對方的遭遇，齊溪作為女性設身處地代入一下，這種同理心一下子就讓她非常憤怒，「不能這樣下去，總不能坐以待斃，既然證據也收集齊全了，那我們就陪林琳去報警吧！」

結果說到這裡，顧衍反倒是有些無奈地搖了搖頭，有些頭痛道：「問題就出在這裡，林琳不同意報警，她幾次用再這樣就報警了去告誡她前男友，也告知他他的行為已經涉嫌嚴重犯罪，希望他停止，但對方肆無忌憚，像是吃準了林琳不會去報警一樣，不僅沒收斂，還變本加厲了。我也勸過她，和她分析過利弊，但她還是沒有行動。」

怎麼會這樣呢？一旦去報警，這可是穩贏的啊！

齊溪無法理解林琳的決定，但既然此刻她正在顧衍的房子裡，何不約樓下的林琳出來當面談談？

顧衍聽了齊溪的計畫，愣了愣，但隨即就了然地點了點頭，「好，或許妳們都是女生，妳和她聊起來更能貼近她的心理。」

齊溪點了點頭，沒忍住補充了一句，「但我要聲明，我不是因為得知了林琳不是你女朋友我才願意幫忙的。」齊溪語氣認真道：「即便林琳是你的女朋友，就算是你老婆，要是得知她遇到了這種事，我也會幫到底的。」

顧衍愣了愣，然後用帶了點無奈和沒辦法的表情道：「妳不用解釋這些，因為我知道妳是什麼樣的人，但有一點我也要聲明，沒有別人會成為我的女朋友或者我的老婆。」

他說完，低頭拿起手機，開始傳訊息給林琳。

剛才他的話點到為止，並沒有把後半句說出來，然而顧衍盯著齊溪的眼神卻已經把他想說的都傳遞了出來。

沒有別人會成為他的女朋友或者未來老婆，只有齊溪。

齊溪覺得頭腦發暈，自己大學不談戀愛確實是對的，因為男人確實是念書工作上的絆腳石，自己剛才還一門心思投入在林琳這件事上思考方案，結果此刻和顧衍一對視，竟然有點色令智昏的錯覺。

這男的怎麼總是能這麼一本正經的摻雜私心！

齊溪有些色厲內荏地拍了顧衍一下，正在小打小鬧的時候，敲門聲傳來——林琳正好在家，顧衍一聯絡，她就逕自上樓來了。

齊溪整理了儀容，做出端莊職場麗人的姿態，然後才讓顧衍去開門。

才幾天不見，原本印象裡溫柔白淨的林琳，此刻臉色卻帶了點憔悴的蠟黃，眼神看起來也沒什麼神采，嘴唇都因為長久沒喝水有些乾裂了。

一看她這個模樣，齊溪心裡就難受了。

被曾經親密的人以隱私要脅，這需要承受多大的心理壓力形容才會如此憔悴不堪？

此刻，齊溪原本到嘴巴的話都不知道如何開口了，她下意識做了她覺得應該做的事——她輕輕地抱住了林琳，然後拍了拍她的背。

「沒關係的，別害怕。」

沒有過多的言辭和允諾，但只是這樣一個擁抱和安慰，林琳原本情緒緊繃的臉上終於露出了撐不下去的裂縫，她埋頭在齊溪的肩上哭了出來。

大概是情緒一直沒能得到宣洩，這一哭，林琳哭了將近半小時。

期間，齊溪也沒催對方，只是耐心地拍著對方的背，等對方情緒緩和。

林琳哭過以後，情緒看起來果真放鬆了一些，她用紅腫的眼睛看著齊溪，「對不起，給你們添麻煩了。」

齊溪抽了幾張紙巾給她，「沒關係的，妳遇到的事，其實很多女生也會遇到，但相信我們，一定能處理好。」

一提起這事，林琳的臉就黯淡了下來，「沒那麼容易……」她微微哽咽道：「他有很多我的把柄。」

把柄？指的是那些林琳背後吐槽同事老闆的聊天紀錄嗎？

齊溪看了顧衍一眼，剛想問顧衍能讓自己和林琳先單獨聊聊嗎，結果顧衍似有所感，他朝齊溪笑了下，非常有默契地讀懂了齊溪未盡的話語，非常自然道：「我去幫妳們準備點水果。」

顧衍一走，齊溪也沒藏著掖著，「林琳，妳到底遇到了什麼事，妳男朋友真的只掌握了妳的聊天紀錄嗎？」

很多人都會吐槽自己的同事和老闆，即便這些吐槽真的被前男友惡意公開，也完全達不到徹底摧毀人的地步，因為工作都是可以換的，大不了辭職走人，跳個槽重新來過。

如果對這份工作真的愛到不行不願意離職的，那或許可以趁機真誠地和被吐槽的同事上司談一談，把心結解開；要是被吐槽的人真的非常介意，那只要林琳自己厚臉皮，賴在公司也沒人能把她怎麼樣，何況能被人背後吐槽，說明這些同事或者上司平時為人處事裡確實有有問題的地方，說不定林琳還能成為其餘同事欽佩的對象呢。

不論哪一種情況，都遠遠好過被一個噁心的前男友以此拿捏著無止境地搓圓捏扁。

而林琳為此竟然還不願意報警，齊溪覺得，這個前男友手裡拿捏的，是不是遠遠不止林琳說的那些？還有別的？

齊溪看向了林琳的眼睛，「林琳，妳不要在意我得知以後會不會評價妳，我現在的身分是一個律師，不論妳做了什麼，我都不會用外界的道德三觀去評判妳，我只會在法律層面評價妳的行為，分析妳行為的風險。如果妳希望擺脫妳的前男友，那妳需要把所有真實的情況都告訴我們，否則我們沒辦法真正幫到妳。」

大概讀懂了齊溪表情裡的認真，林琳非常難堪地咬了咬嘴唇，有些遲疑，有些赧然，但掙扎許久後，最終她還是開了口：「他是我交往的第一個男朋友，當時不懂事，又是第一次戀愛，投入太多了，因為給了他太多第一次，總想一段戀愛談到結婚，結果……結果他和我在一起沒多久後，我就發現他在撩騷別人。」

齊溪心裡有了點猜測的雛形，她微微皺著眉，看向林琳，「所以妳……」

「所以我為了挽回，也找他吵了鬧了，結果他說，因為他工作是在金融圈，常常需要出差，所以也常常見不到我，他說他是正常男人，每次有那方面需求，我又不在身邊，他忍不住……」

林琳說到這裡，神色間充滿了懊喪，「所以我聽了他的話，一旦他出差，就拍一些私密影片給他，他要我擺出什麼姿勢做什麼動作，我都照做，只想著這樣能拴住他的心。」

林琳講到這裡，齊溪就全明白，她被如此威脅仍舊不能下定決心報警的原因，是因為她被前男友拿捏在手裡的，不光是吐槽上司同事的聊天紀錄那麼簡單。

齊溪的語氣嚴肅起來，「所以他現在拿這些影片威脅妳是嗎？」

林琳眼眶紅了，點了點頭，「是的。我和他認識交往的時候才大一，他當時就已經工作了，比我大五歲，比我成熟很多，我之前太戀愛腦了，後面進了社會，接觸了更多的人和事，漸漸冷靜下來，知道他這樣的人並不適合我。他自己在金融圈工作，但做事上的三觀和我都合不來，比如他會利用做項目出差的機會，虛假報銷，然後為了拉專案和投資，就總會請那些合作夥伴去KTV或者高級會所之類擦邊球的地方，而且他真的很喜歡撩騷，感覺是刻在骨子裡的，改不掉。」

說到這裡，齊溪也猜到了，「所以妳提了分手？」

「是的，一開始他倒是爽快地同意了，因為他從事金融工作，算是高收入人群，不缺能填補他空窗期的女生。只是沒想到，分手後沒過多久，他假公濟私虛假報銷的事被同事檢舉了，也是那個時候，他之前帶的專案也出了問題，業績也不好，正好屆臨和他們公司勞動合約到期，公司人事做出了到期不續約的決定，把他開除了，他一下子沒了工作，還貼給了公司之前虛假報銷套現的錢，之前和他撩騷的幾個女的也都跑了，他就回頭想起了我。」

講到這裡，林琳的情緒有些忍不住，眼淚啪嗒啪嗒掉了下來，「我和他分手後雖然也痛苦了一陣子，但他再來聯絡我的時候，其實我已經走出來了，當時因為工作原因，結識了新的男生，對我很好，很尊重我，人也非常專一溫柔，這個男生當時剛和我表白，我們剛在一起，沒想到這時候，我那個前男友找上了門。」

齊溪聽到這裡，除了對林琳的同情外，就是對她那個垃圾前男友的憤怒，「他拿著妳以前拍攝的那些私密照片和影片威脅妳？」

林琳點了點頭，「是的，他說從我社群主頁上看到我開始新的感情了，說他放不下我，要和我復合，我拒絕了，沒想到之後他就拿著那些私密的照片影片還有以往的聊天紀錄威脅我，如果我不同意復合，他就把這些都傳給我現在的男朋友，看他還要不要我。」

竟然是這種人渣！

林琳講到這裡，已經淚如雨下，「我現任男友人真的非常非常好，家裡雖然不是大富大貴，但是是高知識分子家庭出來的，父母也都很溫婉，我實在不希望我以前的這些醜事被曝光到他們面前，也不想看到他得知這一切後對我露出厭惡的樣子，有我前男友手裡捏著那些東西從中作梗，我和現任男友已經不可能有未來了，我想著既然這樣，還不如體面地從他的世界離開，所以不顧對方的挽留，堅決提了分手。」

「我以為前男友只是因為失業了各種不順利，看到我工作和感情生活都上了正軌心裡不平衡，只要我和現男友分手了就好了，但沒想到他的威脅開始升級了，他說我拒絕復合也沒事，但是要陪他最後一次，只要陪了最後一次，他就和我兩不相欠了。」

怎麼可能會是最後一次呢？

身處事件中心的林琳可能因為慌亂對前男友的話信以為真，但作為旁觀者的齊溪，幾乎是聽到這裡就可以確信，有一就有二，只要妳軟弱了一次，對方就一定會得寸進尺。

果不其然，林琳接著的陳述已經快要泣不成聲，「可我沒想到，他像個無底洞，一次以後又要第二次，只要他想要了，他就故態復萌用我的隱私要脅，如果不和他去開房，他就要傳給我的爸爸媽媽還有同事親戚，就這樣，一次又一次，一開始只是開房，後面他連開房的錢也要我付，開完房還要我給他錢去吃喝玩樂，把我當成是免費的性招待和提款機。」

「我因為這件事，每天失眠精神恍惚，得了重度憂鬱症，告訴顧衍也是陰差陽錯，除了之前被前男友騷擾在業主群組裡求助，正好顧衍順路陪我一起回去外，有一次站在社區樓頂的天臺上一念衝動想要跳樓自殺，也被正好上天臺散心的顧衍撞見救了下來，我才和他掐頭去尾地說了這件事。」

原來如此，所以才有了林琳向顧衍求助的這些事。但顧衍畢竟是男生，林琳為了前男友拍攝私密影片和大尺度照片這件事，她恐怕不好意思向顧衍和盤托出，因此顧衍也僅僅以為林琳被前男友拿捏著的只有一些私人聊天紀錄。

林琳抹了抹眼淚，「我理智上也知道要報警，可他手裡捏著那些東西，我怕魚死網破之下，他把這些都公開出來，那我也真的不想活了。」

原本齊溪還不能理解林琳不報警的行為，聽到這裡，她全都明白了。

在這個社會裡，作為一個女生，往往被付諸更強烈的道德義務和清白義務，所有豔照事件裡，亦或者是出軌事件裡，男性總是比女性更容易全身而退，甚至還有人會以豔羨的語氣談及事件中的男性，但留給女性的只有無窮無盡不翻篇的嘲笑和侮辱。

林琳的顧慮齊溪完全能夠理解。

但……

「妳如果不主動出擊，就會被妳前男友當成軟弱可欺，人的惡劣品行是有慣性的，恐怕他現在覺得妳滿足他的一切要求都是理所當然的。那妳想一輩子被這個人渣捆綁住以至於束手束腳嗎？想以後只要遇到一個好男生，就礙於這個恐怖的前男友，就不得不分手嗎？直到自己的人生都毀掉？」

齊溪的語氣是難得的嚴肅，「而且妳要相信現在警方的辦案能力，妳前男友的行為涉及到嚴重的敲詐勒索，而利用妳的隱私威脅妳發生關係，這就是強姦罪，違背女性的主觀意願強行發生關係，不論他是陌生人，還是妳的現男友前男友，這都叫強姦！一旦妳報警，警方查證後介入，就是刑事犯罪，數罪並罰，這是要交給檢察院公訴的，他在妳面前再橫行霸道，也強不過國家公權力。」

齊溪一番話可以說推心置腹，她跟林琳分析了事情的利弊得失，「妳想的可能是息事寧人，可他的胃口早就被養大了，永遠沒有滿足的那一天，妳自己想想，他每次向妳提過分要求時，一定保證說是最後一次，可是不是每一次後，都有下次？」

這話大概說到了林琳的心坎上，她經歷了太多太多這樣的下一次，好不容易以為生活終於有出口了，結果走到盡頭，才發現此路不通，那些違背她意願的事好像無窮無盡，也是為此，她才罹患了重度憂鬱。

雖然林琳的決斷只差臨門一腳，她還是有諸多顧慮，「但一旦上升到刑事層面，我的家人……還有他……可能都會知道這些事……我很害怕，我怕事情不好收場。」

聽到這裡，齊溪心裡也有了計較。

林琳實際內心是想報警與前男友做個決斷的，但讓她如此猶豫不決的，並不是不敢直面前男友，而是不敢直面自己過去因為疏忽和過分天真犯下的錯誤。

「與其永遠擔憂妳的前男友什麼時候曝光妳的過去，不如妳自己正視這件事，過去年紀還小的妳，因為不懂事犯了錯聽信了不該信的人，拍了一些私密影片，被對方拿捏了把柄，與其每每被對方威脅，妳不如直接報警。」

「做任何事，本來也都是要承擔後果的。」齊溪遞上了紙巾給林琳，「林琳，過去做錯了沒有關係，但不能放任這個錯誤越變越大。過去為了挽救和前男友的感情而把自己變得卑微，沒能好好愛自己的妳，做了傻事，親手把那些能傷害到妳的影片交到了人渣手裡，那我們現在就一起糾正它。」

齊溪循循善誘道：「即便妳現在為了掩蓋這些事，滿足妳前男友一切要求，總有一天，妳也會難以支撐，現在他跟妳要十幾萬，未來呢？未來可能是幾十萬、幾百萬，甚至上千萬，妳總有滿足不了的一天，到時他還是會選擇把這些過去曝光出來，那時候對妳造成的傷害已經像是日積月累滾大的雪球，只會更難讓人招架了。」

林琳還有些猶豫，「可萬一進入法律程序後大家知道……」

齊溪盯著林琳的眼睛，「我知道妳在擔心什麼，可妳的父母，就算知道這些事，只會心疼妳，而不是責備妳；而那位妳喜歡卻被迫和他分手的男生……」

齊溪喊了顧衍的名字。

沒多久，顧衍就推開了門，他端了水果進來，顯然在門外等待齊溪的指令已久。

齊溪看了林琳一眼，然後看向顧衍，「顧衍，假設，我舉個不恰當的例子，假設我在遇到你之前，做了很差勁的事，你得知後，會選擇離開我嗎？會責怪我嗎？」

顧衍愣了愣，顯然還有些沒跟上齊溪的節奏，他問道：「妳做了什麼事？違法了嗎？」

「那沒有，只是道德上來講，是不太恰當的，比如……」齊溪一時之間也想不出適合的類比來，「比如在不知情的情況下做了第三者？」

雖然只是假設，但顧衍的神色果然還是嚴峻了起來，搞得齊溪甚至有些忐忑。

「齊溪，我不會責怪妳。」然而顧衍溫和鎮定的聲音很快驅散了齊溪心裡的那點不安和緊張，他沉聲道：「我只會責怪自己，怪自己不夠早遇到妳，怪自己沒能更早的保護好妳，才讓妳遭到這樣的事。這根本不是妳的錯。」

雖然並不明白齊溪突如其來這個問題的含義，然而當林琳開始放聲痛哭時，顧衍也終於反應過來了一點，他看向了齊溪，而齊溪對他點了點頭，雖然沒有說上話，但齊溪確信，顧衍已經從自己的眼神裡猜出了大概。

在林琳漫長的哭聲裡，齊溪一直陪伴著她，安撫著她，「妳看，林琳，並不是所有男生，都會認定有些事是女生的錯，妳那麼懼怕妳喜歡的男生知道，甚至為此直接喊停了這段感情，是不是對他不公平？因為妳預設了他的反應，覺得他會為此歧視鄙夷妳。但說不定他的反應和顧衍是一樣的，不僅不覺得妳有錯，反而會心疼妳，堅定地站在妳的身邊，陪伴妳走過最黑暗的路。」

「如果真的是如妳所說那樣溫柔善良的人，在得知這些後，是不會怪罪妳的。只會覺得是他自己沒能保護好妳，會更想對妳好。」

齊溪溫和地笑了笑，「如果他因為得知這些就遠離妳，那又怎麼和妳走過未來更長的人生？真正的愛人不僅能同甘，也要能共苦，生活從來不是一帆風順。如果他不能接受，那你們的分開，妳也不會再遺憾了，也算給自己一個交代，也是對這段感情有一個交代。所以妳做妳應該做的事，去報警，其餘的事交給時間，時間都會有答案。」

齊溪講到這裡，朝林琳眨了眨眼，「何況，現在警察局、檢察院、法院工作人員的素質都非常高，辦理妳這樣的案子，也非常有人文關懷，進入法律流程後，也未必會產生這件事擴大影響的後果，警察局、檢察院、法院的團隊裡，現在有大量優秀的女性工作人員，像妳這樣涉及到女性隱私的，完全可以要求由更容易同理妳的女性工作人員對接。」

以上所說的確實都是事實，但齊溪也不想騙林琳，好的方面說完，壞的方面，她希望林琳也能有個準備。

因此，齊溪坦誠道：「只是進入法律流程，尤其是進入公訴，後期確實會面臨妳的至親多少得知的可能性，我希望妳報警前還是能為此做好準備。但我想告訴妳的是，妳的至親至愛，永遠不可能站到加害人的立場，只會堅定地站在妳的身後。」

在齊溪和顧衍包容和溫和的勸說裡，林琳終於止住了哭聲。

一改此前的猶豫和糾結，此刻她的臉上，終於露出了堅毅，她看向了齊溪，「謝謝你們。」

「我要報警。」

最後是齊溪和顧衍一起陪同林琳去報案，對接人確實是女警員，非常溫柔耐心，像個鄰家的大姐姐，一點也沒有讓林琳難堪。

等整個筆錄完成，齊溪和顧衍從派出所出來，計畫把林琳再安全送回，林琳看了馬路對面一眼，拒絕了齊溪和顧衍的提議。

她赧然道：「已經很麻煩你們兩個了，你們去忙自己的事吧。」

顧衍看了齊溪一眼，還是很堅持，「還是我們送妳吧，妳那個前男友說不定又在哪個路口等妳，等他被採取強制措施之前，我覺得妳最好還是不要一個人行動，怕他過激之下真的做出暴力行為。」

顧衍顯然是真的不放心林琳，還試圖說服對方這段時間一定要警惕注意，但齊溪望了馬路對面一眼，突然有些了然，她拉了拉顧衍的衣袖，然後朝他使了個眼色，顧衍愣了愣，隨即循著齊溪的眼神也朝馬路對面看了過去。

一個身穿西裝戴著眼鏡，看起來文質彬彬，但臉上充滿焦急的男人正站在那裡，這男人像是在找什麼人，正在東張西望，模樣很急切，然後齊溪看著對方拿出了手機，撥打了誰的電話。

果不其然，幾乎是同時，林琳的手機響了起來，齊溪看到，在她的手機備註裡，打來電話的人顯示的名字是一個愛心圖案。

林琳有些愣神，她看了馬路對面一眼，又呆呆地看了手機一眼，像是還不能相信這一切是真的，有些不安和緊張地攪著手指，手足無措不知道該怎麼做，都有些呆呆的，直到齊溪實在看不下去，「接呀！」

林琳這才手忙腳亂地接起了電話。

齊溪和顧衍自動迴避稍微走遠離了林琳，隔著距離，他們聽不到林琳在說什麼，只能間或聽到她略帶哽咽和鼻音的「嗯」，像是在答應著對面什麼。

而馬路對面的男人也很快看到了林琳，他掛了電話，快步朝林琳走來，然後他越過馬路，走到林琳面前，表情嚴肅一言不發，只是把林琳拖進了懷裡。

報警和做筆錄的時候，雖然需要回憶那些遭到脅迫的細節，多少有點二次傷害，林琳整張臉都很蒼白，但過程非常堅強勇敢，她沒有情緒崩潰，沒有哭，只是有些顫抖地把前男友的罪行和盤托出。

然而整個報警過程裡都堅持下來的林琳，此刻被男人抱著，卻忍不住哭了出來。

不用說明，齊溪也知道了來人的身分，恐怕就是那位林琳喜歡但迫於前男友威脅而選擇分手的男生。

「我在出發去報警的路上，可能也是衝動之下，做了個決定，我打了一則很長很長的訊息給他，說明了前因後果，告訴他我之前做錯了事，愛錯了人，向他道歉，也為之前沒有理由的分手做出了解釋，我想告訴他，就算他為了這件事看不起我遠離我，但我分手，從來都是被迫的，我心裡一直愛他，希望對這段感情至少有個好好的告別，也祝他未來能幸福。」

半小時後，林琳坐在派出所附近的咖啡廳裡，向齊溪和顧衍坦承了此前衝動的行為，她的臉上是羞赧和劫後餘生般的動容，「真的，謝謝你們，如果沒有你們那麼勸我，我不會有主動面對這件事的勇氣。」

她說話的時候，她喜歡的男生全程緊緊握住她的手，雖然沉默，但一直堅定地陪在她身邊。

不用言語，齊溪已經知道，自己沒有推測錯這個男生，他是值得林琳信任和依靠的。既然齊溪和顧衍已經陪著林琳走過報警這最難的一步，那接下來的一路，隨著公權力介入，有林琳身邊那位男生陪伴就足夠了。

齊溪和顧衍向林琳兩人告別後走出咖啡館，突然覺得今天的太陽彷彿都更晴朗了一點。

她伸了個懶腰，「林琳找了個很好的男朋友啊，這男生一看就很沉穩，也很溫柔。」

「哦。」

「而且你注意到沒有，在咖啡廳裡，他一隻手全程都和林琳的手十指緊扣，就讓人覺得他們好配啊……」

齊溪本來還想說點祝福誇讚的話，然後手上突然被顧衍拉了一把。

她還沒反應過來，顧衍就拉著她的手和她十指緊扣起來。

這男人手上一連串小動作，但臉上完全波瀾不驚，可惜嘴好像鬧了獨立革命，都不用齊溪拷打，就自發地洩露出了主人內心的情緒。

「人家找了個很好的男朋友，妳找的也不比人家差。」

顧衍的聲音一本正經，像是在說法律意見一樣鎮定自若，他看了和齊溪緊扣的雙手一眼，「我看我們也挺配的。」

齊溪忍不住笑了下，也有些臉紅，她有些想掙脫顧衍的手，「感覺人家都在看……」

可惜顧衍並沒鬆手，「妳那麼慌幹什麼，妳這麼緊張，別人才會覺得奇怪。」

不過兩人走到競合所樓下，顧衍還是聽話地鬆開了齊溪的手。

雖然戀愛是談上了，此前也喊著個人頁面上要給顧衍名分，但理智回籠一想，齊溪覺得既然算是辦公室戀情，就還是別太高調為好，何況頂頭上司還是顧衍的姊姊……

齊溪覺得告知顧雪涵自己還需要一些心理建設。

顧衍對此的態度非常配合：「那就等妳準備好。」

這樣的態度，反倒讓齊溪有點意外了，「你不怕我是渣女，不對外公布你的名分，然後偷偷摸摸再去相親或者認識別人什麼的？」

「那不可能。」顧衍笑了下，然後他湊近齊溪的耳朵，像是不好意思一樣，壓低聲音輕輕道：「我挺黏人的。妳不可能還有別的時間了。」

這男人說完，大概也覺得有點不好意思，移開了臉，目視前方，彷彿剛才說黏人的不是他。

然而顧衍臉上和耳根的微紅還是洩露了真實情緒。

他在害羞。

齊溪突然想起之前彩排的普及法律小影片，這一刻，她比任何時候都能代入女惡霸的心理。在進競合所辦公大樓之前，她飛快地衝上前親了顧衍的臉頰一下，成功看著對方的臉和耳朵在錯愕裡變得更紅，然後惡劣地又朝顧衍飛了個吻，然後像個狐狸一樣先行竄進電梯間了。

只是齊溪沒想到，她和顧衍走進競合所的時候會直接撞見顧雪涵。

對方見了他們，也愣了下，「你們不多休息一下？」顧雪涵狐疑地看向了顧衍，「早上的時候不是和我說昨晚你們去聚會吃壞東西了？這麼快就來上班了？」

顧雪涵皺著眉，看了顧衍的臉一眼，「你臉紅成這樣，不是腸胃炎導致發燒了吧？」

顧衍咳了咳，有點不自然，「哦，我沒事，想著所裡可能有事，我們都不來不行。」

顧雪涵還覺得有點奇怪，但她像是趕著出去開什麼會或庭，也沒再追問什麼，「律協之前開了律師職業道德年度會議，等等所裡會開個全體大會，一來做一下案例學習分享，二來傳達一下律協的精神，正好我沒空，你們兩個沒什麼事的話去參加一下。」

顧雪涵說完，就離開了，剩下齊溪鬆了一口氣。

她和顧衍對視了一眼，然後都飛快移開了視線，彼此佯裝鎮定地回到座位上。

還是原來的工作內容，還是原來的辦公場所，甚至連身邊的顧衍也沒有變，但齊溪就是覺得一切都變了。

她變得有點心猿意馬，不斷偷偷瞥向顧衍，然而顧衍想的好像也是如此，因為兩個人的目光總是能偷偷瞟到一起，然後像是觸電般飛快移開。

齊溪氣鼓鼓地想，難怪那麼多公司禁止辦公室戀情，顧衍這樣的紅顏禍水在身邊，根本沒辦法安心工作。

好在下午沒什麼工作要忙，沒多久，行政部就通知開全體學習會了。

競合的這類學習會，算是定期的習慣，通常每期第一部分議程是由合夥人輪流選定法律主題，針對一些疑難或者有探討意義的案件，進行實習律師的交流探討；第二部分議程則是趁著全體學習會，順帶傳達重申下律師的職業道德，強調下怎麼處理和當事人之間的交往分寸，屬於老生常談，一般會由對接律協的同事代為傳達一下律協精神，接著便是例行觀看律協的律師職業道德宣傳片。

齊溪和顧衍進會議室的時候已經算晚了，只剩下會議桌最角落的兩個座位，兩人沒得挑，逕自坐下了。

案例探討會很快就開始了，競合所的案例探討會有點像模擬庭審，會選出原告和被告兩方，針對案情進行模擬辯論。

齊溪抽了籤，結果和顧衍成為了對壘的原被告代理人。

這次需要模擬的是個複雜的股權轉讓糾紛案，原被告代理人分別會有兩人，齊溪和另一個團隊的男律師成了搭檔，顧衍則和所裡另一位女同事做了搭檔。

案情雖然複雜，但齊溪提煉了一下要點，覺得她作為原告方的律師，「勝訴」的機率比較大，只是等準備好自信地上場，「被告」律師卻比她想得更難纏。

自然，難纏的並不是那位女同事，而是顧衍。

齊溪只要另闢蹊徑提出一個新想法，作為「被告」律師的顧衍就能巧舌如簧地用各種名目把「被告方」的過錯合理化，從各個層面緊咬不放質疑齊溪的證據效力，用盡一切辦法否認事實。

歷來所裡的模擬辯論賽，一來是給大家練手的，二來則是另類的「團隊活動」，讓不同同事之間打破團隊能夠合作或者競爭，沒什麼是比在工作中互相了解彼此更容易建立信任感的了。

因此這類模擬辯論賽更偏向友誼性質，歷來都沒有多劍拔弩張成這次這樣。齊溪的搭檔很快笑著點到為止，顧衍的女搭檔也不再緊追不捨，但齊溪和顧衍都沒有就此停止。

雖然也知道就是場練習賽，可看著顧衍認真的樣子，齊溪不服輸的倔強也被激發了，她卯足了勁和顧衍唇槍舌劍你來我往，全情投入，根本忘記了顧衍是自己男朋友這件事了，一進入到原被告代理方對立的身分裡，齊溪腦海裡只剩下和顧衍拚個你死我活，顧衍顯然也是如此，一點都不讓步，頗有種輸了女朋友也要贏了「庭審」的氣勢。

一場友誼賽，最後被齊溪和顧衍打出了血海深仇的氣場，以至於原本點到為止很快能結束的模擬庭審，延長了整整半小時才結束，而且還沒分出勝負，齊溪和顧衍打了個平手，因為時間問題被此次主辦會議的人事部女同事叫停了——

「你們兩位如果沒盡興，等會議結束後私下找個時間再切磋。」這位人事部女同事看了齊溪和顧衍一眼，「時間有限，我們先進入下一個議程。」

雖然還是沒分出誰勝訴，但確實不應該占用集體的時間再辯論下去，齊溪沒說什麼，點頭走下了臺，而顧衍也是同樣。

等會議室裡放起律師職業道德宣傳片，齊溪才推門去了下洗手間，結果挺巧，竟然撞見了人事部女同事，她見了齊溪，也是愣了愣，兩個人一起在水槽前洗手，自然要客套地聊兩句。

齊溪和對方聊了個正在連載的漫畫，發現竟然是同好，瞬間真情實感地聊上了。

「對了，齊溪，妳和顧衍的關係是不是不太好啊？」臨走之前，人事部女同事終於像是忍不住了，「按理說你們是同一個團隊的，感情應該不錯才是，但剛才你們那麼劍拔弩張的，關係看起來真的很緊張的樣子。」

對方有些擔憂地看向齊溪，「妳現在在顧律師的團隊，顧衍又是顧律師的親弟弟，是不是在案源分攤上和顧衍有什麼矛盾啊？有發生顧律師偏袒顧衍的事情嗎？如果真的和顧衍相處不來，妳也可以找我們人事部老大反應，看看能不能把妳調到別的團隊去……」

齊溪愣了愣，才有些失笑，她解釋道：「沒有啦，我在顧律師的團隊很開心，和顧衍相處也很好，顧律師也從沒有偏袒的行為發生。」她澄清道：「只是可能我和顧衍都較真了一點。」

雖然還有些狐疑，但人事部女同事還是點了點頭，「那就好，總之如果在工作裡有關於同事和上級人事方面的問題，可以隨時和我們聯絡哦。」

齊溪真心實意地向對方道了謝，才回到了會議室。

此時會議室內還在播放宣傳片，而顧衍正襟危坐像是認真在聽。

剛才辯論時，除了必要的眼神對視，其餘時間顧衍都對齊溪表現出了非常嚴肅正經的非禮勿視，甚至大概為了避嫌，他對齊溪表現出了一種比平時更不近人情的冷若冰霜，如今也是如此，也難怪剛才人事部女同事會誤解。

齊溪沒忍住，她拿起手機，傳了訊息給顧衍。

『你好凶哦。』

齊溪想了想，又偷偷瞥了正目不斜視看宣傳片的顧衍一眼，繼續打字道：『對女朋友都這樣趕盡殺絕。』

『我還以為你會讓讓我呢。』

『你超凶的，人事部姐姐都以為你和我關係緊張合不來呢。』

『而且辯論的時候怎麼都不看看我！』

齊溪並不是真的想讓顧衍放水，她內心反而覺得顧衍和自己都發揮真實水準好好切磋一下才暢快，只是雖然在事務所不公開低調處理是齊溪的決定，但真的看到顧衍如今這一副好像置身事外與自己完全無關的模樣，齊溪心裡又覺得酸酸澀澀的。規矩是自己定的，結果自己第一個帶頭嫌棄顧衍犯規。

齊溪也沒想責備顧衍或者真的藉著女朋友的身分得到什麼偏袒優待，只是……

只是想讓顧衍哄哄自己。

雖然只是傳幾則訊息，沒有任何人會發現，但和顧衍一起坐在眾多同事都在的會議室裡，這感覺就很奇妙，頗有種……有種偷情的刺激感？

齊溪因為這不恰當的聯想，瞬間覺得臉都有些燒起來。

顧衍因為頻繁的訊息提醒，微微皺著眉解鎖了手機。

齊溪以為顧衍看到後會立刻看向自己，或者馬上回覆。

結果這男人看完後，竟然就一本正經地把手機放回去了，不僅沒有看齊溪，也沒有回覆。

？？？

齊溪有點納悶了。

照道理來說，自己和顧衍應該還算是熱戀期，怎麼這男的就這樣了？自己都在他面前呢，看也不看理也不理。

會議室裡的宣傳片正放到大談律師不應該收取當事人好處的部分，這算是老生常談的例行教育，齊溪環顧四周，會議室裡的其餘同事果然都有些昏昏欲睡或是在走神或者是在看手機，甚至還有在偷偷改合約的……

既然這樣……

齊溪的心怦怦地跳著，她也知道最好不要，但還是忍不住。心裡像住了理智和衝動兩個小人，而衝動惡劣的那一個占了上風。

鬼使神差的，齊溪悄悄地往顧衍那邊靠了靠，然後藉著會議桌的遮掩，她的腿輕輕靠近了顧衍的，在會議桌下生澀而刻意地蹭了蹭顧衍的腿。

齊溪在很多影視劇裡看過，壞女人一般都這樣勾引男人。

招數大概真的有效，顧衍這次果然看她了，可惜完全沒有影視劇裡演的那種對她來一眼心照不宣和曖昧叢生，這男人只是面無表情地看了齊溪一眼，然後就繼續目不斜視盯著宣傳片螢幕，繼而避開了齊溪的腳，把自己的身體往另一邊側了側。

「……」

齊溪簡直無語了。

這破宣傳片有什麼好看的，每年都會變著法看一遍，以顧衍的記憶力恐怕都能倒背臺詞了，大家集中觀影都是走個流程的，結果顧衍還真心實意認真看了！

齊溪心裡有點失落和挫敗，小說裡不都寫了嗎，剛熱戀的時候，看對方一眼都像是過電一樣，結果到了自己這裡……是自己太沒有魅力了嗎……

剛在一起原本就帶了點不真實的感覺，如今因為顧衍這樣的態度，齊溪內心竟然有些患得患失。

她也努力集中精力去看宣傳片，然而心裡還是氣鼓鼓的，又有些委屈，大概是有些恍惚，她拿起手機想要放好的時候，一個不當心，手機就從手裡滑脫，滾落到了會議桌的下面。

齊溪沒有想什麼，下意識便彎腰去撿，而也是同時，顧衍也從椅子起身，半蹲下來，像是也要幫齊溪撿，齊溪先行撿起了手機，而顧衍慢一拍，他按在了齊溪撿起手機的手上。

齊溪拿到手機就下意識要直起身，然而那隻手被顧衍按住了。

齊溪維持這樣彎腰的姿勢有些累，剛想開口，嘴唇剛剛輕輕開合，嘴上就傳來了溫熱的觸感。

顧衍親了她。

競合這個會議室的會議桌有前擋板，而顧衍半蹲著，齊溪則彎著腰，兩個人又坐在最後面沒有別人的角落裡，會議桌的高度阻隔了外界的視線，遮蓋了兩個人的身形。

顧衍把齊溪從椅子上拽了下來，把她一起拉到了會議桌的下面，然後他按住齊溪的脖頸，溫柔但也十分強勢地把她的臉往下壓，壓向他的嘴唇。

在所有人看不到的會議桌下面，顧衍又親了齊溪一次。

明明會議室裡有這麼多同事，顧衍卻親得相當肆無忌憚，齊溪體會到占有欲、強勢和侵略性，她覺得自己宛若一座無力抵抗被顧衍攻城掠地就地正法的城池。

因為緊張因為擔心被發現，齊溪的心跳簡直快到離譜，被顧衍親吻的刺激和甜蜜混雜著偷偷摸摸害怕被抓包的惶恐，讓和顧衍之間的第一次親吻變得狼狽倉促但又回味無窮，每個細節都讓人無法忘懷。

因為顧衍，整個會議室好像變成了兩個世界。

明亮的是看得見的眾人都在聽律師職業道德宣講的那個世界。

而在晦暗不明的地下世界裡，被人事部誤認為有仇的兩個人正在放肆親吻。

其實這並不是一個多綿長的吻，顧衍很快放開了齊溪，抵著她的額頭，聲音沙啞低沉地警告：「別胡鬧。」

然後這男人把手機重新放回到齊溪的手裡，狀若無事發生般重新起身，坐回了座位上，留下齊溪有些手腳發軟地慢慢直起身體。

齊溪的頭腦裡像是被投擲了一枚原子彈，此刻充滿了爆炸後的後遺症，整個大腦裡嗡嗡嗡的，隔了很久很久，她才彷彿能找回自己的五感。

顧衍那句「別胡鬧」彷彿還在她的耳畔迴蕩。

什麼胡鬧啊，齊溪感覺整個人燒得快要冒熱氣，明明不是自己胡鬧，是顧衍胡鬧。

這裡可是競合的會議室啊！

因為赧然和一點點惱羞成怒，齊溪又拿出了手機，她要質問質問顧衍，這都什麼意思，剛才還對自己愛理不理的，結果在會議桌下面偷襲，這是齊溪的初吻啊，就這麼猝不及防完成了第一次親吻。

只是齊溪剛解鎖手機，還沒來得及傳訊息，就發現顧衍不知道什麼時候已經回覆了她剛才的質問——

『傻子，看了妳，喜歡妳這件事就藏不住了。』

『因為太喜歡妳，想和妳裝成普通同事的樣子都覺得很難，只要看妳，只要和妳說話，就會忍不住，所以只能矯枉過正裝得冷淡一點了。』

『妳別胡鬧了，先離我遠一點。我自制力沒妳想的那麼好。』

齊溪看了顧衍一眼，此刻這男人身體又再次傾斜向了另一側，彷彿是為了實踐離齊溪遠一點，臉上的表情一本正經，彷彿剛才把齊溪拉到桌子底下親的人不是他。

齊溪覺得難以形容自己此刻的情緒，她的心像是分成了兩半，一半是急速跳動的怦然心動和緊張，一半是逐漸變得安心又溫柔的安定感和確定感。

顧衍喜歡她。

而她也真的好喜歡好喜歡顧衍啊。

因為臨近聖誕，競合所裡迎來了第一波淡季——大部分海外客戶和外資企業客戶都放聖誕假了，又快到新年，大家手裡的活普遍寬鬆了起來，都帶了點休閒的感覺。

趙依然也終於忙完了她們法院裡的案子，算是得了個空檔。

下班的時候，齊溪接到了趙依然興奮的電話：『齊溪，晚上來看電影嗎？最新上映的那個奇幻片《乘龍》，我們庭長為了犒勞我們之前加班，自掏腰包包場，還可以帶家屬，之前統計過名單，現在臨時有四五個同事來不了，場子很空，妳來不來？』

齊溪看了顧衍一眼，《乘龍》據說特效效果拉滿，是最近的熱播片，電影院都快爆滿到一票難求了，齊溪原本今晚就想去看這個，奈何發現附近電影院黃金時段的票都賣完了，才計畫和顧衍改為去逛街，如今接到了趙依然的電話，齊溪就有些蠢蠢欲動了。

她拽了拽顧衍的袖子，「去吧好不好？晚上去看這個嘛，他們庭長包場了。」

顧衍看起來有些無奈，「我什麼時候對妳說過不好？」

「那就這麼愉快地決定了！」

齊溪很快回覆了趙依然，並且表示要帶上顧衍。

大約因為顧衍和齊溪既是同學又是同事，趙依然根本沒多想什麼，欣然應允。

齊溪便和顧衍匆匆吃了頓晚飯後趕去電影院，他們到的時候電影已經開始放映片頭了，齊溪來不及找趙依然，只能先和顧衍摸黑找了個座位坐下，好在因為是包場，整個場裡人並不多。

不得不說，《乘龍》能得到這麼高的口碑，拍攝品質確實很高，只是……

只是齊溪根本無心觀影。

因為在黑暗的掩映中，顧衍的手握住了齊溪的。

黑暗放大了感官的敏銳，顧衍的皮膚尚且帶了戶外的冷意，像是蜿蜒的美女蛇，帶了誘惑，緩慢地爬上齊溪的皮膚，然而齊溪感覺不到害怕，她也感覺不到放映廳內的音效，自己好像進入了一個只有自己和顧衍的真空地帶，除了心裡那怦怦直跳的聲音，以及手上顧衍的手觸碰帶來的觸感，別的好像什麼也感覺不到了。

黑暗裡，顧衍的小動作很多，他先是摸了下齊溪的手背，然後開始描摹她的每一根手指，像是對待什麼珍品一般細細把玩了一番，這男人才終於把自己的手指嵌入到齊溪手指的縫隙裡，最終成了一個十指相扣的姿勢。

就著放映廳裡昏暗的燈光，齊溪朝顧衍看去，明明手上的小動作很多，但顧衍的臉上是一派正經鎮定的自然，彷彿他真的在認真看電影，根本沒有在意坐在身邊的齊溪。

被弄得面紅耳赤手腳發軟的齊溪反而像在演什麼獨角戲。

這就很不公平。

《乘龍》的畫面這麼美，打鬥場面也這麼精彩，結果自己就因為顧衍心猿意馬看不進去，這合適嗎？

不合適。

齊溪賭氣地想了想，覺得不能自己一個人看不進去，得拉顧衍一起下水。

齊溪不甘示弱的，趁著黑暗的掩護，也開始了她的小動作，她從顧衍的手裡掙脫了一點，然後輕輕撓了一下顧衍的手心。

果不其然，幾乎是瞬間，顧衍的手就繃住了，他像被打得措手不及，整個人愣了下，然後顧衍的手想抓齊溪的手，他失去了剛才佯裝的平靜，側頭看了齊溪一眼，開始想要鎮壓齊溪黑暗裡的小動作。

可惜齊溪不可能順從，她不僅沒停下，還變著法開始觸碰顧衍的手心。

她倒要看看，顧衍能鎮定到什麼時候？

齊溪這邊正玩得不亦樂乎，結果顧衍像是忍無可忍般最終抽走了手，齊溪還想繼續追，結果顧衍的手就壓了下來，他的手按住齊溪那隻作亂的手，昏暗的放映廳裡讓人看不清顧衍臉上的表情，齊溪只能看清他的輪廓以及他往下壓時眼前被遮住的光影。

在《乘龍》播放到打鬥最高潮的時候，顧衍在燈光晦暗不明的放映廳裡，壓著齊溪吻了起來。

因為接吻，他的聲音變得有一些含糊，但似乎一邊吻著齊溪，顧衍也要一邊控訴她剛才的過分行為，然後合理化自己此刻的侵略行徑。

「都和妳說了，我沒那麼好的自制力。」

顧衍啄吻著齊溪的嘴唇，片刻後，才依依不捨般地放開了齊溪。

周圍觀影的人都津津有味地盯著電影裡跌宕起伏的劇情，唯獨齊溪覺得自己因為那個吻而變得魂不守舍格格不入。

她咬了咬嘴唇，顧衍觸碰的感覺彷彿還在，壓低聲音悶悶道：「你做這種事怎麼這麼熟練，都……都不會不好意思嗎！」

齊溪埋怨顧衍並沒有指望得到顧衍的回覆，然而她急速跳動的心跳還沒恢復正常，顧衍便又湊近齊溪的耳畔，用很低帶了點沙啞但很性感的聲音輕聲回答了她的問題。

「以前就想過這樣做。」

他親了齊溪的耳垂一下，像是也有些害羞的樣子，「像做夢一樣。」

因為在放映廳，顧衍的聲音壓得很低，他的聲線仍是平穩的，然而齊溪總覺得和過去都不一樣了，顧衍的聲線末尾帶著像是要溢出來的甜蜜和幸福，無端讓聽的人也感染到情緒，心境變得平和而快樂，而作為這種甜蜜情緒接收方的齊溪，則覺得幸福之餘有更多心動的感覺。

原來戀愛是這樣的。

原來喜歡一個人是這樣的。

齊溪一方面覺得快樂而幸運，一方面又覺得惋惜。她以往從沒覺得大學期間沒有談戀愛，把時間都貢獻給念書並沒有什麼太過遺憾的，但這一刻卻真切地有些後悔起來——如果和顧衍大學時候就在一起，是不是……

是不是就能贏過顧衍當第一名了！

齊溪想到這裡，偷偷看了顧衍一眼，開始分析起如果大學就和顧衍在一起，然後用美人計給顧衍大灌迷魂湯，讓顧衍沉迷溫柔鄉，最後不思進取只能考第二名的可能性……

但……

但顧衍的男色齊溪覺得自己也有點受用，所以如果真的大學就談起戀愛，也可能雙雙都變成大學裡的學渣了……

這麼一想，齊溪覺得大學裡還是存天理滅人欲好好念書無心戀愛比較合適。

只是心猿意馬的種子一旦撒下，那種野生的生命力似乎完全無法用理智去約束，齊溪幾乎是在魂不守舍裡度過了《乘龍》的下半場，而時不時側頭來偷看齊溪的顧衍想必也沒好到哪裡去。

等電影結束，影廳內重新亮起燈，齊溪和顧衍已經恢復到了人模人樣的狀態，兩個人正襟危坐互不斜視，彷彿一對非常塑膠的同事。

也是這時，坐在前排的趙依然回頭，然後看到了齊溪和顧衍，她站起來，非常熱情地朝兩人揮手，一邊埋怨道：「你們怎麼來得那麼晚啊，虧我還在我旁邊幫你們預留了兩個位子呢，結果你們坐那麼後面，真是的，全場這麼空，你們坐那種邊角的觀影位子也太可惜了吧。」

趙依然剛結束了為期將近一個月的加班生活，看完電影，出了電影院，相當神清氣爽：「這電影院附近有一家超好吃的燒烤宵夜，走，我請客，一起去吃！」

趙依然推薦的燒烤店確實不錯，十分鐘後，齊溪和顧衍、趙依然坐在店裡，她確實有點餓了，一邊聽趙依然講著他們法院的八卦，一邊歡樂地吃著烤羊肉串；顧衍則坐在一邊，喝著罐裝啤酒，安靜地聽著，間或趁著趙依然不注意，向齊溪投去心照不宣的眼神，頗有種地下情的錯覺。

齊溪覺得輕飄飄的，夜色溫柔，他們坐在燒烤店戶外的座位上，就在星空下，氣氛好到像是個夢境。

為此，齊溪原本也想喝點啤酒，但剛伸手去拿，就被顧衍仗著自己手長先一步伸手拿走了，然後他遞了一杯溫椰奶給齊溪。

齊溪只能趁趙依然低頭吃東西的時候瞪了顧衍一眼，可惜沒什麼作用，顧衍只是笑了下，然後欠扁地開始喝起啤酒，簡直是明目張膽的只許州官放火，不許百姓點燈。

趙依然一點也沒感知到齊溪和顧衍之間的微妙，還在一個勁地吐槽此前遇到的奇葩案件當事人，齊溪原本有一搭沒一搭地聽著，還能附和兩句，只是趙依然也不知道怎麼回事，話鋒突然一轉開始聊起今晚的電影《乘龍》來了。

「對了，你們覺不覺得後半段拍的時候男主角的人設有點模糊啊，然後去救女主角的時候，這段男主角的人物邏輯整個是錯的啊！」

趙依然顯然對這個電影很興奮，聊起來頭頭是道，很有意猶未盡的意思。齊溪只能嗯嗯啊啊予以配合，她和顧衍都有些尷尬地想快速結束這個話題。

可越不想什麼來，什麼就越來，趙依然越聊越起勁，「對了，最後快結局之前，男主角突然掉進山洞，被抽走龍骨以後，他是怎麼重生歸來的啊？」趙依然非常在意道：「我那個時候肚子突然有點痛，憋不住只能趕緊去廁所了，正好這一段沒看到，講什麼了啊？」

齊溪怎麼知道講了什麼，別說這一段，《乘龍》裡隨便哪一段她都不知道講了什麼。顧衍坐在她身邊，她根本就沒能好好看電影。

但這種事怎麼可以被趙依然知道！

求生欲很強的齊溪幾乎是當場道：「我也正好去廁所了！」她心虛地補充道：「所以也沒看到，也不知道這一段講了什麼。不然妳問顧衍吧！」

顧衍，對不起了，只能禍水東引了！

趙依然嘟囔了句怎麼沒在廁所見到妳，便也沒有多想，只是用渴求的眼神看向了顧衍，「顧衍，那一段講了什麼啊？」

齊溪也不得不佯裝渴求般看向了顧衍。

顧衍顯然沒料到這個走向，他愣了愣，一貫面對問題從不遲疑的人，如今卻有些磕磕巴巴的，他譴責般又相當無奈地看了齊溪一眼，清了清嗓子，開始信口雌黃，「就是掉進山洞，被抽走龍骨，然後一段機緣巧合後，就王者歸來了，基本上就是這樣吧。」

趙依然目瞪口呆，「沒了？」

顧衍點了點頭，鎮定道：「嗯，沒了。」

「機緣巧合？」

「嗯。」

趙依然不死心，追問道：「那是什麼樣的機緣巧合呢？」

顧衍冷靜地喝了口啤酒，「我有點醉了，突然有點暈，記不起來了。」

「……」

趙依然的臉寫滿了無語，開始抱怨顧衍酒量未免太差，在一旁的齊溪卻是差點笑出聲，尤其是看到顧衍很清明但頗為無奈的眼神後，這男人偷看齊溪時眼神精神得很，可一旦趙依然目光瞟過，顧衍就又開始雙眼放空般盯著不遠處的一個路燈直直地看，像個稱職的醉鬼。

趙依然用手指在顧衍的眼前晃了兩晃，最終下了結論：「醉了，顧衍真的醉了，太不行了。」

因為以為顧衍已經喝醉了，失去了清醒的神智，趙依然也不再管他，逕自開始拉著齊溪聊起天。

一開始，她還和齊溪聊了聊此前去酒吧認識的超跑富二代，告訴齊溪對方人不錯，此前自己因為對方是富二代就對他有偏見而有些羞愧，總之把那個富二代誇讚了一番，明顯是有情況，只是當齊溪想八卦的時候，趙依然大約是有些害羞不肯講，逕自轉移話題道：「不說我了，說說妳唄，上次不是哀號著要嘗嘗愛情的滋味，找個男人談戀愛嗎？我帶妳去了那個聯誼會後，我們院裡好多男同事至今還在追著問我要妳的聯絡方式呢，妳後面還想再跟誰相處看看嗎？」

趙依然以為顧衍喝醉了神智不清了，可顧衍根本沒有啊！

幾乎是趙依然一提這話題，顧衍就朝齊溪瞥來了涼涼的一眼。

齊溪拚命地給趙依然使眼色，瘋狂暗示道：「欸，顧衍還在呢，妳別說這種敏感話題了哈哈哈哈，我怪不好意思的哈哈哈哈哈。」

可惜趙依然這傢伙根本沒有get到齊溪的暗示，她大手一揮豪邁道：「沒關係，顧衍都喝多了，連剛才電影裡的劇情都記不得了，還能記得我們現在在說什麼啊？妳就當他不存在就行了。」

趙依然說完，擺出了打破砂鍋問到底的架勢，「齊溪，妳是不是心裡有人了？所以妳到底看上誰了？」

齊溪剛想再次努力轉移話題，可惜趙依然是鐵了心要八卦了，她好奇道：「是劉真嗎？就我們那個法官，人不錯的，我們院裡也有女生追他，人家幾天前還問我什麼時候有空，想請妳和我一起吃飯呢。」

「如果妳覺得劉真不來電，還有上次檢察院的王廉……」

隨著趙依然的話，顧衍瞥來了一個比一個冷的眼神。

齊溪的求生欲很強，她當即義正辭嚴道：「我想了下，我還是希望找個律師！還是律師和我更有共同話題！」

「律師也行啊，我們有好幾個學長，都在事務所呢，這都多少年了，在大學時各種請我吃飯求我幫他們遞情書給妳牽線搭橋，被妳拒絕那麼多次，如今還濤聲依舊呢，為了得到妳的情報，天天勤奮地幫我個人頁面卑微按讚套近乎呢！」

別說了別說了！

齊溪簡直都想跪下求趙依然了，她這是要把自己送走嗎！

旁邊的顧衍看起來是真的不高興了，剛才冷冷的目光都沒了，取而代之的是開始喝悶酒了。

果不其然，等趙依然被她的幾個同事叫去吃第二攤宵夜，剩下齊溪和顧衍，顧衍的情緒都有些悶悶的，齊溪去拉了顧衍的手，他才握緊了齊溪的。

顧衍像是有什麼話要說，但又不想說，他看了齊溪幾次，沉默了片刻，才終於開了口——

「齊溪，為什麼會選我？」

顧衍的聲音有一點悶，「其實外面比我優秀的男生確實還很多，妳這麼年輕，各方面條件都這麼好，追妳的也那麼多，以後或許還會遇到比我更好的男生，到時候妳會後悔嗎？」

齊溪原本以為顧衍聽到趙依然那一番不著邊際的話以後會吃醋或者生氣，沒想到顧衍並沒有，他反倒有一些失落和遲疑。

雖然聲音很平靜，但齊溪卻感知到了他的情緒。

顧衍在害怕。

從來對任何事情遊刃有餘，幾乎不費力氣就能拿到第一名的顧衍，在齊溪眼裡一直強大優雅的顧衍，竟然為了齊溪在害怕。

此刻的夜已經有一些冷，但齊溪覺得自己的內心變得非常溫柔。

「顧衍，我以前看到過一句話，說其實選擇和誰在一起，都像是去海邊撿貝殼，海邊那麼寬廣，只要你繼續尋找，一定能撿到比自己手裡那個更好看更美更特別的貝殼，但人的一生是這麼短暫寶貴，那些離我更遠的海灘上不管剩下多漂亮多特別的貝殼，都留給其他人吧。」

齊溪看向了顧衍的眼睛，「因為我已經撿到了屬於我的獨一無二的那個貝殼了。」

齊溪從來屬於能用做的就不用說的那類人。

她覺得在這個時刻，再說別的都沒有意義。

她只是拉住了顧衍的手，然後撲向了她獨一無二的貝殼，在他愕然的目光裡，給了他一個吻——

「顧衍，我只要有你就夠了。」

第十三章 人情與正義

齊溪以往對情侶黏黏糊糊的行為非常嗤之以鼻，但如今輪到自己了，親身體驗過，才開始為自己過去的單純感到羞愧。

是真的不想分開。

這麼冷的夜裡，她和顧衍坐在租住房子社區裡的路邊椅子上告別，竟然都能告別半個小時。

好像有說不完的話，還有交換不完的吻。

等齊溪最後被顧衍目送著上樓時，她覺得自己被親得頭暈目眩，甚至都有點醉了。

而不久後回家的趙依然也是這麼認為的，她嗅著齊溪的周身，微微皺著眉，有些疑惑的模樣，「妳不是沒喝酒嗎？怎麼感覺渾身都有點酒味？連說話都有一點酒味呢。」

齊溪確實沒有喝酒，但……但顧衍有喝啊！

齊溪心虛地看了趙依然兩眼，一邊胡亂地點頭，一邊開始轉移話題，「妳手上拿什麼啊？」

「吃的！熱的！剛送來的！妳餓了嗎？要不要吃一點？」

趙依然不說還好，一說，齊溪確實又覺得有點餓了，可能是談戀愛太消耗能量了吧！

只是等打開包裝，和趙依然一起吃起來，齊溪就被熟悉的味道喚起了記憶，這不就是此前自己借住在顧衍家裡時，他帶回來的三無餐點嗎？

果然，齊溪翻了翻，趙依然帶回來的餐盒也同樣沒有商鋪名、品牌資訊，但飯菜的味道還是和上次一樣堪稱一絕。

齊溪並不在意吃的東西是不是多昂貴，只是也有些好奇：「妳買的是哪家小手工作坊店的東西啊？雖然看起來都沒有食品安全許可證之類的，但味道真的好，是什麼網紅店嗎？把名字給我一下，以後哪天我不想做飯我也去點一下這家的外送！」

「什麼網紅店啊！這家是超級難訂的高級私房菜館好嗎？！」趙依然搖了搖頭，跟齊溪解釋道：「妳呀妳，都不上網的嗎？不知道這家是超級難訂，只有VIP客戶可以預約的私房菜館V-best的嗎？不僅難約，還貴，別小看這幾道菜，夠我們一個月薪水了。」

齊溪瞪著眼前的「三無產品」，有些匪夷所思，原來自己以為顧衍隨手買的餐點，竟如此大有來頭，齊溪在震驚之餘，又覺得有些甜蜜的悸動。

顧衍從沒有說過，他就像是平常帶了一份家常飯一樣隨手丟給了齊溪，在看到齊溪讚不絕口胃口大開以後，甚至在之後自己借住的日子裡，顧衍隔三差五就買給自己，按照一餐就要將近趙依然一個月薪水的開銷來看，自己在顧衍家借住時豈不是花了顧衍幾萬的錢……

齊溪一貫覺得自己勉強也算個艱苦樸素的人，如今沒想到靠著顧衍，提前過上了揮金如土嬌生慣養的生活。

她心裡像是住著一隻橫衝直撞的小鹿，甚至能感受到小鹿四蹄在春天草地上來回跳動的節拍。

為了掩飾顯而易見的害羞緊張，齊溪開始下意識轉移話題，她看向趙依然，「這麼貴啊，那妳怎麼捨得買？不是還打算存錢湊頭期款買房嗎？就算結束加班很高興，花一個月薪水吃個宵夜是不是也有點奢侈啦？」

結果不問還好，齊溪這隨口一問，有些害羞緊張和尷尬的反而變成了趙依然。

她磕磕巴巴顧左右而言他道：「這個嘛……也不是我買的，就是有人為了慶祝我結束加班，強行買來送我的……」

趙依然話說到這分上，齊溪就懂了，她湊近趙依然，狡黠地笑起來，「是上次酒吧裡把妳勾引得直接把我拋下的超跑富二代啊？難怪妳這麼誇人家！」

「什麼超跑富二代啊！人家有名字的啦，叫林君河，雖然他家裡是蠻有錢的，不過他也不靠家裡，算是在自己創業，買這家私房菜館的錢，還是他這個月完成ＫＰＩ獎勵自己的績效獎金呢。」

齊溪這下真的好奇起來了，她托著下巴，「那你們發展到什麼地步了啊？」

趙依然原本大概是不會說的，但一來恐怕剛和林君河見過面，二來她也喝了些酒，情緒也有些上頭，外加和齊溪關係確實一直很要好，此刻面對齊溪這個問題，趙依然雖然有些害羞，但最終還是相當坦誠地偷偷分享了她的祕密，「其實……他追我追得也挺認真的，而且為人處世也沒有那種富二代浮誇的作風，是一個挺踏實的人，人品長相學識各方面都不錯，那我也不能因為人家有錢就歧視人家不給人家機會吧？所以一週前已經確立男女朋友關係了，現在當然屬於該做的不該做的，都做了啊。」

？？？

什麼叫該做的不該做的？

趙依然大概是 get 到了齊溪疑惑的眼神，她有些沒好氣地用桌上的一份文件輕輕拍了下齊溪的頭，「我的學霸小姐，妳傻啊，該做的不該做的，就是那個啊。」

「哪個啊？」

「就……平時妳看小說看電視劇，會被剪掉或者被掩蓋掉的那種地方！」趙依然用孺子不可教的眼神看了齊溪一眼，「妳說妳是不是傻，男女談戀愛，不就那檔子事嗎？難道還和以前一樣，談戀愛就是蓋被子純聊天啊？怎麼說呢，雖然這種事不能隨便，但感情到了，彼此也喜歡，水到渠成睡一覺，彼此都有享受到，很正常的事。」

說到這分上，齊溪終於反應過來了，她並不是多保守的人，也並不認為婚前必須守貞，並不反對婚前性行為，但作為第一次談戀愛的新手，齊溪覺得還是有點震驚。

「你們才確立關係一週，會不會有點太快了？」

趙依然對此不以為意，她撩了下頭髮，「一個男生，要是真的特別特別喜歡妳，一旦成了男女朋友，這種事根本忍不了，要一直對妳以禮相待，這方面要求一點都不提的，才有問題，我們院裡民事法庭那邊就有不少被騙的同妻來起訴離婚的，陳述裡多半都是婚前戀愛期間，這男的從沒提過這方面要求，女方則把這當成了男方保守傳統儒雅有風度了，結果婚後就出問題了。」

「我們民事法庭那邊還有一個男方早洩，女方起訴離婚的，也是婚前從沒有試婚過，結果一結婚，才發現，男方不太行，現在鬧得不可開交，根本磨合不了。」

趙依然說到這裡，喝了口水，「現代社會了，男女平等，有些男的，真的不一定行，結婚之前短時間的婚前同居是真的有必要，既考察性格適不適合，一起生活能不能磨合，還有就是也要看一下性生活和不和諧啊，這是婚姻生活很大一部分議題啊。」

齊溪露出恍然大悟的表情，「是這樣嗎……」

「是啊！」趙依然皺了皺眉，「不過妳為什麼問這種問題？妳最近談戀愛了嗎？」

「是談了一個。」齊溪有點緊張，解釋道：「剛談的。」

「什麼時候帶出來見見？」

「下……下次吧。」

齊溪有點忐忑，幸而趙依然並沒有追問齊溪的男朋友是誰。她只是一臉高深莫測地摸了摸下巴，「妳這個男朋友，還沒對妳提出那方面的想法？」

齊溪有點害羞，不太想再聊這個話題，她移開了視線，又開始吃起私房菜，「就我們也剛確立關係，所以也正常嘛，他很害羞的，也是第一次戀愛。」

「哎呀！妳沒聽過一句話嗎？『青春期男孩子的思想，比廁所裡的東西還髒』，表面越純情的男生，心裡越一肚子壞水好嗎？都什麼年代了，妳以為還真的有純情男孩啊？現在市面上流通的『純情男孩』，百分之八十都是貼牌的，都是黃色男孩偽造的好嗎？」

「……」

齊溪想了下顧衍的樣子，難以想像他是由黃色男孩貼牌而來的。

她試圖為顧衍正名，「我覺得……」

趙依然不客氣地打斷了她，「別妳覺得了，妳啊，真的要注意點，妳的男朋友要是一直沒有進一步的暗示，只是摟摟抱抱親親，那肯定是有問題的！」

她說完沒多久，林君河的電話就來了，趙依然一臉甜蜜地躲進房裡煲電話粥了。

趙依然說者無心，但齊溪倒是有點在意。

好像自從交往以來，除了親吻之外，顧衍真的沒再逾矩過一步，連進一步的意圖或者情難自控的場合都不曾有過。

這正常嗎？

齊溪有點納悶。

還是自己吸引力不夠？

或者……顧衍會不會真的不行啊……

齊溪在這種胡思亂想裡入睡，第二天就帶了兩個黑眼圈上班。

其實才分別了一晚而已，但齊溪就覺得特別想顧衍，想見到他，想陪在他身邊，想自己每一個時刻都能和他分享。

但工作是工作。

進入到手頭安排的任務上，齊溪並不至於戀愛腦到心裡只有顧衍，她還是能很快沉下心，高品質地完成顧雪涵交代的事。

也大概是上天為了防止顧衍男色誤人，午飯之前，顧雪涵把齊溪叫去辦公室，安排了一個臨時出差去鄰市的緊急任務給她——

「是我們一家顧問企業元辰的事，有個勞動糾紛，人事部在開除一個員工的時候遇到了很大的阻力，對方需要我們派律師過去一起協調。元辰這家公司一直以來是妳對接的，妳和他們人事部總監老董也比較熟，我下午臨時有點事，就妳代我出席吧。」

顧雪涵喝了口茶，朝齊溪笑了笑，「他們人事部寄來的郵件和資料我也看了，並不是多難搞的糾紛，大致就是個入職沒滿一年的女員工，因為多次曠工，按照嚴重違紀正常開除，但現在的年輕人比較難搞，在談離職條件時很難溝通，鬧得有點難看，公司那邊因為在推進上市了，希望平穩度過。」

顧雪涵補充道：「老董也是老江湖了，派妳過去也就是幫他打打下手，你們到時候一個唱紅臉一個唱白臉，按照法律規定把該給的錢給了，那個員工是個女的，妳作為女性再多給點情緒上的安撫，把人好聲好氣哄走。元辰最近在做上市準備了，不希望這時候鬧出訴訟糾紛。」

這類工作齊溪跟著顧雪涵已經經歷過幾次，在辭退時，員工一般對公司的人事部比較防備和抵觸，而以律師身分介入，作為一個陌生的第三人，則在情感上會讓員工感覺稍微好接受一點，這樣三方才能心平氣和坐下來談判，爭取達到彼此都能接受的方案。

而元辰確實是齊溪第一家對接的顧問單位，準確來說，齊溪和元辰人事總監老董確實也算非常熟稔。

剛上手公司顧問業務以來，齊溪作為一個實習律師，可謂犯過很多低級錯誤，偶爾給出諮詢解答時不僅有瑕疵，更多時候，她對元辰公司內架構和政治鬥爭不敏感，ＣＣ郵件時差點鬧出大問題，幸而是人事部總監老董多次私下好意提醒，齊溪才意識到，ＣＣ郵件時的排列順序，包括哪些該ＣＣ給誰，哪些不行，都是非常有講究的，多虧了老董的提點，齊溪才沒有因為一封小小的郵件而翻車得罪元辰的各路中高層。

而此後，針對元辰一些合規問題以及離職糾紛問題，老董也都以一個經驗豐富的人事總監的立場，給過齊溪不少法律之外的提點。甚至有時候齊溪在處理其餘勞動糾紛有遲疑時，還會私下問問老董的意見，每一次，老董都算是傾囊相授，也從沒嫌棄過齊溪是個小律師。

平時逢年過節時，齊溪偶爾自己做了點手工的小禮物，也從不忘記寄一份給老董。

雖說顧雪涵才是自己的正經老闆，但在這些友善的合作夥伴身上，齊溪也學到了很多。

職場裡，只要放平心態願意學習，其實誰都能成為自己的良師益友。

這次去元辰出差，幫老董打個下手處理掉勞動糾紛，齊溪還是很樂意的。

鄰市離容市並不遠，齊溪預估了下，順利的話可以當天來回，甚至不需要在鄰市居住，因為此刻大辦公區各位同事都在，齊溪也不好和顧衍多說什麼，只能多看了兩眼，然後打個招呼交代了一聲，就趕緊讓行政部的同事安排車趕去鄰市了。

齊溪還記得上次老董提到喜歡容市的桂花釀，在臨出發之前，齊溪還特地去買了兩壺打算帶去給老董。

因為並非上下班尖峰時段，齊溪一路暢通無阻很順利地就到了鄰市，因為顧雪涵說事出緊急，她幾乎是馬不停蹄奔向了元辰的大樓。

齊溪這邊分秒必爭，跑到快要斷氣，氣喘吁吁進了元辰的人事部辦公室，好在趕上了和那名員工開談判會，因為齊溪正撞見老董一臉凝重地往外走。

老董其實並沒多老，他也才四十出頭的年紀，因為保養得當，看起來也就三十五六，平時大概勤於鍛鍊，也沒有變成挺著啤酒肚的中年人，整個人很有精神，雖然長相並不出挑，但平時一張臉總是笑盈盈的，讓人覺得很有親近感。

雖然是做人事工作的，但看起來並不覺得有抵觸感，反而相當有親和力。

元辰一直以來很少有員工離職時鬧糾紛，靠的就是老董與人交好的能耐和平易近人的談判態度，齊溪曾經也陪著顧雪涵一起參加過老董他們人事部削減生產線開除一批員工的電話會議，會議上老董一個人力挽狂瀾，他很有同理心，非常能設身處地感知員工們的情緒，因此即便是顧雪涵都以為會鬧出大糾紛大矛盾的集體辭退，也在老董的保駕護航下溫和順利交接解決。

所以這次到底是什麼樣的員工，連老董都搞不定了？

在來的車上時，齊溪仔細研究了顧雪涵轉給自己的郵件，但郵件中關於這次辭退的員工相關資訊寥寥，幾乎提煉不到什麼有價值的內容，只知道這個女員工名字叫于娜娜，大學畢業後就進入了元辰工作，在元辰入職還沒滿一年，但考勤方面光是被記錄到的曠工就有將近三十次，還不包括她走了流程手續的請假。

齊溪有點驚訝，這樣的工作態度元辰到底是怎麼忍了將近一年才提出辭退的。

齊溪把兩壺桂花釀提給了老董，剛要開口問起于娜娜的細節，就見老董有些不好意思地朝自己笑了笑：「小齊，辛苦妳跑一趟了。」

齊溪很想快點解決這個案子，「我們直接去會議室？」

「不用了不用了。」老董卻連連擺手，「不好意思，我剛和于娜娜談完，我說服她了，達成了和解協議，因為事出緊急，真的是妳來的前一腳我剛和她達成一致，沒來得及通知妳，害得妳還白跑一趟了。」

齊溪有點意外，此前顧雪涵給她的資料來看，這個于娜娜相當棘手才是，現在竟然已經解決了？

齊溪再次向老董確認道：「所以事情解決了？」

老董臉色看起來還是不太好，但他連連點頭道：「是的，是的，解決了，已經談妥離職賠償方案了。所以辛苦妳跑這一趟了，等我這邊和于娜娜簽完賠償協議，把這件事處理掉，我帶妳去我們公司附近新開的一家小龍蝦店吃飯。」

齊溪雖然喜歡吃，但注意力還是被「賠償方案」四個字吸引住了，她皺起了眉，「于娜娜不是因為多次曠工嚴重違紀被開除的嗎？這種情況下不應該涉及什麼經濟補償金之類的賠償啊？」

對於這個問題，老董也是愣了一下，隨即，他笑起來，解釋道：「這個于娜娜家裡情況比較艱苦，所以隔三差五請假曠工也是為了照顧生病的父母，我覺得也能理解，現在人被開除了，一個年輕女孩子，也沒辦法在這個經濟形勢下立刻找到新工作，所以之前才死活鬧不肯走，還揚言要起訴元辰。」

老董看向了齊溪，「但妳也知道，我們元辰正啟動上市流程，我們老闆不希望這中間有什麼訴訟發生，給我們人事部和法務部的指令就是盡可能和解，不要鬧上法院，畢竟一旦進入法律流程，即便要判決我們勝訴，還是要先進行勞動仲裁，然後再上法院一審二審，時間會被拖很長，一旦提交上市資料，這些訴訟都需要披露，我們老闆單純覺得這類小打小鬧就盡早解決，畢竟給那麼點人道主義賠償金也不至於讓公司沒辦法運轉起來，算是花錢消災吧！」

老董說到這裡，看了下時間，他近期大概很忙，整個人的眼神看起來都有些難掩的焦慮，「小齊啊，妳先在辦公室裡等我一下，讓我先把于娜娜那個和解賠償盡快讓法務出協議簽掉。」

老董說完，和齊溪打了個招呼，就從他的辦公室裡行色匆匆走了出去。

看得出來，老董是非常迫切想要把于娜娜這個糾紛結案，趕緊息事寧人讓于娜娜走人。雖然齊溪白跑了一趟，但既然元辰和于娜娜都達成了一致，又是往公司想要的和解方向解決的，齊溪還是替元辰感到高興。

齊溪在老董辦公室裡等得有些百無聊賴，她轉了好幾圈，把老董辦公桌上的擺設都看了好幾遍。

老董的辦公室內所有擺設都偏向穩重和質感，和所有他這個年紀的男人一樣千篇一律，唯一讓整個辦公室有點亮色的是他桌上的一個招財貓咪水杯，和他整個辦公室的氣氛格格不入，變得有些活潑。

但別說，還挺可愛的，齊溪想，大概是老董的女兒買給他的，一看就不是老董自己會買的風格。

齊溪又在老董的辦公室裡來回踱了幾圈，開始覺得有些睏，索性出了辦公室，打算去元辰的茶水間泡一杯咖啡。

這個時間差不多是元辰的下午茶休息時間，茶水間裡來來往往不少人，有些泡完茶拿幾塊小點心就直接回辦公座位了，還有個別員工捧著咖啡杯一邊喝一邊輕聲聊天。

齊溪原本只打算用咖啡機泡杯咖啡就走，但等待的時間裡，不小心聽到了身邊兩位女生閒聊的對話——

「于娜娜可真是好命。」

「怎麼不是哦，將近一年時間裡，加上巧立名目的病假事假，還有直接不來上班，幾乎總共就上了一兩個月班吧，雖然曠工抓到了快三十次，但是她沒被抓到的曠工時間更多呢。」

公司不是做慈善的，其餘同事也不可能容忍于娜娜這麼不守規矩的行為，如今有這樣的討論也算正常，畢竟誰家裡沒個生病的老人或者小孩的，于娜娜再可憐，強行要求其餘同事一起同情她包容她，也是不現實的。

只是齊溪剛打算轉身，那兩位女生接著的話卻引起了她的注意——

「怎麼不是啊，天天穿金戴銀的，幾乎一個禮拜換一個名牌包，是家裡很有錢嗎？」

「可家裡如果這麼有錢，還出來打什麼工啊，就在家裡躺著別來禍害我們了，和她一組的金寒梅，可倒了血楣，因為于娜娜長期不在，所以她的活都只能我們寒梅去幹，妳說寒梅是遭了什麼罪啊，又不是領兩份薪水，憑什麼要打兩份工啊。」

「那妳說于娜娜那些包會不會都是假的啊？」

「不可能！都是真的，我有一次看到她上班時在官網下單呢，一口氣買了兩個包，還寄到公司，當時前臺還幫她簽收了呢。」

「真是人比人氣死人，而且妳有沒有發現，每次有人去人事部那邊匿名檢舉，都是大事化小小事化了，妳說于娜娜該不會是關係戶吧？」

「怎麼可能？真是關係戶，還能被開除？」

說者無心，齊溪這個聽者卻有意了。

按照老董的說法，于娜娜不是家境貧困嗎？可按照這些同事的說法來看，她的生活聽起來是肉眼可見的奢侈。

所以到底怎麼回事？

齊溪被顧雪涵派來元辰之前，只以為這是一個簡單例行的員工離職糾紛，如今才發現這案子好像另有隱情。

確實，按照齊溪對老董的了解，他做人事工作這麼多年來，尺度從來把握得很好，歷來並沒有聽過他對員工讓步的事發生，老董的談判方式很溫和，但底線從來很堅持，可輪到這個于娜娜，為什麼老董變得這麼退讓和好說話了？

這個案子發展至此，齊溪只要不再多管，老董自然會把于娜娜處理好，總之最終達成和解，一旦簽訂和解協議後，後續無憂，齊溪也不用再多花時間和精力處理這件事，鐵定可以和老董一起吃完小龍蝦後當晚回到容市，晚上還能再見到顧衍和他一起逛逛街。

但……齊溪還是過不了自己內心那關。

既然自己是元辰的法律顧問之一，既然顧律師把元辰這個案子交給了自己，那就要負責到底，至少在對案子有疑惑的時候，趁著如今在元辰，就應該好好調查一下。

齊溪定下了主意，沒有再繼續待在茶水間，她把咖啡一飲而盡，然後逕自走向了老董即將和于娜娜簽和解協議的會議室。

也是巧，此時老董大概是去法務部確認和解協議版本了，人並不在會議室裡，齊溪推門進去，就見偌大的會議室裡，只有一個高挑白皙的年輕女生坐著。

對方聽到推門聲，循著聲音轉過頭，和齊溪四目相接。

坦白說，于娜娜並不算漂亮，但因為年輕，皮膚充滿膠原蛋白，整個人身上又確實如茶水間裡那些女同事所言渾身名牌，這樣用金錢堆出來的品味一加持，整個人看起來都上了一個層次，根本不是老董嘴裡貧困大學生的模樣。

齊溪在打量于娜娜的時候，于娜娜顯然也在打量她。

她把齊溪從頭到腳看了一番，才有些倨傲道：「妳是誰？」

齊溪不卑不亢道：「我是元辰的法律顧問，來自競合事務所的齊溪。」

「哦。」于娜娜聽完，看起來興趣缺缺，「是簽那個和解協議還要你們律師列席在場嗎？那妳坐吧，反正我和公司也談妥了，簽完快點轉錢給我，我也不想繼續待在這裡了。」

齊溪看向對方，「我看了妳的入職資料和在職期間的各項表現以及請假情況、曠工情況，根據妳這種情況，妳理應被元辰開除處理，也不應該有資格獲取經濟補償金一類的賠償……」

齊溪原本只想試探一下對方，看看對方聽完這番話會不會自亂陣腳，結果她的話還沒說完，于娜娜就打斷了她，她不僅沒有發飆或者情緒失控，甚至有一種掌控全場的冷靜。

她只是冷冷地盯著齊溪，很沉著道：「妳不要和我談這些，妳去找董總監談，給我五倍補償金的方案可是他點頭同意的，如果他要反悔，那我不保證我會做出什麼事來。」

五倍賠償金？老董竟然一口答應了給這一個嚴重違紀的員工五倍的賠償金？就算是公司單方面違約辭退，要對員工做出經濟補償，也不至於要補償五倍的錢啊！更何況這個于娜娜完全是自己的問題導致被開除，就算她真的家境貧寒，元辰給出一點人道主義補助，也不能給五倍啊，尤其眼前這個女生，根本和「貧寒」兩個字不搭邊，齊溪這個律師和她一對比，反而顯得比較貧寒。

可于娜娜這番話卻已經是隱隱的威脅了。

事情發展到這一步，饒是誰都能看出這個于娜娜手裡八成捏著什麼把柄。

是公司有什麼機密資訊被她得知了拿來要脅？

還是別的什麼？

齊溪正在納悶間，老董推門而入，他不知道齊溪也在，進來時臉上還帶了戰戰兢兢討好的笑意，直到眼光掃到齊溪，才趕緊收斂了表情，恢復到了一貫的模樣。

于娜娜連起身都沒起身，只眼皮抬了抬，看向了老董，「和解協議呢？」

平時對員工從來很拿捏得住的老董，此時在于娜娜面前，反而有點束手束腳，他像是彙報一般地對于娜娜解釋道：「法務那邊還要過流程，協議初稿已經出了，只要等走完ＯＡ裡的流程定稿，就能簽了，妳再等等，今天就能簽掉，有不舒服的話我找助理倒杯水給妳？」

「不用了。」于娜娜臉色不是很好看，她瞥了齊溪一眼，「這律師是不是不太了解情況，能麻煩董總監和她溝通下嗎？」

于娜娜頗有深意地看了老董一眼，「要知道，我也是好不容易才接受了你的和解方案，要是總有人從中作梗，把我搞不開心了，我也未必就肯按照原來的方案簽了，你知道多則生變吧？」

令齊溪非常意外的是，老董被如此放話，不僅沒有生氣，臉色甚至變得有些蒼白，情緒也肉眼可見地變得緊張，他趕緊把齊溪拉出了會議室。

「小齊啊，這事妳還是別摻和了，總之，我已經和于娜娜談好了，這五倍的賠償，也在我的許可權範圍內可以給出，不需要上報老闆，所以我們低調地把這個糾紛處理掉就行，我也不希望于娜娜再鬧出什麼事弄得不好收場，妳也知道，現在這些年輕人心智不成熟，也不知道會做出什麼來，到時候萬一影響到元辰上市或者一些市場口碑風評，造成的損失可比五倍賠償還多。」

可老董越是這樣，齊溪心裡的懷疑就像雪球一樣越滾越大。一定有什麼問題。

因為老董不斷堅持，齊溪不得不暫時離開了會議室，老董像是重新進去安撫于娜娜了，齊溪便在辦公區徘徊，她踱來踱去，雖然很想解開于娜娜這個謎團，但因為頭緒太亂，根本不知道從何開始，心裡煩亂之下，齊溪走到了一個靠窗向陽的座位上，這個座位上的綠植長得尤其好，齊溪便忍不住多駐足了一下，然後她無意一瞥，在桌上看到了一個熟悉的水杯。

和老董一模一樣的招財貓咪水杯。

但老董那個招財貓咪明顯是個男貓咪，而此刻齊溪面前桌上這個貓咪，則是個穿著裙子的女貓咪。

這兩個水杯明顯是一套的。

齊溪的心劇烈跳動起來。

或許還真是踏破鐵鞋無覓處，得來全不費工夫。

這個辦公桌上沒有人，於是齊溪拍了拍旁邊辦公的女生，指了指那個空座位，「這裡是誰坐的？」

「是于娜娜。」被齊溪拍到的女生有些不明所以，但還是解釋道：「她不常來，也馬上要離職了，這個座位會收拾走空出來，妳是新來入職的嗎？等她走了妳可以搬來這個位子的。」

齊溪沒再多解釋，她只是笑了笑，指了指桌上的水杯，「這個水杯是你們公司統一發的嗎？」

對方愣了愣，搖了搖頭，「沒有呀，應該是于娜娜自己買的吧。妳喜歡的話可以跟她要網址。」

齊溪謝過對方，心裡已經有了計較。

果然如此！

只是這一個簡單的回答，齊溪心裡已經逐漸清明了起來，那些複雜線團一樣的細節碎片，終於可以拼湊還原出最有可能的真相。

齊溪心裡有些如釋重負的了然，她也沒想到，自己竟然還無心插柳柳成蔭了。

此刻，她有了一個非常大膽甚至狗血的猜測。

老董和于娜娜之間，恐怕有隱情。

于娜娜入職不到一年，又不常來上班，也不是公司核心崗位人員，接觸元辰商業機密的可能性幾乎為零，因此她不可能握有元辰的什麼機密，她手裡有的，恐怕是老董這張牌。

看著桌上和老董那個明顯是情侶杯的杯子，齊溪心裡的答案已經呼之欲出——

老董恐怕是和于娜娜有婚外情，因此才被于娜娜拿捏著，根本不敢觸怒于娜娜，只能唯她馬首是瞻。

這樣一想，一切就都解釋通了。

但……

據齊溪所知，老董和他太太是從國中情竇初開就在一起的青梅竹馬，兩人愛情長跑十幾年才終於喜結連理，婚後也是恩愛有加，生下了一個可愛的女兒，此前齊溪和老董的幾次聊天裡，都有聽老董用非常幸福的語調炫耀自己的太太和女兒，分明是一臉顧家好男人的形象。

這樣的老董，真的會出軌嗎？

齊溪心裡憋著疑問，還是決定一探究竟。

齊溪是在老董的辦公室裡堵上老董的，他正在焦躁不安地打電話催促法務部趕緊出具于娜娜的和解協議，見齊溪來了，焦慮的表情才收斂了些，快速掛了電話後，又掛上了笑容。

「不好意思啊小齊，今天太忙了，事情真的有點多，沒來得及招待妳……」

齊溪沒有再給老董繼續虛與委蛇的機會，她盯著老董的眼睛，直截了當道：「董老師，你和于娜娜之間的事，你太太知道了嗎？」

齊溪原本對老董和于娜娜之間發生婚外情還頗有些自我懷疑和不敢置信，總覺得是不是自己多心了，多半是有什麼誤會，然而她的問句丟下去後，老董驚懼不安的表情已經說明了一切。

是真的。

老董的臉色很差，看起來也頗為慌亂，他愣了片刻，才聲音有些沙啞地哀求齊溪，「小齊，我太太還不知道，我是一時鬼迷心竅，妳千萬一定要幫我保密。」

事到臨頭，真的面對這樣的現實，即便她並不是這段婚姻的當事人，但同樣作為女性，又作為老董多有照料的後輩，齊溪覺得有些無力和挫敗，以及深受打擊，她不知道老董為什麼要做這種事：「你不是很愛你的太太嗎？為什麼要做這種對不起她的事？」

老董被齊溪識破後，也不再遮掩了，他拚命用手抓著頭髮，然後頹喪地坐到了辦公室的沙發上，此前一直佯裝的平靜也終於龜裂開來。

他無力道：「我心裡只愛我太太一個人，對于娜娜沒有真感情。當初于娜娜進公司的時候是我招聘進來的，她的家境確實不好，家裡還有生病的父母，我覺得挺可憐的，多少照顧點，平時聚餐什麼的，都帶著她一起。」

「我太太是高知識分子，學歷比我還高，博士畢業的，現在也是一家企業的高管，性格也好，各方面都好，但因為她太優秀了，對我從來沒有那種崇拜的感覺，半年前她升了一個職級，如今薪水比我還高，我面對我太太，常常沒什麼成就感，但于娜娜不一樣，于娜娜什麼也不會，什麼都要來問我請教我，好像沒了我就什麼也幹不成了。」

老董的聲音帶了後悔和痛苦，「我那時候也不知道她是蓄意裝的，當時被豬油蒙了心，覺得她就是個什麼也不懂的小孩，一來二去失了分寸，那次一起去聚餐我喝多了，她說送我回家，結果我醒來的時候，已經和她在賓館了，什麼事都做了。」

說到這裡，老董急切地解釋道：「但我內心愛的一直是我太太，我和太太才是靈魂伴侶，我的內心沒有背叛過我太太，我只是一時失守，中了于娜娜的圈套。」

齊溪沒說別的，只是問道：「然後就開始被她步步為營拿捏住了？」

老董的表情悔不當初，「是，沒想到和她發生關係以後，她就像是變了個人，根本不再是當時崇拜我的小女孩了，變得頤指氣使，開始跟我要這要那，一下是買包，一下是買首飾化妝品，或者去旅遊，總之我變得像她的錢包，而且仗著我是人事總監，她開始長期請病假，或者直接不上班開始曠工，我已經幫她擦屁股擦了好幾次，可她還是不滿足。」

老董的語氣是懊喪自責的，但齊溪仍舊覺得他並不是真的在後悔，因為他說的甚至不是實話。

如果他真的只是鬼迷心竅喝醉酒後斷片被于娜娜設計發生了關係，那為什麼他的書桌上還會有和她的情侶杯，為什麼于娜娜可以有那麼頤指氣使的表情，為什麼老董願意被她要脅將近一年的時間？

于娜娜即便再壞再刻意，但也才剛畢業沒多久，瞧她剛才對齊溪也藏不住脾氣的模樣，並不像心機多深沉的人，要是真的硬碰硬，能鬥得過深諳人事操作的老董嗎？

恐怕和于娜娜是怎麼發展出了婚外情，到底是誰主動，到底有沒有心猿意馬不僅肉體出軌還精神出軌，都只有老董心裡清楚了。

但不論如何，背叛家庭背叛妻子已經是不爭的事實。

老董卻還在抱怨：「都怪于娜娜不知好歹，我已經盡量幫她掩蓋她曠工的事了，能打點的都打點了，可她做得實在是太過分了，我是人事總監，但我不是公司的一把手老闆，她把公司當成什麼了？又不是我開的，想來就來，想走就走，根本不避人耳目，這下好，她的部門經理對她忍無可忍，在公共辦公區自己的位子上裝了個監視鏡頭，正好能拍到于娜娜的座位，連續拍了三個月，證明于娜娜三個月裡，來上班的時間一共才不到八天，然後證據確鑿地提交到了公司ＯＡ後臺的人事檢舉裡，我根本沒辦法再幫她遮掩什麼，只能開除她。」

齊溪看向老董，表情相當凝重，「所以你和于娜娜因為這件事產生了矛盾？她仗著你在人事部，所以才明知自己有錯，知道法律上也不會支持她，但還是獅子大開口要一大筆賠償金？」

老董點了點頭，看向齊溪，面上露出祈求，「小齊，這事妳一定要幫我保密，我也是悔不當初，現在趁著開除她的機會，正好把賠償談妥了，我們也說好一拍兩散了，她眼皮子淺，拿了那些錢就滿足了，也不會再糾纏我，會徹底離開我的生活。」

老董四十多歲的男人了，看著齊溪眼眶泛紅，「這樣我也徹底迷途知返了，不會再和她有不清不楚的關係，我太太也不會知道這事，我們一家的幸福生活也不會被破壞……」

齊溪看著自言自語的老董，只覺得心目中原本那個儒雅溫和的大叔形象已經徹底崩塌了，取而代之的是面前這個死不悔改滿嘴謊言拚盡全力推卸責任的油膩中年人。

齊溪只覺得有些反胃，「你想和于娜娜和平分手，用錢解決她是嗎？」

老董點了點頭，「她這次也沒要太多……還在我可以承受的範圍內。小齊，只要妳幫我保密，一切就都能順暢解決了。」

是了，五倍賠償還在老董人事總監的許可權內可以定奪。

可是……

這錢是公司的啊！

大概是看出齊溪的遲疑和掙扎，老董就差給齊溪下跪了，「小齊，我自問待妳不薄，之前對妳也多有照顧，當時真的也不圖妳什麼，妳有什麼困難，哪一次我不是能幫的時候就幫一把的？」

老董確實深諳人心，他看著齊溪的眼睛，循循善誘道：「但現在我老董遇到事了，我都不求妳伸手拉我一把，只求妳睜一隻眼閉一隻眼。這是我人生裡的一道坎，妳就大恩大德，當做好人好事，這事妳後續就別管了，和解協議也是我主導了簽的，流程上也不用妳簽名，所以到時候也不需要妳負責，妳只要保持沉默，對大家都是好事。如果真的出事了，公司發現了，那也是我的責任，和妳無關。」

齊溪不是傻子，老董此前對自己的關照，確實沒有出於任何私心，平時偶爾來元辰開會，聽元辰的員工們閒聊，也知道老董為人處世的口碑很好，確實是個熱心的大叔。

齊溪回想自己過去初來乍到時的跌跌撞撞和老董自內心發出好心的幫助，在理智和情感的拉扯下，不可避免的，心裡確實產生了輕微的動搖。

「小齊，我知道你們年輕人眼裡揉不下沙子，看不得我這種出軌的行為，可現實生活常常沒那麼完美，誰能保證結婚幾十年的夫妻，其中一方從沒有心猿意馬過嗎？」

「妳就當幫幫我，我也不是殺人放火十惡不赦，我只是偏航了，只要妳當這事沒發生，我保證會回到正軌上，會對我太太加倍好的。」

齊溪皺著眉，語氣是忍不住的嚴肅：「你和于娜娜的私事，我不會去管，我也不至於吃飽了沒事幹，去你太太那邊告狀或者把這件事貼大字報公之於眾，你和她怎麼解決是你的家事，你對不起的人畢竟不是我，是你的太太。」

「但你要賠償于娜娜，絕對不能公私不分，用公司的錢去負擔你自己私人的過錯啊！」

老董的語氣幾乎是懇求了：「小齊，我的錢都是交給我太太管的，我自己身上根本拿不出那麼多錢，要是和于娜娜私了，我就得動用家裡的錢，到時候這一筆錢，我太太肯定會追問是什麼用途，那樣就敗露了……更何況我們家最近剛新換了間學區房，還貸款都有點吃力……」

「我知道這錢讓公司替我出不合適，但就算是五倍賠償，元辰都要上市了，對公司來說，也沒多少錢。我在元辰這麼多年做牛做馬，加班從沒拿過一分加班費，要算這筆加班費，公司該給我的早遠遠超過那五倍賠償了！我老董自問除了于娜娜這事做的不地道，可別的時候，我真是對公司鞠躬盡瘁了，我對公司的貢獻，絕對遠遠超過那筆五倍賠償了。」

老董翻來覆去，主旨中心就一點——讓齊溪對這件事視而不見，最後就這麼順暢地翻篇，于娜娜拿錢走人，老董也不用驚動太太，還能擁有如今溫馨的家庭，這事就是一個幸福人生裡的小插曲。

齊溪看著眼神哀求的老董，說沒有一絲絲的遲疑是不可能的。

老董顯然還想繼續說服齊溪，只是這時，他辦公室的門被敲響，他的助理提醒他馬上要去開一個公司高層電話會議。

老董沒辦法，只能收拾筆電準備參會。

但離開辦公室前，他再次殷切懇求齊溪，壓低聲音道：「小齊，我也不逼妳，妳好好想想，按照我的方案走，真的是妳好我好大家好，妳也不需要再為這件事情浪費時間，今晚就可以回去。我太太也不會知道這一切，我岳母最近身體不好，是癌症晚期，撐不久了，要是現在知道了我這件事，我太太一定會受到很大的打擊的，就算我求妳，為了她，也不要把這件事捅出來行嗎？否則這事情公布出來，最受傷害的就是我無辜的太太，妳就當可憐可憐她。」

「總之，妳先冷靜冷靜，別衝動，如果有什麼事，等我開完會回來和妳商量，行嗎？妳現在如果沒事幹想吃點喝點什麼，都儘管和我開口，我等等都讓助理幫妳叫。」

老董再三關照了齊溪，看齊溪情緒穩定，這才三步四回頭、心事重重地離開了辦公室，帶上門之前，齊溪聽到他在門外喊自己的助理，繼續催法務部出具于娜娜的和解協議，趕緊把協議簽掉，大概是想讓這件事趕緊變成既成事實，好讓齊溪因為怕麻煩放棄跟進。

老董走了以後，辦公室裡便只剩下齊溪一個人，齊溪的目光也再一次落在了老董的辦公桌上。

令人諷刺的是，就在他和于娜娜的情侶水杯旁邊，擺放的是他的全家福，照片裡，他摟著太太，兩個人一起懷抱著女兒，笑的甜蜜又幸福。

如果自己叫停法務部此刻出具的和解協議，把老董假公濟私的行為向元辰公司高層彙報，那麼幾乎不用懷疑，老董肯定會被開除。

而老董一旦被開除，他的太太肯定不可避免會得知他被開除的原因以及他出軌于娜娜的事，那樣不論如何，對她太太情感上絕對是一個重大傷害，他們這張全家福裡的狀態將永遠回不到過去，一家人從此內心就會有隔閡。

老董的太太會傷心欲絕，而不論離婚與否，有了破損的家庭，對孩子的成長絕對沒有益處。

但如果齊溪什麼也不說，以上所有事確實都不會發生，唯一受損的只是公司的利益，而老董說了，公司如今業績良好，賠這點錢也在公司的接受範圍內，甚至不會觸發內審問題。

齊溪的腦海裡閃現過老董哀求的模樣，他平日對她關照有加的模樣。

人在面對這樣人情的時候，在做出重大決定之前，內心真的非常掙扎。

但……

齊溪深吸了一口氣，但她不僅是一個人，更是一個律師。

在此刻，她的身分更應該是以她的職業來定位。

最終，即便內心很難受很壓抑，但齊溪還是站起來，走出了老董的辦公室，走去了法務部。

她叫停了和解協議的出具流程。

然後寫了一封信給元辰的管理層，簡要說明發生了什麼。

雖然只是一封短短的信，然而齊溪寫完，點了傳送鍵，才感覺到一種如釋重負的脫力。

她做了對的事嗎？

老董沒等到電話會議結束，就帶著狂怒和失控的情緒衝進了辦公室。

「齊溪！妳為什麼要害我！」

他已經顧不上維持形象，甚至沒在意門外大辦公區的員工們，只是目眥欲裂般朝齊溪大吼起來：「妳這個白眼狼！我對妳多好妳可真是轉眼就忘！恩將仇報的東西！」

元辰的管理層辦事一向雷厲風行，老董這個狼狽又惱怒到失去理智的模樣，明顯是已經收到了管理層對他這件事的調查意見——元辰應當已經按照公司章程啟動了對他的停職調查流程，一旦後續有證據讓老董坐實了齊溪檢舉的事項，那他將面臨的除了被開除之外，可能會涉及到通報批評以及相應賠償。

圈子就這麼小，鬧出這些動靜，基本可以傳遍整個市裡的職場圈。

老董也知道事情的後果，因此此刻整張臉上全然沒有了過去任何溫文的痕跡，盡是暴虐和震怒。

他死死盯著齊溪，「齊溪，妳這樣做對妳有什麼好處？妳能多拿點錢嗎？還是以為妳能靠告狀檢舉我，像個哈巴狗似的示好，攀上我們管理層？我告訴妳，做夢！妳這麼害我，把我弄走了，等我一走，人事部重新上位的我大概知道是誰，是個很難相處的女人，見到妳這種年輕漂亮的女生嫉妒了，妳以後對接元辰配合她工作，肯定有妳受的！」

「我太太要是因為知道這件事有個三長兩短，妳就給我等著！」

齊溪第一次知道，人在利益面前原來可以撕破臉皮到這個地步，可以醜陋到這個樣子，而事到如今，老董竟然沒有任何一點真切的愧疚感和自責，話語間都把責任推卸給了別人。

「老董，我很感激你在我初出茅廬的時候對我的關心和幫助，這一點我對你至今仍是感激的，但一碼事歸一碼事，你對我的好並不能抵消你在于娜娜這件事上的錯啊。」

齊溪有些難過有些痛心，但同時也多了一份堅定，「你把自己婚外情出軌的原因歸咎於于娜娜的蓄意勾引，而淡化你自己的原因，不斷解釋自己喝醉鬼迷心竅了；把用公司的錢處理自己婚外情私事冠以冠冕堂皇的理由，號稱這是用另一種方式向公司收取你早該得的加班費；把自己落到現在這個境地，怪罪在我檢舉你的行為上。」

「你聽聽你剛才對我吼的是什麼？你說你太太有三長兩短是我的責任，可我逼你出軌了嗎？傷害你太太的人不是我，而是明知道這種後果，還放任自己發生婚外情的你，是你親手用尖刀插進你太太心臟的，你才是故事裡的加害者，而不是我。」

如果說齊溪原本面對資歷更深年紀更大的老董還有些露怯，那麼此刻，她變得越發有底氣。

是的，她沒有錯。

錯的從來不是揭發錯誤的人，而是犯錯的人。

「老董，我沒有做錯什麼，我是個律師，但我不是你的私人律師，我是元辰的公司顧問律師，我的服務對象是元辰，元辰的利益才是我的利益，我做了對得起我職業道德的事。」

齊溪勇敢地看向了年紀比她大了一輪此刻表情仍舊猙獰的老董，「即便你現在威脅我詛咒我此後對接元辰的工作不順暢，但私人感情上，我也不恨你，也不希望你落到不堪的地步獲得不好的結果。」

「我希望你過得好，希望你真誠地和你太太道歉，然後接受她對你的處置，不論是離婚還是繼續修復感情過下去，你應該為你的錯誤反省付出代價，真心的悔過。你的太太能原諒你接納你，我祝福你們；你的太太果斷要離婚，我對你的下場也不感到歉疚。」

齊溪看向老董，一字一頓道：「因為整個故事裡，最應該感到歉疚的人是你。」

齊溪說完，把包拿起來，她挺直背脊，這才發現，面前這個原本讓她敬仰過的男人，其實遠沒有齊溪想像裡的高大。

老董佝僂著背，在齊溪的指責裡，即便死不承認，到底也露出了心虛的表情，他的眼睛甚至不敢直視齊溪。

齊溪沒有再留在元辰，不知道為什麼，她迫切地想回容市，想回到顧衍的身邊。

在返程的車上，她接到了元辰的內部審核電話，就老董和于娜娜的事對齊溪提問一些問題，齊溪都很公正地把自己了解的情況回饋了過去。

臨到掛斷電話之際，齊溪雖然有些遲疑，但還是問出了自己內心關心的問題，「董總監他……他怎麼樣了？後續會有什麼處理流程嗎？」

十分鐘後，齊溪懷著沉重的心情掛斷了電話。

她被告知，因為和解協議中斷，意識到自己拿不到這筆錢的于娜娜，在齊溪離開後沒多久，就在公司裡和老董魚死網破地撒潑鬧開了，而老董被于娜娜在打鬥中抓破了臉，腦袋也差點被對方用文件砸了，最後鬧到報了警，原本就有巨大矛盾的雙方開始在派出所互槓。

最後不僅牽扯到了這次違規離職賠償的事，甚至連老董過去利用人事總監職權之便，幫自己一個不符合元辰錄用標準的遠方親戚解決工作的事，也被翻了出來，而于娜娜也早已留了一手，把過去和老董調情開房的證據全部甩了出來，搖身一變，哭訴自己年輕不懂事，被老董這樣的中年大叔利用年齡優勢PUA潛規則，竟然把自己塑造成了一個受害者，甚至號稱第一次發生關係是老董把她灌醉後違背她的意志進行的，揚言要告老董強姦……

最終反而是老董的太太，在這個時候站了出來。

『雖然董太太突然知道這麼多醜惡的事，打擊非常大，但她還是在看了老董手機裡所有的證據後，先力挽狂瀾穩住了局面，針對于娜娜汙衊老董強姦的事，準備幫老董一起起訴名譽侵權和誹謗。』

即便是現在，齊溪也還記得打電話給她的元辰內審調查員談起此事時的唏噓：『董太太真的是一個非常溫婉但有力量的女人，明明那麼憤怒，明明那麼痛苦，但她還是站在孩子的立場，沉著冷靜地維護了老董作為一個父親的體面，打算幫老董把強姦這種莫須有的罪名洗清。』

齊溪當時對此很好奇，「所以董太太是打算原諒老董，接納他重新回歸家庭了？」

只是對方的答案卻讓齊溪很意外——

『沒有，董太太說，老董沒做過的事，她作為孩子的母親，會和他站在統一戰線上一致對外，保護孩子眼裡父親的形象，也保護孩子未來生活的輿論環境，不至於因為這種事被欺負排擠；但老董做過的事，做了就是做了，她沒辦法視而不見，也沒有辦法原諒，更不相信破鏡重圓，所以在幫老董澄清強姦謠言的同時，她會啟動和老董的離婚手續。」

齊溪直到車子到達容市，還有些恍惚。

董太太真是一個有擔當又有原則底線的人，而老董原本和她的幸福婚姻，也因為自己的失足最後走向了毀滅。

這是何等遺憾和唏噓。

人生在世，或許更應該珍重的就是眼前人。

因為老董這個插曲的耽誤，齊溪沒趕上原本回容市的車，不得不改簽了下一班，等抵達容市高鐵站時，已經將近凌晨了。

車站此刻零零落落的幾個人，顯得有些蕭條，晚上很冷，月臺上的冷風直往齊溪脖子裡灌，她只能縮著脖子，形單影隻地往出口走。

容市這個高鐵站有些年頭了，此刻周遭一切都有些蕭瑟寒寂，但齊溪心裡不是，她快步走向車站出口，因為那裡有顧衍。

顧衍會來接她。

而齊溪距離出口還隔著一段距離，但她抬頭，就已經能見到顧衍。

這個時間了，接駁的人並沒有幾個，多數是困倦疲憊的中年人，穿著厚厚的羽絨外套，而顧衍是其中鶴立雞群的一個，他穿著深灰色大衣，挺拔、精神而又溫和，像是給予迷航船隻引領的高大燈塔。

齊溪突然就覺得安心。

此前被老董咒罵時的難受、為老董這事產生的糾結和自我懷疑以及糅雜了愧疚焦慮不安的複雜情緒，好像在見到顧衍的這一刻，都消失殆盡了。

齊溪覺得自己像一個駕駛太空船出艙探險的宇航員，而顧衍則是她的搭檔，不論齊溪在出艙作業裡遇到多麼危險急迫的困境，顧衍都有辦法令她安全返航。

齊溪就這樣帶著溫柔安心又雀躍的幸福感，走到了顧衍的面前。

她抬頭看向顧衍，盯著顧衍的眼睛，沒有說話。

她以為顧衍會給自己一個擁抱，然而顧衍並沒有。

這男人只是解下了自己的圍巾，然後幫齊溪圍上，語氣淡然，除了繫圍巾的動作讓兩人顯得更親密一些，別的時候竟然都規矩得像是一對兄妹。

「走了，我的車停在地下二樓。」

顧衍渾然不覺齊溪此刻的失落，他非常平靜地走在前面帶路，甚至沒牽齊溪的手。

小說裡不都說小別勝新歡嗎？

齊溪心裡有點彆扭的納悶。

顧衍總是這麼克己守禮，在公共場合非常有分寸感，但這種分寸感未免也太冷淡了吧……

齊溪一邊這麼想，一邊偷偷盯著顧衍看。

此刻兩人已經到了電梯裡，要不是電梯裡還有另外三名乘客，顯得有些擁擠，齊溪都懷疑顧衍要站在自己的對角線上，和自己保持最遠的距離。

雖然說了在競合所裡避嫌，但也不至於在公共場合也避嫌到這個地步吧！

顧衍開BMW七系來。

齊溪幾乎是有些氣呼呼上車的。

只是等她上車繫上安全帶，顧衍這個開車的卻沒有繫安全帶的意圖。

「怎麼不繫……」

齊溪的問句還沒說完，顧衍就側身朝她俯了過來，因為身材高大，齊溪的視野完全被顧衍的身形遮蓋住了。

她還沒來得及反應，顧衍的唇就印上了她的，他的手輕輕撫住齊溪的臉，慢慢溫柔地摸索著，然後很快，隨著這個吻的加深，這種溫柔開始變質，變得帶了侵略性，由齊溪的臉頰蜿蜒向下，顧衍撫摸著齊溪的脖頸，然後停留在她的鎖骨邊，間或還惡劣又孩子氣地把玩著齊溪垂在鎖骨邊的碎髮。

此時此刻，在昏暗的地下停車場裡，顧衍把齊溪吻得幾乎難捨難分，完全沒了此前在出口和電梯裡時的冷淡和鎮定。

齊溪一開始還有些愣，但很快，隨著顧衍的投入，齊溪回應了這個吻，兩個人越吻越情動，只是車裡顯然不是適合的場所，最終是顧衍戀戀不捨地結束了這個吻，但很快，他又不甘心似的，回頭啄吻了一下齊溪。

在非常近的距離下，他盯著齊溪的眼睛，用略微沙啞的聲音，有些孩子氣帶著鼻音道：「齊溪，我好想妳。」

這聽起來有些像撒嬌了。

說完全能招架住這樣的顧衍是不真實的，但齊溪還是努力抵抗了，她還有些氣鼓鼓的委屈：「說什麼想我啊，剛來接我出站的時候，搞得像革命友誼一樣，隔那麼遠，都不牽我的手，也沒抱我……」

顧衍忍不住又親了齊溪一口，他聲音有些含糊地嘟囔道：「剛才人太多了。」

齊溪有些臉紅，但猶自強裝鎮定道：「人多怎麼啦？我們又不是婚外情，正正經經談戀愛，人多難道就見不得光了嗎？你都是什麼老思想啊……」

「不是老思想。」顧衍垂下視線，聲音也變得有些不好意思，「我剛才不敢牽妳的手，不敢抱妳，只是因為我怕自己會失控。」

他用平靜的聲音說著讓人非常不平靜的話——

「太想妳了，怕忍不住。」

齊溪只覺得自己像個突然喝多了的人，酒氣上湧，突然上頭，此時此刻只恨不得找個地方躲起來。

顧衍真是的，這種話怎麼可以隨口就來。

她看了顧衍一眼，有些好笑又有些甜蜜，「我才出差了一天！都沒有住在鄰市，和你也就半天沒見吧……」

「是的，整整半天了。」顧衍的語氣很克制正經，但說的話有些酸溜溜的，「妳去了鄰市半天基本都沒聯絡我，我覺得半天很長了。」

他有些陰陽怪氣道：「但看妳的樣子似乎覺得半天還挺短的，看起來是沒有經歷我這樣的感受。」

齊溪看著顧衍認真控訴的側臉，突然間有些福至心靈地伸出手，然後在她自己都沒反應過來之前，齊溪摸了摸顧衍的頭。

顧衍顯然沒有預料到齊溪的動作，他愣了愣，但沒有移開腦袋，反倒是用眼神給出了一些鼓勵的暗示。

齊溪有些失笑，然後像摸大狗狗一樣再摸了摸顧衍的腦袋。

「沒有不想你，只是今天處理了一位以前和我關係很好的人事總監的事，為了趕時間早點回來，所以在元辰每分每秒都在工作。」

顧衍愣了愣：「為什麼那麼趕時間？」

「因為想快點回來見到你啊。」齊溪看著顧衍，用有些無奈的語氣，「畢竟容市有一個想我想半天都忍不住的男人啊。」

「……」

齊溪任由顧衍把玩著她的手指，她沒有再調戲顧衍，而是開始簡單敘述了這天在元辰遇到的事和自己此前內心的掙扎，對此，她坦然道：「其實處理這件事的時候，心裡一直在想你，確實有一瞬間會懷疑自己做的對不對，但想到你，覺得只要是你，一定會支持我的做法，而如果這件事是你在經歷，你也一定會選擇和我一樣的做法，所以雖然是第一次遇到人情和法律這樣的衝突，也很惶恐不安和緊張，但最後我沒有後悔，我覺得做了對得起自己內心的決定。」

「我聽說老董的下場會很慘，他可能會一直恨我，但……」

顧衍回握了齊溪的手，「但妳做得沒有錯。」

他堅定地看著齊溪，用非常令人信服和帶來安慰的聲音道：「妳只是做了妳作為一個律師應該做的事。妳是作為律師被派去元辰輔助解決于娜娜的離職糾紛的，那在整個事件裡，妳就必須以一個客觀第三人的律師職業視角去處理這件事，所以，齊溪，妳做得很好。」

「很多人面臨這樣的抉擇，能不為人情所困，公正地做出決定的人才是少數，也正因為如此，這樣的少數才會顯得偉大，比如得知自己孩子犯了法沒有選擇包庇，而選擇向警方檢舉的父母，這很難，但因為難，所以才會顯得更加珍貴。」

顧衍輕輕摸了下齊溪的臉，有些不好意思地移開了視線，「當然，在我眼裡，妳一直是最珍貴的。」

齊溪啄吻了顧衍的側臉一下，然後也有些赧然，「你也是最珍貴的。」她說完，有些不好意思地開始轉移話題，「不過今晚這麼晚讓你來接我，還是辛苦你了，害得你都沒辦法睡好。」

「不辛苦。」顧衍被齊溪偷襲後，臉有一些紅，他移開了視線，聲音低沉好聽，「一直忘了告訴妳，我的幸運數字從來不是七，我喜歡ＢＭＷ七系，只是單純因為『七系』諧音是妳的名字而已，能開著這輛車來接妳，我覺得不辛苦，因為這是我以前做夢才有的場景。」

齊溪歪著頭想了想，然後看向了顧衍，「那你的意思是，你平時晚上睡覺會夢到我嗎？」

顧衍愣了愣，顯然沒意識到齊溪的關注點會往這個方向走，但他還是「嗯」了一聲，他垂著視線，看著轎車的內飾，「會吧。」

齊溪湊過去，攬住了顧衍的手臂，用鼻尖蹭了蹭他的衣服，用很撒嬌的語氣誘騙道：「那你都會夢到什麼呀？我在你夢裡的形象好嗎？」

也不知道想到了夢裡的什麼，顧衍的表情變得尷尬起來，眼神有些躲閃，語氣也變得有一點緊張，他像是不想再談這個話題一樣，用言簡意賅的回答表達了自己迴避的態度——「都忘記夢到什麼了。」顧衍有些自相矛盾地解釋道：「夢裡妳的形象是好的吧。」

齊溪很快就抓住了顧衍話裡的漏洞，她有些不滿意顧衍像是敷衍一樣的態度，有點賭氣道：「既然忘記了，怎麼還能記得形象是好的呢？」

何況這個「吧」字用得也很有靈性。

齊溪合理懷疑顧衍一定在夢裡醜化了自己，因此隨著自己的追問，顧衍臉上的尷尬似乎越來越強烈了，甚至都給了齊溪一種他恨不得現在跳出車窗逃跑的錯覺。

然後齊溪看著顧衍裝模作樣地看了手錶一眼，表示時間不早了，還是早點送齊溪回家，由此生硬地轉移了話題。

齊溪這下十分能確定顧衍夢裡的自己肯定沒幹什麼好事，她有點生悶氣，並且決定今晚也要做個夢折騰折騰顧衍，狠狠在夢裡抽打他。

第十四章　邪惡律師

最後一路暢通，顧衍順利把齊溪送到齊溪家門口。

第二天就是週末，齊溪的媽媽也快要過生日了，因此齊溪決定這週末不再留在租的房子裡，而是選擇了回家一趟。

自從齊溪非常不配合地搞砸了齊瑞明安排的兩次相親後，齊瑞明就勃然大怒，齊溪聽媽媽說他回家後暴跳如雷，把齊溪從頭到腳數落貶低了一通，揚言要看看齊溪靠自己能走到哪一步。

為此，齊瑞明顯然決定不提供一分一毫的經濟支柱給搬出去租房住的齊溪，就等著齊溪先低頭，因此齊溪在外租房工作期間，他還真是一分錢都沒支援過，甚至自從齊溪不配合相親和他決裂後，他都沒主動關心過齊溪的生活。

「妳呀也真是的，妳爸這個倔脾氣，他人不壞，就是性格火爆，而且有高血壓，高血壓的人真的很難控制情緒，有時候脾氣就大，妳爸又是事務所裡的合夥人，雖然不是競合這樣的大所，但平時業務壓力客戶壓力也很大，你們父女之間哪有隔夜仇啊，溪溪，其實只要妳跟妳爸低個頭，妳爸也就有個臺階下了。」

第二天一早，齊瑞明有一個外地客戶臨時有需要律師見證的工作，因此他一大早就出門趕火車去了，齊溪也沒和他打上照面。

不過，家裡沒了他，原本劍拔弩張的氣氛倒也緩和了下來。

齊溪的媽媽奚雯也試圖趁著這個機會去開導齊溪，她拉著齊溪的手，「你們父女倆簡直一個脾氣。」

可惜齊溪心裡憋著口氣，「得了吧，他就是看不起女的，妳看看他都什麼老思想，總覺得男主外女主內，女的就應該回歸家庭在家裡相夫教子，那我拚命複習升學考努力考上容大的意義是什麼？這麼努力念書，難道就為了結婚生孩子啊？」

齊溪的媽媽語氣溫和地拍了拍齊溪的手背，「不能這麼說，媽媽也和妳爸爸一樣是容大法學院畢業的，但現在在家裡當全職太太，媽媽也覺得很幸福。能生到妳這樣的女兒，媽媽很感激，為了陪伴妳選擇辭別職場，媽媽沒有後悔過，也不覺得被逼迫，這都是媽媽自願的，並不覺得自己的學歷履歷浪費了。媽媽也覺得現在的生活很幸福。」

齊溪的頭忍不住靠住了媽媽。

奚雯總是很溫柔，齊溪的內心因此也變得平和了一些，但她還是不服，「可媽媽，我覺得女性到底想要怎麼過，不應該有一個既有的章程，我們的選擇應該是自由的，完全由我們自己做主的，妳覺得家庭生活、養育孩子帶給妳比職場成功更大的快樂，那妳不用顧忌自己是什麼學歷，就算是名牌大學博士，社會輿論也應該尊重妳當全職太太的選擇，而不是去指責妳浪費自己的學歷自毀前程，因為這是妳的人生，妳的選擇。」

「但同樣的，我這樣的，覺得職場成功才是我人生價值最重要的部分的女性，也應該得到尊重，而不是用所謂『女主內男主外』的傳統來把我們排擠出職場，壓迫我們在職場的生存空間。」

齊溪的語氣很認真，「只要不違法犯罪，女性應該自由地做出任何選擇，只要她能承擔選擇的後果。不應該受任何異性的干涉，覺得應該放棄職場拚搏回歸家庭；也不應該受任何同性的干涉，覺得必須進入職場打拚才是新時代女性。」

奚雯笑著點了點頭，「我知道我知道，我的大道理講的不如妳好，口才遠比妳差，妳爸思想是太過傳統，但他就那個理念，出發點確實也是不希望自己的孩子太辛苦，妳看看他，昨晚妳出差凌晨回家的時候，他也還在所裡加班，妳和我都睡下了，他才回家，結果今天一早，妳還沒起床，他又出差了。」

「律師想要做出頭，是不得不犧牲一些私人時間，讓渡給工作的，而且妳現在還是實習律師，可能還感受不到那種壓力，但等妳越做資歷越老接的客戶越多，每個客戶都催著妳的時候，那個壓力真的不是妳現在能想像的。妳現在頭上還有妳的帶教律師幫妳頂著壓力呢，妳還沒直接面對客戶呢。」

奚雯溫柔地為齊溪撥開了額前的碎髮，「別的工種，可能只要熟悉業務，隨著年齡上漲經驗增加，很多事是重複的，可以依靠過去的經驗處理掉，屬於越做越輕鬆，越做越熟練。但律師不是，律師只會隨著年齡增長，接的案子越來越複雜，而且每個案子之間的事實千差萬別，根本不可能有一勞永逸靠著過去某個案子的經驗，就重複過去的處理方式這樣省心的做法存在。」

「我們作為父母，肯定不希望孩子也重複那樣辛苦的人生。」

奚雯看著齊溪的眼睛，循循善誘道：「我們父母這麼辛苦奮鬥，還不是為了孩子能更輕鬆地活著嗎？作為妳的媽媽，我自然也和妳爸一樣希望妳別那麼累，但媽媽也是女性，所以也能從另一個層面理解妳，所以我願意尊重和支持妳的選擇，只是妳爸偶爾一些話，妳也別太放在心上。」

奚雯笑了笑，「妳爸這人就這樣，說話有時候有點衝，但內心是很善良的。」

自己的媽媽一談起爸爸，臉上就不自覺洋溢出笑意。

齊溪知道，雖然爸爸媽媽那個年代還流行相親甚至包辦婚姻，但奚雯和齊瑞明是自由戀愛的，當初兩人一起在容大法學院的辯論隊裡相識，奚雯當時已經是小有名氣的辯手，而齊瑞明是初出茅廬剛加入辯論隊的菜鳥，但當時還是愣頭青的齊瑞明就是憑著一股勁，一天一封情書地打動奚雯了，而這些情書合集，如今還是齊溪父母愛情的紀念品，齊溪常常見到媽媽隔三差五會拿出來回味品讀一下，幸福之情溢於言表。

齊溪聽媽媽的朋友說過，在校時，奚雯的成績是好過齊瑞明的，但最後是奚雯放棄了事業，回歸了家庭，反倒是自己的爸爸在奚雯的支持下，一步步在大事務所裡歷練，積累了經驗和人脈，最後跳槽出來自己開了一家小型事務所。

雖說是小事務所，但畢竟是合夥人，所以雖然比不上競合所這樣精品事務所合夥人的收入，但比起普通工薪階層也算是高薪人士了。

齊溪也算是見證了自己父母互相扶持白手起家，自己的爺爺奶奶是農民，因此根本沒辦法給這個小家庭什麼支持，齊溪得以擁有現在的生活水準，確實是齊瑞明奮鬥的後果。

這樣一想，又加之奚雯的勸說，齊溪內心對齊瑞明的怨意也少了一些，但她嘴上還是不饒人，「就他最忙了，從我高中開始就是，成天不回家吃晚飯，幾乎天天都在所裡加班，好不容易週末了，法院都休息了，他吧，又有一堆應酬，這個客戶要維繫的，那個客戶要送禮的。」

雖說對齊瑞明意見很大，但父女之間確實沒有隔夜仇，只是說起往事，齊溪越說越心酸，「我升學考填志願那天晚上，他都沒回家，我高中畢業時作為學生代表講話，他也沒來，大學時候又是。我以後結婚是不是還得找個他不加班的時候提前和他預約啊？」

奚雯有些無奈地搖了搖頭，「妳這孩子，妳爸也不容易，所裡確實一堆事，他也是想趁著現在還年輕多賺一點，將來多留一點給妳。」

奚雯說到這裡，像是很快找到了齊溪話裡不經意間漏出的細節，她盯著齊溪的眼睛，「溪溪妳有男朋友了嗎？」

齊溪愣了一下，立刻顧左右而言他地掩飾道：「啊？什麼啊？媽妳怎麼突然問這種問題。」她做出氣呼呼的樣子，「妳不是要像爸爸一樣介紹相親對象給我吧！」

奚雯忍不住促狹地笑了，「我原本還只是懷疑，但現在看來，妳應該至少是有喜歡的男生了，妳現在要是覺得沒準備好，可以先不告訴媽媽，但以後第一時間要先帶給媽媽把關的。」

齊溪自然還是不承認，她撩了下頭髮，移開視線，佯裝鎮定地反駁起來：「妳這都是無根據的猜測，而且怎麼突然這麼說嘛。」

「平時誰和妳提結婚妳就和誰急，彷彿結婚是什麼洪水猛獸，來阻礙妳這個律政菁英發光發熱的，結果妳聽聽妳剛說了什麼，說以後結婚要和妳爸預約時間……」

齊溪不得不承認，自己媽媽雖然退出職場已久，但畢竟是容大法學院畢業的，抓重點的能力簡直沒話說。

為了轉移話題，齊溪決定禍水東引，「別說我啦媽，我工作認真，好歹也知道平衡生活呢，妳倒是管管爸爸吧！」

齊溪不滿道：「爸爸剛創設事務所那時忙也就算了，可現在所裡都步上正軌了，按理說他自己下面都有團隊和助理律師，怎麼還像事事都要親力親為一樣忙啊！競合所比我爸那小所強多了吧，裡面合夥人隨便一個誰，收入都是我爸的好幾倍甚至十幾倍了，但人家都沒我爸那麼忙，我看我們所一個合夥人，每個週末堅持陪兒子打網球呢。」

雖然齊溪提及這個話題是為了轉移自己媽媽的注意力，但說到這裡，也忍不住有些氣和無奈。

撇開父親濾鏡，公正地來說，齊溪也知道，齊瑞明並不算個在法律上多有天分的人，大學時齊溪因為好奇，偷偷看過他爸留在書房裡的起訴書，其實寫得有些粗糙，也偶爾從奚雯和齊瑞明的聊天裡能得知，齊瑞明辦砸了什麼案子，還曾經被客戶檢舉到律協，鬧騰了好一陣子才消停。

而她進入競合以來，見識了顧雪涵寫的法律文書，才知道什麼才是真正的專業和水準。所以或許她確實沒辦法強求她爸爸在處理好業務的同時，還能像顧雪涵這些菁英律師一樣遊刃有餘地處理好私人生活，平衡好事業和家庭本來就是一門非常高難度的藝術，能做得好的畢竟是少數。

這樣換位思考，齊溪開始也有些自我懷疑，自己此前對爸爸的要求是不是太苛刻了？因為她的爸爸也不是超人，只是一個普通的中年男人而已，有很多事他也力所不能及，世界上也有很多他辦不到的事。

「溪溪，妳也別和妳爸爸置氣了，妳小的時候，他可多寶貝妳啊，本身頸椎不太好，但因為妳每次被他架在脖子上的時候都會笑得很開心，所以怎麼都不聽我的勸，天天把妳架脖子上到處扛著玩，結果有次弄到頸椎病復發，在床上躺了一個禮拜。」

齊溪的媽媽說到這裡，也露出了又好氣又好笑的表情，「還有妳國中，當時你們學校搞了一個封閉式軍訓，把你們送去了臨市的一個軍訓營，結果妳扭傷腳，那邊荒得連雲南白藥都買不到，那時候也沒有跑腿和外送服務，還遇到了臨市百年一遇的大暴雨天氣，妳爸當時放下手頭的工作，愣是扛著雷暴天，開著剛買的二手小破車連夜送雲南白藥給妳……」

奚雯不說還好，這樣一講，齊溪的心也軟了。

這些小時候的回憶，她並不是不記得，也正因為她一直記得爸爸對她的好，才在成長後，對爸爸那些性別歧視的觀點更不能容忍——明明小時候並沒有因為自己是女孩對自己橫眉冷對過，怎麼自己越長越大，卻反而因為自己是女孩，就各種打壓自己，覺得自己這一性別就注定不能成功呢？

說到底，齊溪會不能容忍，還是因為那是自己爸爸，因為齊溪在乎自己爸爸的看法，希望得到齊瑞明的認可。

齊溪的媽媽性格溫和，看齊溪明顯有鬆動的模樣，摸了摸她的頭，「每個人都有缺點，妳爸爸也不是完美的，我們也不能因為他的一點問題就否定了他整個人是不是？妳爸是農村出身的，在他們那的農村，男孩才是唯一的香火傳承人。」

可齊溪還是委屈，「可他都是容大法學院畢業的，受了高等教育，也早就脫離了農村的生活環境，怎麼還能這樣啊？受教育不就是為了消除農村的一些惡習和錯誤觀念嗎？」

「可一個人根深蒂固的觀念怎麼會那麼容易改變呢？」奚雯笑了下，非常包容又溫和的解釋道：「一個人在童年接收的資訊，有時候是很難改的，妳爸爸也只是個普通人，但他心裡最在乎的還是妳，前幾天還在說過陣子要催妳去學車，等之後買輛車給妳，以後也方便妳週末回家。」

奚雯拍了拍齊溪的背，「所以別生妳爸爸的氣了好嗎？」她對齊溪笑起來，「媽媽都快生日了，妳就當送媽媽這個生日禮物好嗎？」

自己的媽媽話都說到這分上了，齊溪覺得自己再不肯退一步，也有些矯情和過分，因此雖然內心還有些抵觸和不情願，但好歹還是點了點頭。

奚雯一見齊溪這樣的表態，果然高興起來，「妳才剛工作，我生日就別花錢買什麼貴重的禮物了，只要我們一家三口好好的，就是最好的禮物了。」

齊溪嘟了嘟嘴，「媽媽，妳是不是看不起我的薪水啊？我都自己賺錢了，總不能什麼都不買吧？人要是過生日連個禮物都收不到的話，這個生日豈不是過的有些沒意思？」

「妳爸不會送我嗎？」齊溪媽媽笑起來，「而且雖然不是生日，妳爸最近已經送了我不少東西，上個月去凱悅辦了張ＳＰＡ卡，一充就充了三萬，還很貼心地每週幫我固定約一個晚上去做ＳＰＡ和美容呢。」

奚雯半埋怨半幸福地數落道：「都叫他別破費了，也不聽。」

行了行了，齊溪也有點無奈，覺得自己又被迫吃了父母的狗糧。

只是齊溪雖然決定退一步，趁著這次回家和自己爸爸好好吃頓飯冰釋前嫌，可惜齊瑞明並沒有給她這個機會。

他近來總是越來越忙，早出晚歸是常態，而臨時出差更是多如牛毛，當晚，奚雯親自下廚做了滿滿一桌菜，可等來的是齊瑞明又要晚些回家的電話，叫齊溪她們不要等他吃飯。

媽媽的臉上是顯而易見的失落，齊溪為此也有些抱怨，「爸爸也真是的，也都五十多歲的人了，怎麼最近反而越來越拚了。」

坦白說，齊瑞明年輕時雖然也拚過，但還不如如今拚的程度。

奚雯聽了，也有些無奈，「是，其實我們家開銷也不大，但妳爸也不知道怎麼了，四十歲那年催發了事業心，變得很拚很拚，接的案子也不怎麼挑了……」

齊溪對此是有印象的，因為那幾年，奚雯和齊瑞明為此發生過不少爭執，奚雯認為作為律師，尤其已經是溫飽問題早已解決的小康律師，還是應當有一定社會責任感稍微挑選一下當事人和案子的，有些道德層面上很難讓人接受的當事人，不應該因為對方給的代理費多，就不管不顧去接業務。

但齊瑞明並不這麼認為，從四十歲開始，他似乎突然對錢的欲望開竅了，一心一意就想多搞錢，即便是齊溪，也能從父母兩人的爭執中知道爸爸為了勝訴，在操作一些案子的時候，手法並不光彩。

只是雖然如此，齊溪覺得一家人的生活品質並沒有因為爸爸拚命搞錢而更上一層樓，他們甚至過得比一般的小康家庭更節儉。

齊溪憋了這麼多年，終於還是忍不住，問出了一直以來的問題。

「媽，妳說爸那麼拚死弄錢是為了什麼？人賺錢不就為了生活過更好嗎？錢只是工具，而不是目的，不應該為了賺錢而放棄生活，這反而是本末倒置，你們成天說以後的錢是留著給我花的，可我真的需要花錢去留學的時候，也沒見爸爸掏出來。」

奚雯還是為齊瑞明說話，希望開解齊溪和齊瑞明之間的齟齬，「妳爸一來是希望妳也別太累了，二來萬一妳出國了就留在國外了，我們老了身邊也沒個陪伴，三來，妳也要原諒妳爸有的小私心，我是全職太太，他做律師，雖然現在收入還可以，可律師的社會保險這些事務所一般都是按照最低的等級繳的，以後老了退休了不像公務員那樣有很好的退休養老待遇，所以妳爸想手裡存些錢以備養老，這個層面上，媽媽也可以理解他，何況妳爸還有妳爺爺奶奶要照顧，老人萬一生個病，開銷也很大。妳爸是農村出來的，小時候受過沒錢的苦楚，現在年紀大了，手裡沒錢就容易心慌，妳不是他那個成長環境和年代裡出來的，不一定能設身處地理解他對存錢的這種衝動。」

話雖然這麼說，可齊溪還是有些怨氣：「他不肯出我留學的錢也行，但別騙我啊，要是早點說不資助我，我就可以早點往有獎學金的學校申請，甚至可以早點去打工賺錢，總之不會拿到 offer 後突然晴天霹靂一樣束手無策來不及應對……」

可抱怨歸抱怨，齊溪那股氣過去，如今對沒辦法去美國這件事，也釋然了很多，父母願意支持孩子是情分，不願意花錢支持孩子，那也無可厚非，畢竟爸爸在平時的基本開銷裡確實也沒短缺過自己什麼，至少給了自己一個小康家庭孩子應該有的一切。

何況媽媽說得也對，律師賺的都是辛苦錢，不管怎樣，齊瑞明想留點錢給他自己老了花，也沒有錯。

只是齊溪好不容易想通了，打算趁著這次回家和齊瑞明破冰，為了一起吃頓飯，齊溪和媽媽也沒有在正常吃飯時間開動，一直等著齊瑞明，只是等了將近一個小時，都快到七點多了，齊瑞明突然打來了電話——

『老婆，我之前經手那個眾恆的破產重組案，突然出了點事，我現在人還在公司這邊緊急開會，回不來了。』

媽媽開的是擴音，因此齊溪也聽得一清二楚，因為難得一家三口週末聚在一起，奚雯親自下廚做了一桌大餐，如今聽說齊瑞明不回家，臉上是明顯的失落，「不是和你說過嗎？今天溪溪難得回家，我做了一桌子菜給你們呢。」

電話那端，齊瑞明也語氣遺憾：『我也沒辦法，我也想回家吃妳親手做的大餐呢，可現在客戶公司這情況，我別說是大餐，恐怕是飯也沒時間吃。』

奚雯一聽，果然完全不在意齊瑞明回不來這件事了，她有些擔憂地關照道：「客戶的事雖然重要，但身體是自己的，再忙也記得吃，我早晨就怕你忙過頭突然餓，在你包裡塞了點餅乾，你記得拿出來墊墊肚子。」

『老婆對我真是太好了，娶到妳真是我的幸運！』

兩人又互相關照了幾句，這才掛了電話。

還別說，雖然爸爸重男輕女了一點，但對媽媽都還挺好的，兩人都結婚這麼多年了，爸爸每次都還能把媽媽哄得臉紅的像個少女似的。

齊溪忍不住朝媽媽撇了撇嘴，表示沒眼看，換來奚雯嬌俏地捶了她一下。

雖然爸爸不回家吃，但這一桌豐盛的飯菜，齊溪肯定是不會辜負的，她大快朵頤，一邊吃一邊誇讚媽媽廚藝好，搞得奚雯一臉愉悅，也忘了齊瑞明不能回家一起吃的失落。

飯畢，齊溪原本還想在家裡待一下陪媽媽說說話，可沒想到趙依然這傢伙忘記帶鑰匙，此刻正在房子外面乾等著。

齊溪沒辦法，只能趕緊收拾東西，提前離開家裡趕著去幫趙依然開門救她的狗命。

為了快點回到租住的房子，齊溪直接攔了輛車，也算她幸運，剛上車沒多久，外面就飄起雨來，再晚幾步，恐怕連車都攔不到。

一旦下雨，果不其然，行駛到主幹道上，路就開始變得塞起來，齊溪被堵在一個紅燈裡，她傳了個貓貓無聊的貼圖給顧衍，開始百無聊賴地看著窗外。

齊溪原本只是隨便一瞥，卻皺起了眉。

塞在自己隔壁車道裡前面的一輛車，不正是爸爸的車嗎？

齊瑞明的車牌號尾號和他們的結婚紀念日日期一致，因此齊溪絕對不可能看錯。

可爸爸不是說他忙著處理眾恆的破產重組案嗎？

眾恆是一家容市老牌的機械公司，公司辦公地址和廠房都在遠離市中心的郊區，離如今這條路有將近兩小時的車程，所以爸爸怎麼會突然出現在這裡？

難道是已經結束那邊的事，所以趕回家了？

可就算按照齊瑞明剛才打電話來後瞬間忙完了眾恆的事，立刻開車趕回來，時間也對不上，那麼短的時間內他根本不可能出現在這條路上。

更何況，齊瑞明現在開的這條路，根本不是回家的路。

齊溪的心突然開始怦怦跳起來。

她開始覺得有種失重般的噁心感，心裡有了一個不願意相信的猜測雛形。

她爸爸會不會……

齊溪覺得整顆心都提到了喉嚨口裡。

「司機，麻煩跟著那輛車走。」

在司機遲疑的眼神裡，齊溪強行擠出了個微笑，「我爸爸的車，想給他個驚喜。」

司機沒再多問了，反倒聊起了自己的女兒，「你們這些年輕人啊，就喜歡這樣，我女兒前幾天招呼都沒打，突然從寄宿學校回來，就說為了給我個驚喜幫我過生日……」

對方興致高昂，但是齊溪一點搭話的情緒都沒有了，她的眼裡只剩下齊瑞明的那輛車，心裡是雜亂和慌張，顫抖著手傳了則訊息給趙依然，告知她自己有點事，會晚點回來，讓她先去咖啡廳裡坐坐。

齊溪心不在焉地傳完訊息，甚至沒去看趙依然的回覆。

她整個人覺得非常分裂和無措，爸爸行蹤詭異，該不會真的是出軌了吧？

如果是真的，那怎麼辦，媽媽怎麼辦。

在這種反覆的煎熬和忐忑裡，齊溪看著計程車司機跟上了爸爸的車，她探頭探腦張望，發現讓人稍感安慰的是，齊瑞明的車裡應當沒有別人。

齊溪爸爸果然不是打算回家，他逕自駛向了容市最高級的商區，然後在奢侈品一條街找到了街邊的停車位停了車。

齊溪也飛快地付錢下了計程車。

這次齊溪再次確認了，齊瑞明的車裡確實沒有別人，也幸好因為下雨，齊瑞明從後車廂裡拿了傘，撐起後他的視線被遮擋了，他沒能看見鬼鬼祟祟跟在他身後的齊溪。

齊溪就這樣，看著自己的爸爸逕自走進了愛馬仕的店裡。

愛馬仕的店裡根本沒有別的顧客，一旦齊溪衝進去，那將太過顯眼，勢必暴露，好在愛馬仕的櫥窗足夠敞亮透明，而自己的爸爸顯然也不是去裡面挑挑揀揀，像是去取什麼預約好的東西。

齊溪看著店裡的銷售員很熟悉地和齊瑞明打了招呼，然後就從貨櫃裡取出了一個包，為了當場驗貨，銷售員當即拆開了防塵袋，展示這款包前後左右的各種細節給齊瑞明看，齊瑞明則只簡單看了下，便點了點頭，然後齊溪看著他爽快地掏錢付帳。

齊溪並不是奢侈的人，她從來沒買過奢侈品牌的包，但這不妨礙她對愛馬仕多少有所了解——愛馬仕的包非常難買，尤其是稀有款特別款，買包似乎都需要按照一定的比例去配貨，因為訂貨週期很長，很多現貨的包價格都被炒到了原價的兩到三倍不止。

齊溪不知道齊瑞明拿的這個是愛馬仕的什麼款式，於是只能靜觀其變等著自己的爸爸拿著包離開。

齊瑞明看起來心情大好，他把愛馬仕的購物袋放進了後車廂裡，但沒有立刻回家，而是再次沿街走起來，齊溪在雨中亦步亦趨地跟著，直到看到他進了一家花店，然後買了一束花，這之後，才再去附近一家甜點店裡買了份甜點。

買好這些，齊瑞明才回到車裡，發動汽車離開。

齊溪心裡七上八下，雨已經變得很大，齊溪因為沒有帶傘，渾身已經淋濕了，變得像狼狽的落湯雞，風一吹，冷得發抖，但這些外在的感受她都顧不上了，齊溪找了個躲雨的門廊，然後開始固執地在網路上瀏覽起一款款愛馬仕的包。

好在網路沒讓她失望，十幾分鐘後，她就找到了爸爸買的這款愛馬仕包的名字。是mini kelly的二代鱷魚皮。

據說這個包一出，愛馬仕迷們就非常追捧，這款包的普通皮都已經相當搶手，而這款鱷魚皮，更是一包難求，價格吵到了裸包的N倍不止。

自己爸爸今天能拿到這個包，預訂週期最起碼恐怕需要半年以上，價格最起碼要二十萬。

齊溪突然覺得有些眩暈。

二十萬，她如今還是授薪律師，一年薪水到手都沒有二十萬。

齊溪的心裡很亂，她也不知道自己在想什麼，只是保持著渾渾噩噩的混亂狀態回到了租住的房子開了門。

她的模樣把趙依然嚇了一跳，「我的天啊，妳沒帶傘嗎？怎麼淋成這樣了？快進去洗個澡！」

可齊溪哪顧得上洗澡，她只裹了條毯子，胡亂擦了擦，心裡還沉浸在不可思議的矛盾感和不安痛苦裡，但不管怎麼說，要是爸爸真的出軌了，媽媽有資格知道一切。

她想起從元辰調查員嘴裡得知老董太太的痛苦和崩潰，心裡第一次產生了畏縮，在老董出軌事件上，即便天人交戰，齊溪內心的天平仍舊偏向了忠於自己的職業，因此出於職業道德，她必須上報老董的行為，而他太太得知一切，也是之後才產生的連鎖反應，只是如今……

如今自己看見的一切，並沒涉及到自己的職業，沒有職業責任那麼強的驅動力去說服自己向天平的任何一端傾斜。

媽媽自然是有資格知道一切的，可是媽媽能承受得了這樣的打擊和變故嗎？自己應該出面找爸爸談一談把這件事情處理掉嗎？還是怎樣？

齊溪的心裡亂作一團，結果她剛想打電話給媽媽，心有靈犀般的，奚雯的電話就來了。

齊溪接起來，手機裡便傳來奚雯的聲音：『溪溪，到住的地方了嗎？怎麼一直沒回媽媽的訊息，還以為妳出什麼事了！』

聽到這熟悉的聲音，齊溪鼻子一酸，「媽！」

奚雯有點奇怪，『怎麼了？遇上什麼事了？別怕，有什麼事都可以和我們說，妳爸也剛回來呢。』

齊溪原本想告訴奚雯下午的插曲，可一聽齊瑞明回來了，倒是愣了愣，「爸爸回去了？」

『是啊，回來了，還帶了一束花和甜點給我呢，真是的，都和他說了，這些都是年輕人才會玩的事，我們都老夫老妻了，還搞這一套，不是浪費錢嗎？還說什麼我生日快到了，到時候要送我一份神祕禮物，在那賣關子呢。』

奚雯雖然在抱怨，但語氣是甜蜜的。

這反倒讓齊溪頓住了。

她皺了皺眉，突然意識到了另一種可能──花和甜點都是買去送給媽媽的，所以那個死貴的愛馬仕，其實也只是提前訂貨，之後要送給媽媽的生日驚喜？現在保密只是為了之後生日時送出給媽媽驚喜？如此一來，似乎一切都說得通了。

爸爸明明不在眾恆，但謊稱在外面工作，也是為了神不知鬼不覺地去愛馬仕店裡提貨，甚至或許還可能在偷偷布置什麼？

這麼一想，齊溪突然就開始羞愧起來了。

可能是做律師以來接觸的離婚出軌案子太多了，以至於一點蛛絲馬跡，齊溪就放大到變成推理破案一樣的偵查了。

雖然爸爸因為工作常常欠缺家庭參與，因為重男輕女，近年來和齊溪的關係也確實緊張，但不經過交叉舉證直接把他斷定為出軌，齊溪如今想起來，只覺得自己有些應激過度了。

她內心自我反省地想，或許她對爸爸的敵意和偏見是強了那麼一點。

電話那端，媽媽還在關心齊溪的情況，『溪溪，所以妳到底發生什麼事了？安全到房子了吧？』

「到了到了。」

齊溪有些赧然，她和媽媽一向親厚，考慮到爸爸買了愛馬仕當驚喜禮物，於是她撇開這一點，把自己跟車看到爸爸買花和甜點，誤以為他出軌的事說了。

奚雯聽完，果然笑得忍俊不禁，她壓低聲音道：『溪溪，妳這可不能讓妳爸聽見，不然他得氣死，在外面忙死忙活的，結果還被女兒懷疑出軌了，妳這個腦袋瓜，也不知道成天在想什麼。』

齊溪嘟囔道：「誰知道啊，男的可能天生都想出軌呢，我這不是每天繃著弦嗎？而且平時就要嚴防死守，男的才不敢出軌！我覺得妳對爸爸管得也太鬆了，平時從不查崗，都不管管他是不是真的去哪了。」

齊溪的媽媽像是走離了客廳，大概是到了一個人的房間裡，她的聲音也不再壓低，變得正常起來，『妳這孩子成天研究這做什麼？』

『全世界男人出軌了，妳爸也絕對不會出軌的。』奚雯的聲音很自信，『妳想想妳爸平時打扮自己嗎？這十幾年來為了工作賺錢都瘋魔了，叫他多保養保養也不聽，都不肯花錢打扮，妳還指望他會給別的女人錢花啊？有什麼女的肯跟他啊？難道圖妳爸的人啊？』

這話倒是沒錯，齊瑞明早年形象還是不錯的，可隨著工作壓力增大，他沒日沒夜的幹，這幾年老得很快，啤酒肚也出來了，因為常常熬夜，頭髮也稀疏了，眼睛下面常年掛著沒精神的黑眼圈，而他確實也沒什麼奢侈的愛好，開的車還是七八年前的一輛日系老款車，並沒有那種有了錢就使勁花的做派。

反之，奚雯因為一直做衣食無憂的全職太太，平時作息健康，保養得當，走在齊瑞明身邊，明明是同齡人，但看起來差了十歲。

何況雖然家境一直在變好，但齊溪不可否認，爸爸骨子裡確實挺吝嗇小氣，齊溪平時要買什麼，只要價格稍微貴點，齊瑞明就要嘮嘮叨叨，能為媽媽花二十萬買個愛馬仕，可謂是真愛了。

齊溪鬆了口氣，覺得自己是真的想多了。

她高高興興和媽媽道了別，這才心無旁騖一身輕鬆地跑去洗熱水澡了。

等齊溪意識到虛驚一場，終於有心情洗完澡吹完頭躺到床上，才發現手機上已經滿是顧衍的未讀訊息和未接來電了。

一開始是慣常的問候——

『起來了嗎？我在看案例，好無聊。』

『自己做了午飯，照著網路上新學的食譜，做出來味道不錯，下次做給妳吃。』

『妳在幹什麼？陪妳爸爸媽媽聊天嗎？我又在看案例了，還是很無聊。』

大概是齊溪一直沒回覆，顧衍的訊息變得越來越像自言自語，齊溪看著他傳了幾張自己正在看的案例的照片，甚至還附上了他對案例的評價，然後他開始跟齊溪分享他最新的歌單，以及一些覺得有意思的書。

齊溪一邊看，一邊覺得顧衍這人真有意思，明明很想和自己聊天的樣子，但又不明說，總用「看案例看得好無聊」、「也不知道幹什麼」這種話來瘋狂暗示齊溪。

但很可惜，齊溪雖然看懂了他的暗示，但上午忙著和媽媽聊天，中午吃完飯後則因為懷疑爸爸出軌這一有驚無險的小插曲，根本沒顧上看手機。

因此到了下午，在還沒收到齊溪任何回覆的情況下，顧衍接著的訊息變得委屈起來，情緒也不再藏著掖著憋著了——

『怎麼還不理我？』

『齊溪。』

『齊溪，我有點想妳。』

『齊溪，想和妳打電話。』

配合著顧衍這則訊息的，是一通來自他的未接來電。

其實顧衍也沒說什麼肉麻的情話，但齊溪一邊看一邊就覺得有些臉熱。

這一次，齊溪沒再讓顧衍等候了，她逕自打了電話給他。

幾乎是電話一響，對面就接了起來。

顧衍低沉但好聽的聲音傳了出來，這男人把語調拖得老長，像個耍著不太明智小脾氣的小孩——

『齊溪，妳總算想起原來還有個男朋友了啊。』

齊溪沒回應顧衍的話，只是問：「你現在在哪裡啊？」

顧衍愣了下，但還是回答道：『當然在家裡。』

接著，他有點悶悶地道：『我的週末生活又不太豐富，只是在家裡看看案例一邊等妳打電話給我而已。』

雖然沒有得到齊溪的回應，但顧衍並沒有放棄坦白自己的情緒，『齊溪，我很想妳。』這男人有些自暴自棄道：『就算妳沒有想我，我也是想妳的。』

傻瓜。

齊溪沒有再遲疑了，她開始收拾起東西，「給我半個小時。」

『什麼？』

齊溪笑起來，「半個小時後，到你們社區大門口接我。」

顧衍愣了下，隨即聲音聽起來有些不可置信般的訝異，『妳要過來？但現在很晚了，還在下雨，會不會不安全？』

「顧衍。」

『嗯？』

「不用說別的，我就問你一句，你想我去，還是不想我去？」

電話那端沉默了片刻，最終，顧衍開了口，他說，想的。

齊溪的臉變得更加熱，心跳也變得更快一些，她嘟囔道：「那我去不就行了嗎？」

剛才還在勸說雨天晚上不安全的顧衍，立刻道：『那妳在住的地方等我，我開車去接妳。』

「不要。」

齊溪幾乎是當即就給出了拒絕。

顧衍果然有些意外：『為什麼？』

齊溪咬了咬嘴唇，壓低聲音輕聲道：「因為雨天，你開過來會很塞。」

顧衍很認真地解釋道：『我不在乎的。』

「可是我在乎啊。」齊溪的臉憋得有一些紅，她的聲音也越變越輕，「你開過來塞半小時，然後再帶著我開回去又塞半小時，那要花一個小時，可我都不想等一個小時才到你家，我想越快越好。」

「因為我也想你啊。」

還好，齊溪很順利地下樓攔到車，似乎為了預示接下來的一切順順當當，一路也沒有塞車，半小時後，齊溪就出現在了顧衍社區的門口，而顧衍早就已經在一邊等候。

原本的小雨已經夾了點雪珠，顧衍的帽子和大衣上已經積了一層薄薄的雪，他白皙的臉被凍得有些泛紅，睫毛上都有些水珠，隨著他眨動眼睛的動作而微微顫動，齊溪看到他呼出的氣息，在冷空氣裡變成明顯的白色徐徐上升。

她幾乎是有些心疼了，「都和你說了最起碼要半小時到，你這是提前多早就出來等了？我又不是不知道你家住哪裡，等我到了你家樓梯間裡，會打電話給你的呀。」

因為冷，顧衍也穿得很厚，像一隻溫暖的大熊，他拍掉了身上的雪，毫無誠意地撒謊，「我剛下來的，沒等多久。」

他朝齊溪笑了下，「不信妳摸我的手，還很暖和。」

顧衍這麼說著，就從口袋裡伸出手，然後握住了齊溪的，確實是溫熱的，然而齊溪摸了摸顧衍的臉，明明是冰冰涼涼的。

齊溪一邊被顧衍牽著往社區裡走，一邊忍不住有些埋怨，「你也真是的，知道戴手套，怎麼不知道戴條圍巾，脖子好冷的。」

「想著等等不能用涼手牽妳，所以記得戴手套了。」顧衍有些不好意思，「脖子真的沒想起來，現在妳這麼一說，就覺得脖子空蕩蕩挺冷的。」

好在很快，兩人走到了樓梯間內，進入了電梯後，那種室外的冷意漸漸就退了。

明明在手機上表現的很想念齊溪，露出很黏人的樣子的顧衍，結果真的見到深夜來訪的齊溪，也還是沒有流露出明顯的熱情，他甚至還一本正經地在電梯裡開始跟齊溪彙報林琳報警後的最新進展——

「她前男友敲詐勒索和涉嫌強姦基本是證據確鑿，檢察院已經介入，現在已經批准逮捕了，涉案手機之類的也被警方控制住了，所以她那個人渣前男友也沒來得及再散布林琳的隱私照片和影片，現在林琳的父母和男友都陪著，她狀態還不錯，憂鬱症也開始好轉，週末我在電梯裡見到她，人開朗了不少。」

「那真是太好了！」

能知道林琳平安無事，人渣前男友也即將得到應有的懲罰，齊溪自然是高興的，但高興之餘內心又忍不住有些嘀咕，顧衍才真是的，自己大半夜跑來和他私會，結果這不解風情的男人在這裡和自己搞什麼案情彙報，有沒有搞錯呀！

齊溪越想越覺得委屈，她抱緊了自己的斜背包，覺得臨出門之前紅著臉頂著天大的羞恥感跑去便利商店買保險套的自己有一點點可憐。

但……

但大半夜女朋友跑來家裡，這本身不就是一種暗示嗎？

何況自己和顧衍也算熱戀期，除了親親抱抱之外，顧衍就沒有更進一步的想法嗎？

明明顧衍對自己也很好，但怎麼從來沒有別的暗示呢？

齊溪覺得自己像隻心急的狐狸，圍著葡萄團團轉，不知道葡萄園的主人怎麼還不邀請自己進去，開始擔心這葡萄是不是真的有什麼難言之隱不太好吃，以至於主人才三緘其口？

電梯「叮」的一聲打斷了齊溪的思緒，顧衍家所在的樓層到了。

因為委屈和尷尬，齊溪狀若鎮定地提前跨出了電梯，然後熟門熟路地快步往前走，像是想要甩脫內心亂七八糟情緒源頭的始作俑者。

她先顧衍一步到了顧衍的家門口，剛回頭想喊顧衍的名字。

結果剛喊出了「顧」字，就被身後的顧衍推到了牆邊，然後用嘴唇堵住了齊溪未盡的那個「衍」字，齊溪來不及說任何話，聲音已經消失在了相交的唇舌間。

顧衍門口的聲控燈因為齊溪那一聲短暫的「顧」而亮了起來。

在這短暫的光明裡，齊溪看到了顧衍的臉，帶了情欲的忍耐和不可控的侵略性，甚至剛剛把齊溪推到牆邊的動作，都帶了微微的粗暴，像是已經等不及了。

齊溪突然間覺得自己此前的委屈和不甘都一掃而空了，她任由顧衍摟著自己的腰，也輕輕抱住了顧衍的背，開始和他認真的接吻。

而她的斜背包，因為沒有背好，慢慢開始滑脫，齊溪不得不推開了顧衍一點，強迫他和自己分開，用帶了喘息的聲音輕聲道：「顧衍，我的包……包要掉了。」

只可惜顧衍根本沒給她機會弄好包，因為他逕自捧著齊溪的臉，重新把她按回到原來的位置上，抵著牆，再一次吻住了她。

他盯著齊溪的眼睛，在兩人不得不分開喘息的時候，用鼻尖抵住齊溪的，用帶了濕潤又煽情引誘的聲音說出咒語，「我不在乎包，我只想吻妳。」

齊溪根本無力抵抗，她也不再想抵抗。她的手被顧衍高舉過頭頂，然後被他就這樣抵在牆上制住，唇舌徹底失守，只讓顧衍予取予求。

這是一個沉默又深入的吻，漸漸的，齊溪感覺到，顧衍的喘息也變粗了，他的一隻手仍舊維持著固定住齊溪手的姿勢，另一隻手卻開始在齊溪的腰間摸索，帶了強烈的暗示意味，昭告著主人的不良意圖。

走廊間只剩下帶了濕潤水意的接吻聲，但不足以引發聲控燈，走廊裡重新恢復了黑暗，齊溪和顧衍在這黑暗裡，不再克制，釋放出彼此最濃烈的情緒，吻到難捨難分。

好在顧衍的門除了設置了密碼外，也錄入了指紋，因此最後，顧衍是一邊吻著齊溪一邊用指紋摸索著開門的。

而顧衍最終開大門的方式堪稱粗魯，他是一腳踹開大門的，然後摟著齊溪進了屋，原本兩個人將順理成章地到沙發上，但是……

屋裡燈火通明。

顧衍不得不意猶未盡地結束了和齊溪的吻。

齊溪不明就裡，眼神像是沾了水的玫瑰花，濕潤又誘人，被顧衍吻到發紅的嘴唇輕啟，她的大衣外套已經解開，裡面V字型的開衫上，領口的紐扣也已經解掉了兩個，露出了起伏飽滿又渾圓的胸線。

顧衍本意不想看的，然而不知道為什麼，眼睛像是有了自己的意志，止不住往齊溪胸口看，顧衍不得不強迫自己移開視線，然而絕望的是，視線變得像有自主意識，很快又會移回它感興趣的事物上去，這樣視線來來回回，反而更顯得突兀而刻意了。

顧衍開始後悔此前把家裡客廳的燈開得太亮了。

這麼亮的燈光下，總讓人覺得似乎做什麼事都無所遁形，齊溪的臉很燙，顧衍看著她露出像是很害羞的樣子，齊溪不得不稍稍直起了剛才軟得不像話的腰，用像是顧衍做夢一般的眼神看了他一眼。

如果不是顧衍書房裡突然傳來手機鬧鐘鈴聲，顧衍覺得，光是齊溪這樣的眼神，就能讓自己腦海裡那根弦完全崩斷了。

只是書房裡怎麼可能有手機鬧鐘鈴聲？顧衍根本沒有設置過。

他愕然的眼神立刻讓齊溪也警覺起來——

顧衍的家裡還有別人。

還不用齊溪猜測書房裡的人是誰，對方的聲音就已經大大咧咧傳了過來——

「顧衍？你回來了啊，我記得你之前買過一本關於企業創業板上市的籌備和操作指南，我找不到在哪裡了，你快來書房幫我找出來，我急著參考看看。」

不是顧衍的父母，這是顧雪涵的聲音。

齊溪先是鬆了一口氣，但很快就意識到，是顧雪涵的話也沒有比顧衍父母來得好多少。齊溪的心跳得飛快，像是要從喉嚨口裡蹦出來，只覺得剛才沙發上旖旎的一刻和此刻嚇到快心梗的一刻簡直像是完全割裂開的兩個極端世界，彷彿一秒之內從炎熱的夏季過渡到了飄雪的冬天。

如果非要形容，齊溪覺得自己此刻的心境，恐怕和趁著原配不在，跑來原配家裡和對方老公出軌，結果差點被意外返回的原配撞破時有得拚。

齊溪轉頭看了顧衍一眼，才發現顧衍也沒比自己好到哪裡去，雖然多數時候他總是沉穩可靠又冷靜的，但此刻顧衍也彷彿一個考試作弊差點被當場抓獲的小學生，臉上也帶了尷尬和些微緊張。

像是為了表現得更加理直氣壯些，顧衍用仍舊沙啞的聲音努力掩蓋自己的不自然，他像是因為心虛，所以反而故意用了比平時大很多的聲音，「姊，妳怎麼來了？」

「嗯。爸媽做了點滷味，讓我帶給你，我也順便過來找本書，敲門見你不在，我就用備用鑰匙先進來了……」隨著顧雪涵聲音接近，很快，書房門口就出現了她的身影，她出門後，隨意地抬了下眼，這才看到了齊溪，露出很意外的神色，「齊溪？妳……」

幾乎沒等顧雪涵問完，顧衍就逕自截過了話頭，他狀若不經意道：「哦，齊溪也是想跟我借本書，上次和她提過一嘴，我們之前討論一個案例的時候聊起過，是關於信託糾紛的，她剛才回家途中正好路過這邊，我就叫她順路直接過來取一下再走。」

雖然想裝得非常隨意，但齊溪還是從顧衍明顯變得比平常更快的語速裡，覺察到了他的緊張。

其實顧衍的說辭裡有很多漏洞，比如顧衍此刻住的地方和齊溪租住的房子根本不順路，而且齊溪根本犯不著大晚上的特地過來「順路」取個書，因為她和顧衍每天上班都會見，只需要顧衍明天上班時候順手帶去競合就行了，根本不用大半夜叨擾同事吃飽了沒事幹浪費點時間，就為了借本書……

齊溪見識過顧雪涵質問不肯老實交代案情對律師隱瞞的客戶，她知道顧雪涵對案子裡的細節能咄咄逼人到什麼程度，也知道顧雪涵的邏輯辯證能力有多強，顧衍這個處處是漏洞的解釋簡直是沒眼看。

齊溪覺得自己此刻的臉一定紅得非常可疑，懷疑自己誇張的心跳聲甚至能被顧雪涵聽出異常。

就在齊溪幾乎已經硬著頭皮開始想萬一被顧雪涵質疑時，自己應該怎麼去彌補這些細節上的 bug 時，出乎齊溪的意料，顧雪涵大概是下班後對自己生活裡的細節並沒有產生職業病，她幾乎是想也不想就接受了顧衍的那番說辭。

顧雪涵看了齊溪一眼，然後笑了下，「我團隊裡的兩個成員都這麼好學，讓我這個帶教律師都有點危機感了。」

雖然顧雪涵的表情並不嚴肅，但此刻，她還穿著職業套裝，讓齊溪總不自覺地有些緊張和忐忑，宛若又回到了辦公室，她的眼神忍不住有些躲閃，像是生怕被顧雪涵看出來自己來她弟弟這根本不是為了學習，甚至剛才就在這客廳的沙發上差點和她的弟弟學習一些別的可疑知識……

好在顧雪涵並沒有久留的打算，她朝顧衍晃了晃手裡的書，「書我找到了，滷味我已經幫你放冰箱了。我還有點事，那我先走了。」

雖然顧雪涵的神態看不出異樣，但齊溪因為心虛，總覺得怎麼看怎麼慌，於是為了自證清白般，也生怕顧雪涵回頭一想發現顧衍說辭裡的漏洞，齊溪幾乎是急切道：「顧律師，能麻煩您等等嗎？我、我拿完書，也馬上要走了，順路的話能不能搭下您的車？不順路也沒事，您把我帶到地鐵站就行……」

顧衍也十分配合地立刻從書房不知道那個犄角旮旯裡翻出了一份發黃的二〇〇一年出版的家族信託相關案例書來給齊溪。

只是沒想到顧雪涵卻逕自拒絕了齊溪的搭車要求，「不好意思齊溪，今晚我不是自己開車來的，也是搭了個朋友的車，還有一個客戶剛從國外回來，急著想當面和我交接一份文件，所以我自己都還得麻煩那位朋友把我送到和客戶約的地方去，時間又有些趕，也不好意思再麻煩她再帶個人了。」

顧雪涵露出了不好意思的表情，「她自己也趕著回家餵奶。」然後她看向了顧衍，「你等等記得把齊溪好好送出去，幫她攔個車，送她進了計程車再回家，知道嗎？爸媽準備的滷味也很多，你正好分一點給齊溪。」

大概真的很趕時間，顧雪涵不等齊溪和顧衍回覆，就急匆匆穿上高跟鞋開了門，臨走前，她從口袋裡掏出了備用鑰匙，丟在了餐桌上，「顧衍，你的備用鑰匙還給你了，下次來之前我提前和你說就是了，放個你的備用鑰匙在我這裡，萬一被我弄丟了，保險起見你還得換大門，太麻煩了，你自己拿著吧。」

顧雪涵說完這些，放下了鑰匙，大概為了趕時間，幾乎頭也不回地穿上高跟鞋走了。

等聽到電梯門關上的聲音，齊溪才鬆懈下來。

她拉了拉顧衍的衣袖，「幸好你姊姊沒看出來。」齊溪忍不住嘟囔道：「你剛才都是什麼危機反應啊，說的藉口裡全是bug，幸好顧律師沒在意。」

可惜比起齊溪的放鬆，顧衍面色顯得有些難以辨認的複雜，他好像還有些尷尬，也有些不知道怎麼和齊溪開口。

齊溪放下了此前的緊繃後，一下子有些脫力，這時候她才覺察出剛才因為緊張，整個人都有些微微發熱，於是開始用手往自己臉上搧風，然後自然而然地坐到了沙發上。

只是她剛想說點什麼，突然意識到剛才在這張沙發上差點發生什麼，一下子有些應激反應般，又如坐針氈般彈了起來，心煩意亂的臉紅起來。

然而顧衍的下一句話，就讓齊溪快要喘不過氣了——

「我姊知道了。」

齊溪原本剛為了緩解尷尬，拿起了桌上的水杯喝了一口，因為顧衍這句話，立刻嗆到咳嗽起來。

始作俑者顧衍倒是很平靜，明明那麼有殺傷力的一句話，他彷彿只是在陳述一個法律事實一樣冷靜，見齊溪咳嗽，才用略帶無奈的眼神走過來，伸手幫齊溪輕輕地拍背順氣。

齊溪緩了緩，才找回了自己的聲音，結果一開口，齊溪才發現自己的聲線也因為顧衍太過驚悚的話語而變得有些微微發顫，「為什麼說你姊姊知道了啊，剛才她一直在書房，直到我們、直到我們整理好儀容她才出來的……」

顧衍的臉上也帶了些無可奈何的尷尬，但更多的是篤定，他看了齊溪的胸口一眼，然後飛快地移開了視線，聲音低沉帶了點沙啞，「我們確實整理儀容了，但應該沒整理好。」

「嗯？」

顧衍的耳朵變得微紅，他還是沒有看齊溪，但他回答了齊溪的問題，「妳的紐扣。」

齊溪這才下意識看向自己的胸口，不看還好，一看，她整張臉都紅了。她胸前被解開的三顆紐扣，剛才情急之下，扣錯了兩顆，導致原本應該布料平順的胸口，非常突兀的因為一個彷彿意外逃脫制裁的紐扣，輕輕拱起了一座小山一樣的褶皺，明顯到簡直不可能會忽視。

齊溪幾乎覺得呼吸不過來了，她背過身，在恍恍惚惚的心情裡開始重新扣紐扣，然後也不知道是不是因為緊張，還是因為受到的打擊實在太大，愣是扣了三次才把紐扣全部正確歸位。

但……就算紐扣扣錯了，就算顧雪涵看到了，也未必就會聯想到別的吧。

齊溪的內心自欺欺人般還抱著最後一絲希望，「顧律師也未必會想那麼多吧，也可能是我自己馬虎，出門之前自己扣錯了呢。」

顧衍看了齊溪一眼，平靜道：「我姊從不會弄丟東西，尤其是備用鑰匙，她是個非常謹慎的人。」

所以……

齊溪覺得自己要窒息了，「所以她臨走時，特地說自己會弄丟備用鑰匙，為此要還給你，其實是……」

雖然齊溪的聲音已經非常艱難了，但顧衍還是不忍心騙她，他冷靜地點了點頭，「嗯，我姊就是特地把備用鑰匙還給我的。」

他清了清嗓子，移開了視線：「應該是委婉地告訴我，下次不會有她不經意當電燈泡這種事了，讓我們可以放心一點在這裡談戀愛……至於她一開始躲在書房裡沒出來，應該也是給我們留足了時間避免尷尬，那個鬧鐘，應該也是她故意設的，為了提醒我們，免得產生特別尷尬的場景……」

齊溪還試圖掙扎，「智者千慮必有一失，雖然顧律師在工作上非常仔細謹慎不會出錯，但人的精力畢竟有限，很可能她在別的時候會粗心，畢竟注意力都集中到工作上了，她剛才可能就是在書房裡找書呢。」

可惜顧衍沒給齊溪繼續自欺欺人的機會，他冷靜地盯著齊溪的眼睛，「她說的那本書，本來就是她的，她早就看完了，所以我才借來打算看，她不可能還會需要再借回去看一次。」

「……」

齊溪的眼神虛空地望向了天花板，她不知道明天要以什麼樣的臉面去面對顧雪涵，只能拿起抱枕蓋住了自己的眼睛，整個人都像個悲傷貼圖一樣緩緩地從沙發上滑了下去，「顧衍，要不然我和你還是連夜趕緊分手吧。」

談戀愛被撞破也就算了，最尷尬的是還是在差點做那種事的時候，扣子錯位成這樣，齊溪覺得社會性死亡也不過如此，除了和顧衍連夜分手趕緊逃離地球，好像真的沒什麼可以補救的措施了。

「分手倒也不必。」雖然也有些尷尬，但顧衍還是比齊溪冷靜多了，「反正也已經這樣了。」

什麼叫也已經這樣了啊！

齊溪急了，「顧衍，你不能直接躺平啊！更不能擺爛啊！要不是你剛才那樣親我，也不會被你姊撞見！你得負責！否則我以後在你姊心裡是什麼形象！」

顧衍像是想了一下，然後他冷靜道：「也可以，那明天上午請個假，妳去拿一下妳的戶口名簿。」

「？」

「直接去戶政事務所。」

齊溪臉熱腦熱起來，她有些惱羞成怒道：「去戶政事務所幹什麼？」

顧衍撩了下齊溪臉頰邊的碎髮，用有些勾人的慵懶語氣道：「去對妳負責啊。」

「我說的不是這種負責！」齊溪只覺得自己有些氣血上湧，原本在工作中遇到這種情況總能急中生智變得更加機靈的她，此刻卻有些磕磕巴巴的，「我說的是你負責幫我正名，好歹要找你姊姊解釋一下吧！」

顧衍瞪大了眼睛，「還能解釋什麼？不是已經人證物證俱全了嗎？還能翻盤嗎？」

齊溪氣不打一處來，「顧衍，我們可是邪惡的律師！你看哪個律師什麼時候大大方方承認自己當事人的犯罪事實了？對方沒證據的，死不認帳；對方有證據的，不也都主張證據真實性合法性和關聯性上的瑕疵嗎？就算證據三性上做不出文章了，也不能躺平認輸啊，不還得搞搞什麼管轄權異議之類拖延庭審的小動作嗎？」

齊溪咳了咳，開始發表自己的「高見」，「你就去解釋下，我們確實就是關係比較好的同學加同事，你姊姊來的時候，我們克己守禮，沒有發生任何事，我的扣子完全是因為我就是個粗心的人，總扣錯。你沒有對我做任何邪惡的事，我也沒對你做任何邪惡的事……」

可惜齊溪的主張沒有得到顧衍的回應，他盯著齊溪，「可我確實對妳做了邪惡的事啊。」這男人用一種非常無辜又天真的語氣湊近了齊溪的耳朵，「而且還會繼續對妳做更邪惡的事。」

律師真的是一個邪惡的職業，果然連顧衍都變邪惡了！

但顧衍可能忘了，齊溪也是同樣邪惡的律師，她轉過頭，直接猝不及防含住了顧衍的耳垂，用含糊的聲音不甘示弱道：「那我也會對你做很邪惡很邪惡的事！」

顧衍的邪惡很顯然還不到位。

因為齊溪的反擊很快讓他自亂陣腳敗下陣來。

剛才挺遊刃有餘的模樣果然都是裝的，顧衍幾乎是有些倉皇地推開了齊溪，然後逕自起了身，去了廚房，聲音還帶了點沙啞，走路的姿勢也有些不自然，顯然在忍耐著什麼，「我幫妳倒杯水。」

齊溪抗議道：「我不要喝水！你別走啊！」

可惜齊溪越是挽留，顧衍跑得越快，這男人一邊跑，還一邊用很篤定的語氣告誡齊溪，「不，妳要喝水，妳得喝水。」大概因為緊張，他的話語都有些思緒跳躍了，「女生要多喝水皮膚才會更好……」

齊溪擋住了顧衍的去路，擺出了不依不饒的架勢，「你的意思是我現在皮膚不夠好嗎？」

顧衍看起來都有些無奈了，「我沒有這個意思，妳……」

齊溪故意打斷了顧衍的解釋，沒等他說完，她就狀若自然地點了點頭，「不過也是哦，我臉上的皮膚確實不如身上的更好，那不然你看看我身上的皮膚嘛，真的很白很滑的，我覺得完全沒有必要再補水喝水了，你不信的話可以摸一下呀……」

她一邊說，一邊作勢要去解衣服扣子。

幾乎是齊溪的手剛碰到胸口的扣子，顧衍急促的聲音就傳了過來，「不用了！」

這男的扔下這句話，就落荒而逃一樣跑去了廚房，留下齊溪在沙發上笑得東倒西歪，她覺得自己像個玩弄男人撩撥男人的渣女，但……

但玩男人真的好有趣哦。

齊溪覺得自己自從戀愛後，好像變得更邪惡了。

——《你有權保持暗戀》未完待續——

高寶書版集團
gobooKs.com.tw

YH 200

你有權保持暗戀（中）

作　　者　葉斐然
封面繪圖　單　宇
封面設計　單　宇
責任編輯　楊宜臻
內頁排版　賴姵均
企　　劃　何嘉雯

發 行 人　朱凱蕾
出　　版　英屬維京群島商高寶國際有限公司台灣分公司
　　　　　Global Group Holdings, Ltd.
地　　址　台北市內湖區洲子街88號3樓
網　　址　gobooKs.com.tw
電　　話　(02) 27992788
電　　郵　readers@gobooKs.com.tw（讀者服務部）
傳　　真　出版部(02) 27990909　行銷部 (02) 27993088
郵政劃撥　19394552
戶　　名　英屬維京群島商高寶國際有限公司台灣分公司
發　　行　英屬維京群島商高寶國際有限公司台灣分公司
法律顧問　永然聯合法律事務所
初版日期　2025年05月

原著書名：《你有權保持暗戀》由北京晉江原創網絡科技有限公司授權出版。

國家圖書館出版品預行編目(CIP)資料

你有權保持暗戀 / 葉斐然著. -- 初版. -- 臺北市：
英屬維京群島商高寶國際有限公司臺灣分公司,
2025.04
　冊；　公分. --

ISBN 978-626-402-232-3(上冊：平裝). --
ISBN 978-626-402-233-0(中冊：平裝). --
ISBN 978-626-402-234-7(下冊：平裝). --
ISBN 978-626-402-235-4(全套：平裝)

857.7　　114004019

GOBOOKS
& SITAK
GROUP ©